講談社文庫

奇譚蒐集家　小泉八雲

終わりなき夜に

久賀理世

講談社

目次

奇譚蒐集家 小泉八雲

終わりなき夜に
Endless Night

久賀理世
Rise Kuga

そこにいるもの

1

ひとり多いのだという。

「なのにそれが誰なのか、いくら数えなおしてみてもわからないんだ」

しかも教室のどこかから、じっと息をひそめるようにこちらをうかがっている気がしてならない――。

そんな奇妙な訴えを持ちこんできたのは、どうやら同級生のひとりらしかった。

クリスマス休暇が明けて、まだまもない夜の聖カスバート校である。

底冷えのする礼拝堂での終課をすませ、あとは学寮の二人部屋で消灯まで気ままにすごすだけという憩いのひとときは、迷える子羊のおとずれによって破られた。

もちろん来客の目的はおれではない。

同室のもうひとりの学生のほうだ。

パトリック・ハーン。

その真の名をパトリキオス・レフカディオスという、小柄で浅黒い膚《はだ》の少年は、この世の怪の蒐集家《しゅうしゅうか》を公言してはばからない変わり者として知られている。

おかげでいわくありげな言い伝えや、摩訶《まか》不思議な体験談が舞いこんでくることもしばしばで、今宵もパトリックは嬉々として胡乱《うろん》な告白に耳をかたむけていた。

「新学期からの編入生なんていないはずなのに、いつのまにか生徒の人数が増えているなんておかしいだろう？　なにより気味が悪いのは、誰ひとりとしてそいつの存在を気にとめていないらしいことなんだ。生徒も教官も、誰しも彼しもさ。おれはもう頭がどうにかなりそうだよ！」

一気呵成《いっきかせい》に続け、相談者は喘《あえ》ぐように肩で息をくりかえす。

大柄なわりに人好きのする、牧羊犬めいた印象の生徒だが、かきむしられた胡桃《くるみ》色の髪はひどく乱れ、すっかり追いつめられている様子だ。

「なるほど。それはじつに興味深いね」

パトリックはいそいそとおれをふりむき、

「オーランド。さっそくだけれど、お茶の仕度《したく》をよろしく頼むよ。これはぜひとも詳しく事情を聴く必要がありそうだ」

「——了解」

寝台からなりゆきをうかがっていたおれは、肩をすくめつつ腰をあげた。

こんなときのパトリックは、投げ与えられた骨を意地でも離そうとしない、腕白盛りの仔犬のようだ。抵抗するだけ無駄というものである。

おれは手早く人数分の紅茶を淹《い》れにかかった。

幸い先日の休暇で、上等な茶葉や菓子をたっぷり調達してきたばかりだ。取り乱した客をおちつかせるために、ビスケットもふるまってやろうか……などとさりげなく気をまわしてしまうくらいには、こちらも慣れたものである。

しかし当夜の打ち明け話は、いまひとつ釈然としなかった。

おれは抽斗《ひきだし》から茶器を取りだしつつ、

「なあ。それって去年の秋におれが編入して、面子《めんつ》が増えたばかりなのを、忘れてるだけなんじゃないのか？」

素朴な疑いを投げかけてみる。

とたんに相手は憤然と抗議してきた。

「そんなわけがあるか。級生の顔ぶれくらい、ちゃんと把握してる。すかした新顔のきみとは違ってな」

あてつけがましくやりかえされて、むっとする。

「すかしてなんかないさ」

「級生とほとんど口を利こうともしないのに？」

「あえて無視してるわけじゃない」

「ならおれが誰かわかるのか？」

「……見憶えはあるよ」

少々の決まり悪さをおぼえつつ、口を濁《にご》す。

おれは元来とりたてて内気でも、非社交的なたちでもない。

ただ不本意ながら在籍するはめになったこの陰気な神学校では、積極的な人づきあいをする気になれなかったのだ。

母の死をきっかけに、おれがレディントン伯爵家の庶子《しょし》であることが発覚し、世間体を憚《はばか》った異母兄によって辺境の神学校に送りこまれた――という無様な来歴について、興味本位であれこれ取り沙汰《ざた》されてはたまらない。

おかげで名と顔の一致する生徒は、いまだに数えるばかりだ。

とはいえ一方的に非難されるばかりなのも、癪《しゃく》である。

「そういうきみらこそ、右も左もわからない編入生を遠巻きにしてばかりいないで、自分から手をさしのべてみればいいだろうに」

「できるものか。きみときたら無言の壁で不干渉を決めこんでいるし、しかも編入早々につるんでいるのが、よりにもよって――」

そこで唐突に相手が黙りこみ、パトリックが続きをひきとった。

「よりにもよって、悪魔憑《つ》きとさえ噂されるこのぼくだ。そんな変わり者に下手に近づけば、呪いでもふりかかりそうで、敬遠せずにはいられなかったわけかな?」

「いや……そんなことは……」

なんとかはぐらかそうとしているものの、こちらとてそうした異分子扱いを感じ取ってはいたのだ。

おれはここぞとばかりに加勢した。

「それでいて、いざ自分がわけのわからない怪異に見舞われたら、おれたちが無条件で手を貸して当然だって？　ずいぶん都合が好いんだな」

「……もちろん勝手なのは承知している。礼ならいくらでもするつもりだ」

さきほどの剣幕はどこへやら、相手はすっかり神妙な顔つきだ。

おれは調子に乗って、

「へえ。なら対価に寿命を要求してもかまわないのか？」

「寿命だって？」

「そうさ。残りの半分とか、十年とか二十年とか」

「そ――そんなのは困る！」

「それくらいにしておきたまえ、オーランド」

パトリックはそうたしなめつつ、ひるむ相談者に向きなおった。

「案ずるには及ばないよ。そんな力は持ちあわせていないし、ぼくにとってはきみの奇怪な体験談そのものが、褒美ともいえるからね」

「力になってくれるのか？」

「その必要があるか、これから吟味しようというのさ。たしかきみの名は――」

「アトキンスだ。クレイグ・アトキンス」

そういえば教室でそんなふうに呼ばれていた気もする相談者は、あらためて居住まいを正しておれたちに視線を行き来させた。

「そちらはハーンと、レディントンだったな」

「オーランドでいい」

おれはそっけなくかえした。

好きで名乗っているわけでもない姓である。気安く名で呼ばれるほうがましだ。

そんな要望を、おれなりの歩み寄りと受けとめたのか、

「ではおれのこともクレイグと呼んでくれ」

クレイグは肩の力を抜いて告げた。

根が単純……いや、お人好しなのかもしれない。

ともかくもおれはもてなしの準備を続けながら、ふたりの会話に注意を向けた。

「その異変というのは、いつから始まったんだい？」

「休暇明けの授業の初日さ。おれの定席がどこかわかるか？」

「最前列の壁際だったかな」

「そう。教室の扉を開けてすぐの席だから、教官からよく頼まれごとをされるんだ。課題

の回収とか、教職棟から忘れものを取ってきてほしいとか」

「それはご苦労なことだね」

「まあ、雑用そのものはかまわないんだ、たいした苦でもないから。あの日も新しい教本をまとめて預かったものだから、急いでみんなに渡してまわったんだよ」

たしかにおれの記憶にもある。

ぼんやり窓の外をながめて少憩をやりすごしていたら、いつのまにか机にフランス語の副読本が用意されていたのだ。おれは誰がそれをしたのか気にとめることもなく、一瞥《いちべつ》したきり興味をなくしてしまったが。

「なのに順に教室をひとめぐりして、自分の席まで戻ってきたら、おれの教本だけが足りなかったんだよ」

「最後の一冊が、きみの手許《てもと》に残るはずだったのかい？」

「そのつもりだった。妙だなと教室を見渡してみたら、はたしてうしろの空席に、ぽつんと真新しい教本が残されていたんだ」

説明された光景そのものは、容易に思い浮かべることができた。

この学校の教室には、長机と長椅子《ながいす》が聖堂の信徒席のように幾列も並んでいる。学年に一学級のみ、それぞれ四十人ばかりの生徒が持ちあがりで、おおむね定席も決まっているようだ。

我らが五学年の学級も、背丈や視力が低めの生徒が教壇に近い列を占め、もっとも遠い列は半数ほどが埋まっている状態である。そのためおれが昨秋から加わったのも、空いていた窓際の一番うしろで、やる気のないおれにはうってつけだった。ちょうどおれの隣も空席で、手持ちぶさたのパトリックが暇をつぶしにやってくることもしばしばである。

だからこそパトリックも、要領を得ないように首をかしげている。

おれたちの疑念を察したのか、クレイグはすかさず訴えた。

「きみらの言いたいことはわかる。席を移動した生徒に、おれが重複して配っただけじゃないかと疑っているんだろう？　でもあのときは始業のまぎわで、みんないつもの自分の席についていたんだ」

「ふむ。つまり本来そこには誰もいないはずなのに、きみはたしかに何者かが席を占めているとみなしたということかな？」

「まさにそれさ！」

クレイグは椅子から身を乗りだす勢いでうなずいた。

「それをおかしいと感じなかったことそのものが、おかしいんだ。しかもそいつがどんな顔をしていたのか、まるで記憶になかったんだよ」

「以来うちの学級には、正体不明の生徒が加わっていると」

「ああ。なんだかおちつかないから、授業そっちのけで調べたんだ。頭数を指折り数えるだけじゃない。それぞれの姿かたちまでちゃんと確認してみても、不審な奴なんてどこにもいないのに、人数だけがひとり増えているんだよ」

「いつもうしろの空席が減っているわけでもないのかい？」

クレイグは頼りなげにかぶりをふった。

「そうかもしれないし、そうじゃないのかもしれない。いまのおれには、誰もがそこにいて当然の存在のように感じられるから」

もはやどこにまぎれこんでいるのかもわからない——というわけか。

もしもそれが生身の少年でないなら、現実の座席に腰かけるだけの空きがあるかどうかは、判別の材料にはならないだろう。この世ならぬものを、こちらの世の理《ことわり》で考えることはできない。

顔なじみの生徒にまつわるなにか。

あるいはそれに擬態しているなにか。

話半分で聞いていたおれも、さすがに気味が悪くなってくる。

その異変は、まさにおれたちの教室に生じているというのだ。

おれは淹れたての紅茶をそれぞれのカップに注ぎ、しばし暖をとった。

学寮には循環暖房が完備されているが、ほぼ名ばかりで効きは悪い。おかげで香り高い上等なウバが、冷えた身と心になおさら沁《し》み渡った。

クレイグのほうは、数日来の悩みを吐きだせただけでも気が楽になったのか、受け皿《ソーサー》に添えたビスケットを次々と頬張っている。

最後の一枚が消えるのを見計らい、おれは声をかけた。

「もっといるか?」

「え? あ……いやそんな、これで充分だ。おかまいなく」

あたふたと口許のかけらを拭うしぐさに、つい笑いを誘われる。

「遠慮するなって。とっておいても、どうせ湿気てまずくなるだけだから」

紙箱ごとさしだしてやると、クレイグは少々めんくらいながらも、素直に腕をのばして受け取った。

「悪いな。きみたちに打ち明けたら、なんだか急に腹が減ってきて」

「そんなものさ。残りは全部やるよ」

「いいのか?」

「ああ。余ったら部屋に持ち帰ってくれればいい」

「ありがとう。きみって案外いい奴だな」

「……おいおい」

屈託なく告げられて、おれは紅茶をこぼしそうになった。

「さすがにあっさり餌付《えづ》けされすぎじゃないか？」

「えっ!?　これって餌付けだったのか？」

「そんなつもりはないけどさ……」

おれは脱力しながらビスケットを口に放りこみ、

「それに案外とはなんだよ。おれがスクルージ並みの吝嗇家《りんしょくか》だとでも？」

失礼な言い草をちくりとあげつらってやる。

するとパトリックが苦笑しながら口を挟んだ。

「オーランドはなまじ顔の造作がととのっているものだから、愛想のなさがことさら冷ややかな印象を与えがちなのさ」

「そうそう。まるでよくできた機械人形《オートマタ》みたいにな」

そんなやりとりに、おれはげんなりせずにはいられない。

「おれの心臓はぜんまいじかけだって？　放っておいてくれ」

そもそもおれが現在の境遇に陥ったのは、レディントンの異母兄と酷似したこのおもだちのせいともいえるのだ。心の底から嫌悪しているあの冷血漢に、気性までもがそっくりのようにみなされるとは、たまったものではない。おまけに主人の意のままに動かされる操り人形にたとえられるとは、生疵《なまきず》を土足で抉《えぐ》られるようなものである。

しかしそんな事情を知らないクレイグは、呑気《のんき》にのたまう。

「おれたちがかまわなくても、世の女の子はきみを放っておきはしないよなあ。うちの妹たちに紹介したら、きっと先を争って世話を焼きたがる」

「そんなわけあるか」

「いやあるね。賭《か》けてもいい。やる気のかけらもなさそうなくせして、フランス語だけはやたらに流暢《りゅうちょう》とくるし、まったく神は不公平なことをなさる」

「オーランドはパリ暮らしが長いからね」

「パリジャンなのか！　なるほど。そりゃあ足を組んで窓をながめているだけで、さまになるわけだ」

妙に感心され、おれは顔をしかめる。

「それは誤解だ。生粋《きっすい》のパリ育ちでないと、パリジャンとはいえない」

「きみはそうじゃないのか？」

「おれはただ母親の――」

歌い手としての活動の拠点が、パリのオペラ座になることが多かっただけだ。

そう洩《も》らしかけたところで、危うく口をつぐむ。歌姫の私生児というおれの賤しい生いたちについては、異母兄から秘すよう厳命されている。おれとしても、みずから噂の種を撒《ま》くつもりはなかった。

「そんなことより、肝心の怪現象はどうするつもりだよ」

おれはさっさとパトリックに話をふった。

「きみもなにか、それらしい異変を察していたなんてことはないのか？」

「ぼくもさっきから考えていたのだけれど、あいにく心当たりはないな。けれど休暇明けそのものは、毎度いろいろある時期だからね。外からなにが連れこまれていても、おかしくはないよ」

「ああ……そういえばそうだったな」

おれがこの学校に放りこまれてまもない秋先にも、下級生のあいだでちょっとした騒ぎが持ちあがったことがある。

学寮を砂男が徘徊《はいかい》しているとか、かの聖母マリアが顕現したとか……そんな風変わりな噂の裏にも、たしかにおれの常識を超えた真相が隠されていた。

なにやら得心しあうおれたちを、クレイグが所在なさげにうかがっている。

「なあ。やっぱりきみたちには、普段からああいうわけのわからないものが視えていたりするのか？」

「そうだね」

パトリックが認めると、クレイグはますます不安そうになる。

「なのに今回にかぎって、あいつがいることに気がついていないのか？」

「目の悪いぼくの定席は、教壇の真正面だからね。あえて教室の顔ぶれを見渡してみることもなかったし」

「それなら視線は？　肩先がじりじり焦《こ》げつくような感じとか、冷気がじわじわ浸みこんでくるような感じとか」

「残念ながら」

「でもおれはたしかに感じるんだ。嘘なんかじゃない！」

「もちろんきみを疑うつもりはないよ」

パトリックはすかさずクレイグをなだめ、

「明日にもさっそく、ぼくたちが謎の生徒の正体をつきとめにかかるよ。知らぬまにそんな妖しげなものが教室に居座っていたとしたら、ぼくとしても不覚なことこのうえないからね」

鷹揚《おうよう》に請けあってみせたが、驚いたのはおれのほうである。

「ぼくたちって、おれにもなにかさせる気なのか？」

「当然だろう？　きみはぼくの相棒なのだから」

予想外のきりかえしに、おれは一瞬くちごもる。

パトリックはしたり顔で、子鬼めいた瞳をきらめかせた。

「もちろん協力は惜しまないだろうね、ムッシュ？」

2

これは相棒というより助手の扱いではないか。

内心ぼやきつつ、おれはいつもの長机に頬杖《ほおづえ》をついた。

たしかにこの席からは、教室のすべての生徒の姿が見渡せる。

「だとしても頼みかたってものがあるだろうに……」

いまさら優等生を装うつもりもないが、授業は二の次で謎の新参者の正体を見極めろとは、どうにも便利に使われている気がしてならない。

とはいえパトリックにしてみればこんなふうに気安く、しかも怪異がらみの案件で協力を求められる学友など、これまでいなかったのだろう。

だからおれに対するぞんざいさも、一種の照れ隠しかもしれない……などと考えてみもしたが、はたして奴にそんなかわいげがあるかどうか。

ともあれおれは黒板に向かう教官の目を盗み、ひそかに教室をながめやった。

一時限めが始まったばかりときて、どの生徒もいささか眠たそうだ。そのせいか、なおさら誰もがぼんやりとした、似た印象を受ける。もちろん髪や体格など、それぞれに外見の特徴はあるのだが、もとよりおれには級生がひとり増えようが減ろうが、判断がつかないのだ。

もしもいま、いっせいにこちらをふりむいた彼らのかんばせが、そろって目鼻が溶けたようにのっぺりと蒼《あお》ざめていたら——。

ついそんな想像をしてしまい、ぞわりとする。

どうやら先日のアイルランドでの体験が、いまだ尾をひいているらしい。

おれは頭をひとふりし、端から生徒を数えにかかった。

窓際の最後列——つまりおれの席から始め、壁際の最前列でこわばった横顔をさらしているクレイグまで。

十ごとにひと息つきながら、ひとりひとりの様子を慎重にうかがっていく。

だが輪郭がぼやけているとか、向こうが透けているとか、すぐにもそうと知れる異様さをそなえた生徒は、半数をすぎてもあらわれなかった。

ならばそれは残りの半分に隠れているのか。それともまさか、すでに数え終えたうちに潜んでいたのだろうか。

これといった違和感もないままに三十を数えると、さすがにおちつかない心地になってくる。

残るは壁際の一列のみだ。
三十四、三十五、三十六……。

そしてとうとうクレイグの姿にまでたどりついたとき、

「――え？」

おれはつい頓狂《とんきよう》な声を洩らしていた。

近くの生徒からいぶかしげな視線を浴び、そそくさと目を伏せる。

拍子抜けもはなはだしい。おれの数えあげた生徒の姿は多くも少なくもない、本来この教室にいるべき人数そのものだったのだ。

こうなるとむしろ馬鹿をみたような気分である。

おれはなかば意地になり、数える順を変えてみたりもしたが、いくらやりなおしても謎のひとりとやらの存在を嗅ぎとることは、どうしてもできなかった。

奇妙なことに、それはパトリックにしても、まったく同様だったのである。


食堂での昼食をすませると、おれたち三人は運動場のかたすみで肩を寄せあった。

なるべく教室には戻りたくないと、クレイグが主張したためである。

足踏みで寒さをしのぎながら、おれはあらためて伝える。

「やっぱり気のせいじゃないのか？　おれだけならともかく、肝心のパトリックもなにも視えやしないっていうんだから」

「気のせいのはずがない。きみたちこそ、結託しておれをだまくらかしているんじゃないだろうな？」

納得できないのはわかるが、そう頭ごなしに食ってかかられては、こちらも黙っていられない。

「そんな酔狂な真似をする必要がどこにあるんだよ。こっちはわざわざきみの相談につきあってやってるんだぞ」

「なら似非《えせ》霊媒師みたいに、そろって霊感があるふりをしているだけか？」

「疑うならさっさと他を当たれよ」

厄介なこの力とつきあい始めたばかりのおれはまだしも、パトリックのことまでペテン師呼ばわりされてはたまらない。

険悪になりかけたおれたちを、頭ひとつ低いパトリックが仲裁にかかる。

「まあまあ。クレイグが疑心暗鬼になるのもわかるよ。ぼくも子どものころは、おばけなんていないと決めつける大人たちは、みんなぼくに嘘を吐《つ》いているものと思いこんでいたもの」

そのせいでひどい人間不信に陥ったパトリックの幼少時代については、先日のダブリン行きでもかいまみたばかりだ。

パトリックが思案げに問う。

「いまのところ実害はないんだね？」

「まさか放っておけというつもりか？」

「ぼくたちがその生徒を認識できない以上は、手の打ちようがない。しばらく様子をみれば、なにか手がかりがつかめるかもしれないけれど」

「それでは困る。このまま授業に集中できなければ、じきに成績にも影響してくる。将来のことだって、そろそろまじめに考えなきゃならない時期なのに」

声高《こわだか》に主張され、おれは少々しらけた気分になる。

「ご立派な心がまえだな」

きっと悪い奴ではないのだろう。

朝からちらちらとクレイグの様子を観察してみたが、骨惜しみをしない性格で級友からも好かれているようだ。しかしこの件ばかりはそんな几帳面さがむしろ仇《あだ》となり、自分で自分を追いこんでいるようにも感じられる。

パトリックもしばらく腕を組んで考えこんでいたが、

「ひょっとすると、謎のもうひとりをきみしか感知できないことこそが、決め手なのかもしれないな」

「どういうことだ？」

とまどうクレイグをしかとみつめ、パトリックは告げた。

「きみと相手にだけ、なにか特殊なつながりがある。つまりきみこそが、それをこの学校まで連れてきた張本人ということさ」

なるほど。そういう考えかたもありか。

おれは納得するが、クレイグはみるまにたじろいだ。

「そ、そんな馬鹿な」

怯《おび》えるクレイグを逃すまじと、パトリックがたずねる。

「このあいだのクリスマス休暇は、校内から一歩もでないで終えたのかい？」

「いや……実家に帰省したが」

「ならどこかで憑かれた可能性は、充分にあるわけだね」

にこりと笑い、パトリックは問いをかさねる。

「郷里で妙なものを拾いそうなことをしたのでは？」

「とんでもない。いつものように地元でのんびりすごしただけだ」

「具体的には？」

「幼なじみに会ったり、妹たちの買いものにつきあったり、散歩をしたり」

「出先でなにか変わったことは？」

「なにもないって！」

「本当に？　ほんの些細《ささい》なことがきっかけかもしれないよ？」

クレイグは記憶をさぐるように、しばし視線をさまよわせていたが、やがてわずかに頰をこわばらせた。

「そういえば何度か、町の公園墓地まで足を向けたけれど……」

パトリックがおれに視線を投げる。

「それかもね」

「それかもな」

そろってうなずきあうさまに、クレイグはますますうろたえた。

「いや、待ってくれ。その墓地はいつもにぎやかで、おどろおどろしさなんて微塵《みじん》もないんだ。それに墓地に出向く頻度なら、おれよりも家族のほうがよほど多いのに、わざわざおれが狙われるなんておかしいだろう」

「知らぬまに、死霊の気を惹《ひ》くようなことでもしたのではないのかい？」

「そんな！」

クレイグはすっかり蒼ざめている。

「ただそれにしては、きみに死者が取り憑いているようには感じないのが、奇妙ではあるのだけれど……」

パトリックは釈然としないように首をひねり、

「しかたない。ここは兄さんの力を借りるしかないな。そばにいるみたいだから、呼んでみるよ」

校舎の裏手の雑木林に目を向けた。

もちろんそちらに人影はなく、クレイグは怪訝《けげん》そうに左右をうかがう。

「兄さん？　最上級生のことか？」

「気にするな。綽名《あだな》みたいなものだから」

おれが適当にはぐらかすうちに、さっそくロビンがやってきた。

虹色の軌跡を描き、ふわりとパトリックの肩に舞い降りた大鴉《おおがらす》。

この世ならざるその優雅な鳥を、パトリックは夭逝《ようせい》した兄ロバートの化身《けしん》として慕っている。母親が故郷のギリシアに去ってからも、ずっとパトリックに寄り添い続けているというロビンが、はたして本当の兄なのかどうか。おれには知る由もないが、彼らが深い絆で結ばれているのは疑いようのないことだった。

いまもふたりは首をかたむけあい、余人にはうかがい知れない方法で意思疎通を図っている。

もしや……とクレイグに目を移してみれば、こちらは驚きも怯えもせず、所在なさげにたたずんでいるばかりである。

どうやらロビンの姿は視えていないようだ。あちらがわのものを、日常的に察知できる感覚の持ち主というわけではなさそうである。

となればなおさら、彼だけが認識しているらしい生徒の正体が、謎である。

パトリックが顔をあげた。

「女だ」

「なんだって？」

「クレイグには女の気配がまとわりついているらしい」

予想だにしない展開に、おれはクレイグともども唖然《あぜん》とする。

「……つまり女の幽霊か？」

「死霊とも生霊とも言い難いなにか。それ以上はわからないって」

おれは輪をかけて困惑しつつも、絶句したきりのクレイグを半眼でながめやった。

「休暇のあいだに、女がらみで恨まれるようなことをやらかしたのか？」

「な――なにもしてない！」

クレイグは狼狽《ろうばい》もあらわにあとずさる。

「おれには恋人どころか、親しい女の子すらろくにいないんだぞ」

「にしてはずいぶん動揺してないか？」

「あたりまえだろう！　女に取り憑かれるおぼえなんて、まるでないんだから」

赤裸々な告白をさせたあげくに、涙目で抗議されては、さすがに気の毒になる。

おれはひそひそとパトリックにたずねた。

「それが増えた生徒の正体なのか？」

「少なくとも無関係ではなさそうだ。その因縁を解きほぐすには、実際にクレイグの足跡を追うのが早いだろうけれど……。ときにきみの帰省先は？」

パトリックの視線を受け、クレイグがこくりと唾を呑《の》みくだす。

「ニューカッスルだ」

「ふむ。それなら半日でも行き来できるね」

「おれのために休日を割いてくれるつもりなのか？」

クレイグは驚いたように目をまたたかせた。聖カスバート校の学生が外出を許されているのは、土曜の午後のみ。週に一度の貴重な息抜きの機会なのである。

パトリックは不敵に笑んでみせると、

「相談を請け負った以上は、解決するまで投げださない主義でね。明日はちょうど土曜日だ。さっそく案内を頼めるかな？」

クレイグは飛びつくように承知した。

「もちろん。どこへなりと連れていくよ」

「では明日は授業を終えてすぐに出発だ。昼はどこかで買ってすませるとしよう。きみもそれでいいね、オーランド？」

あれよというまに話がまとまり、おれはようやく我にかえった。

「待てよ。明日は先約がある。ウィルの家まで、おれの楽器を引き取りにいく予定だったじゃないか。きみもついでにつきあうって」

ウィルことウィリアム・ファーガソンは、めずらしくパトリックと親交のある後輩で、おれもその縁をきっかけにファーガソン一家と近しくなった。

先日は休暇でしばらくダラムを離れるにあたり、長らく愛用してきたチェロを預かってもらっていたのである。

「楽器の受け渡しは、来週まで待ってもらったらどうだい？　きみだって、いますぐ手許に必要というわけでもないんだろう？」

「それはまあ……」

そこをつかれると、こちらも強くはでにくい。

おれにとってもはや半身ともいえるチェロだが、たしかにこのところはとんと手をつけていなかった。いずれは音楽で身をたてたいと、近く音楽院に進学するつもりでいたにもかかわらず、母の死によっておれを取り巻く環境が激変したことをきっかけに、まともに楽器にふれることすらできなくなってしまったのである。

肉親のみならず、将来の夢までなくして絶望していたおれが、焦らずしばらく距離をおいてみるのも悪くないと考えられるようになったのは、パトリックとのつきあいがあってこそだった。

「もちろんきみも人助けを優先してくれるだろうね？」

優先したいのは、パトリックの好奇心ではないのか？

心ひそかにぼやきつつも、期待に満ちたふたりの視線を受けては、同意しないわけにもいかない。

「わかったよ。ついていけばいいんだろう」

おれは降参して両手をあげた。

3

二等客室の座席に身をおちつけてほどなく、汽車は動きだした。

目的地は北イングランド有数の工業都市——ニューカッスルだ。

ダラム駅からは鉄道で三十分もかからないため、聖カスバート校の生徒たちもしばしば息抜きに出向いているようだ。

「正直なところ、きみたちがここまでしてくれるとは予想外だったよ。まさかおれのために、本当に休日を割いてくれるとはな」

クレイグはあらためて感謝するが、パトリックはいたって鷹揚だ。

「怪異にまつわることなら、ぼくはどこへなりと馳せ参じるさ」

「怪異か。おれも怖い話を聴いたり読んだりするのは、嫌いじゃないんだけれどな」

「それなら退屈しのぎに、ぼくが気の利いた怪談でも披露しようか」

「気の利いた？」

「とある上級生の体験談さ」

パトリックは身を乗りだし、ささやくように語りだした。

「彼はスコットランド貴族の出で、休暇のたびに帰省しては、広大な領地で乗馬や狩りを楽しんでいたらしい。その夏の晩も、心地好い疲れとともに眠りについていると、骨の髄《ずい》まで染み渡るような、いともいたわしいむせび泣きが耳に忍びこんできた。いつしか枕許には、艶やかな赤銅の髪をふり乱した見知らぬ女がたたずんでいたというんだ」

「見知らぬ女……」

たちまちクレイグが頬をこわばらせる。

パトリックはいっそう声をひそめた。

「そして彼女は泣きながら責めたてた。あなたはなんてひどいことをしたのか、わたしの大切な夫を殺してしまうなんて――と」

おれは不覚にも怖気《おじけ》づいた。

「……それはまた物騒な」

「身に憶えのない糾弾だ。当惑しつつも相手の激しい嘆きに呑まれ、我にかえったときにはすでに夜が明けていたという。あれはただの生々しい夢にすぎなかったのか。そう胸をなでおろしかけたとき、彼は気がついた。寝台のかたわらに、幾枚もの羽根が散っていることに」

「羽根？」

「鮮やかな赤銅の羽根さ。そしてすべてを悟った。その美しい羽根を、彼はたしかに自領の荒れ野《ムーア》で目にしたばかりだったんだ」

夏のスコットランド。荒れ野。狩り。

パトリックが紡いだ言葉が、おれの脳裡にひとつの光景を浮かびあがらせる。

「狩りで仕留めた雷鳥の連れあいが、ひとの姿であらわれたのか」

雷鳥狩りはスコットランドの夏の伝統で、彼の地の赤雷鳥はとりわけ美味なことで知られている。ヘザーの群生地から勢子《せこ》に追いたてさせた雷鳥を、待ちかまえて撃ち落とすのだ。

神妙にうなずいたパトリックは、

「彼女にしてみれば、自分は大切な者の命を奪った憎い仇《かたき》にほかならない。そんなおのれの罪深さを悔いた彼は、ほどなく聖職の道に進むことを決めた——かどうかは、きみたちの想像にお任せするけれど」

そうつけ加えて、口許にいたずらな笑みを刷《は》く。

おれは拍子抜けしつつ、

「いまのはきみの創作か？」

「さて。それはどうだろうね」

パトリックはおもわせぶりにはぐらかす。

こうして煙に巻かれ、おちつかない気分を味わうことにもたいがい慣れたが、クレイグはどうだろうか。

向かいの席を見遣れば、なにやらひどく沈みこんだ顔つきだ。

「どうした？　そんなに怖かったのか？」

「ん……というより妙に考えさせられてさ」

クレイグは訥々《とつとつ》と、言葉を選ぶように打ち明ける。

「ほら、夏といえば雷鳥の繁殖の季節だろう？　つがいで巣作りをして、たしか雛たちが無事に孵《かえ》るまで、雄が縄張りを守るんだよ」

「へえ。それだけ夫婦の絆が強いわけか」

「たぶんな。なのに父親が撃ち殺されて、残された母親はこれからひとりきりで卵を守らなきゃならない。そう考えると、なおさらいたたまれないなと」

「そこまで想像するなんて、繊細な奴だな」

あるいはむしろ、地に足のついた発想というべきだろうか。

クレイグはしばしためらい、それから心を決めたように語りだした。

「隠すほどのことでもないな。じつはおれ、一年まえの冬に父を亡くしてさ。地元の紡績工場の管理職だったんだが、勤務先で急な発作をおこして、あっけないものだった。それで聖カスパート校を卒業したら、おれが働いて家族を養うことになる。だからまあ、そういうことなんだ」

つまりクレイグとしては、頼れる父親を亡くした家族の境遇こそが、我がことのようにおもんぱかられたわけか。

おれとパトリックは、神妙に視線をかわした。

クレイグは肩をすくめ、ぎこちなく笑んでみせる。

「そうかしこまるなって。こういうことで気を遣われるのは苦手なんだよ」

「違うんだ」

急いでさえぎったパトリックが、こちらをうかがう。無言で了解を伝えてやると、彼はクレイグに向きなおった。

「ぼくの父も、ついこのあいだ他界したばかりなんだ。それにオーランドのほうは、すでにご両親を亡くしていてね」

「え？　本当か？」

「いくらパトリックでも、さすがにこんな嘘はつかないさ」

苦笑するおれたちを、クレイグは驚きもあらわにながめやった。

「……そうだったのか。まさかそんな共通点があるなんて、わからないものだな」

「そんなものだろう。おれたちみんなして、訃報《ふほう》の看板をかかげて歩きまわってるわけでもないんだし」

とはいえこちらにとっても、明かされた事実が予想外なことに変わりはない。

おれはふと気がついて、

「するときみが休暇のあいだに、墓地まででかけたっていうのは……」

「お察しのとおり、父の墓に花を手向けるためさ。散歩のついでに立ち寄れる母や妹たちと違って、おれはたまにしか機会がないからな」

「それがきみの家族か？」

「ああ。女ばかりに男はおれだけだ」

こだわりなく伝えるクレイグは、いつになく身がまえを解いた風情だった。

おたがい肉親の死を経験した者として、得体の知れない二人組にようやく親近感をおぼえたのかもしれない。そのきっかけが、おれとパトリックにとってとりわけ縁の薄い父親の死というのは、いかにも皮肉なことではあったが。

おもむろにパトリックが訊《き》いた。

「妹さんは何人いるんだい？」

「上から順に十四歳、九歳、五歳の三人さ」

「三人！」

パトリックがまじまじと目をみはる。妹が三人もいる暮らしなど、どんなものか想像もつかないのだろう。

おれはその驚きように笑いを誘われながら、

「さぞかし毎日がにぎやかなんだろうな」

「にぎやかだって？」

クレイグはたちまち渋面を浮かべた。

「あれはそんなかわいらしいものじゃない。あいつらがそろえばもう、かしましいのなんのって、やりこめられるのはいつもおれだ」

「きみだって、そう口下手でもないだろうに」

「あいつらにはかなわないよ。おれが家に顔をだすたびに、寄ってたかってあれしろこれしろってひっきりなしにしゃべりつづけて、ちっとものんびりできやしない」

「頼りにされてるんじゃないか」

「それどころか、むしろ頼りないと貶《けな》されてばかりだよ。従兄のことはいつも持ちあげるくせに、理不尽きわまりない」

クレイグは大仰にため息をついてみせるが、内心おれは納得していた。

大柄なわりに威圧感のない物腰や、まじめで面倒見のよさそうな性格は、長年の環境から自然と身についたものなのだろう。本人は認めたがらないかもしれないが。

パトリックが問う。

「するといまはその従兄というのが、なにかときみの家族を気にかけてくれているわけかい？」

「母方の伯父一家がな。伯父は父の友人でもあったから、家族ぐるみのつきあいが続いているんだ。じつはおれの学費も、いまは伯父が援助してくれていてさ」

アトキンス家にはいくばくかの資産もあり、すぐさま日々の暮らしが立ち行かなくなるほどではないが、聖カスバート校はそれなりの名門校だけあって、学費は馬鹿にならないのだという。

おれはその額を知らないし、まるで興味もなかった。おれを編入させるために異母兄が積んだはずの寄付金も、レディントン家にとってはどうせ痛くも痒《かゆ》くもないだろう。せいぜい無駄な出費をさせてやれという、投げやりな気分ですらあったのだ。

おれは遠慮がちに訊いてみる。

「進学はしないのか？」

「そこまでは甘えられないよ。来年まで学生の身でいられるだけでも、充分にありがたいことなんだから」

おちついた声音に迷いはない。けれどその瞳をかすめたわずかな影を払うように、クレイグは続けた。

「だから伯父たちには、おれも本当に感謝しているんだ。金銭的な面だけじゃない。陽気な従兄に励まされると、逆境だってなんなく乗り越えられるような気がしてくる。男兄弟のいないおれにとって、五つ年嵩《としかさ》の従兄は英雄だったからな」

なんでも知っていて、なんでもできて、才気煥発《さいきかんぱつ》な従兄には幼いころから憧れていたという。

「なまじ目端が利くせいか、なかなかひとつの職におちつかないのが伯父には不満らしいが、本人ときたらどこ吹く風でさ。最近もまた新しい仕事に就いて、張りきっているらしい。顧客から契約をとればとるほど手取りが増えるから、やりがいがあるって」

「契約？」

パトリックが興味を示した。

「それはどういった仕事なんだい？」

「さあ。母がちらと洩らしただけだからおれも詳しくは知らないが、商社の営業職かなにかじゃないか？　なんにしろ従兄らしいよ。おれは要領が悪いし、とっさの機転も利かないから、とてもじゃないが向かない」

クレイグは肩をすくめて笑ってみせる。

おれは相槌《あいづち》を打ちながらも、

「きみは人好きがするから、客あしらいは性にあってそうな気もするけどな」

「どうだろう。おれはとしてはもっとこう、ひとつのことにじっくり取り組める仕事のほうが……」

クレイグはあいまいにつぶやき、車窓に視線を逃がす。

おれはしばらく続きを待ち、いつまでたってもそれが口にされないことでようやく気がついた。パトリックやおれに聖職者をめざすつもりがないように、クレイグにもなにかしら究めたい学問がある、あるいはいずれ就きたい職業への足がかりが、進学の先に得られるものなのではないか。

そういえば学校でも、謎の生徒のおかげで成績まで落ちそうなことを、ひどく気にかけていた。わだかまりのない言葉ほどには、将来の夢を諦めることを納得できていないのかもしれない。

沈黙をもてあましていると、やがて長い汽笛とともに列車が橋にさしかかる。

クレイグが気を取りなおしたように、こちらをふりむいた。

「そろそろニューカッスルだな。駅に着いたら、おれが墓地まで案内するよ。腹が減ったなら、先にどこかで昼をすませてもいいし」

「それならいっそのこと、きみの家でなにかご馳走になれないかな？」

大胆な要望を伝えたのはパトリックだった。

これにはさすがのおれも度肝を抜かれ、

「おい。いくらなんでも図々しすぎるだろう。あらかじめ知らせてるならまだしも、面識もないのにいきなり押しかけてなにか食わせろだなんて、はた迷惑な」

あわてたしなめるが、パトリックはなぜか上機嫌である。

「そう嫌がられるともかぎらないよ。きみは小心だな」

「常識を弁《わきま》えているんだよ」

おれは相手を替えることにした。

「クレイグ。きみもパトリックが頼みの綱だからって、なんでも言うなりになることないんだからな」

「いや……まあ、母も驚きはするだろうが、おれが客を連れていくといつも歓迎してくれるから、なんとかなるんじゃないか？　息子に親しい学友がいるとわかって、親としては安心するみたいだし」

「だけどおれたちは親しくなんかない」

「身も蓋《ふた》もない奴だな」

クレイグはおかしそうに笑い、

「それでもきみらにとって、一番に親しい級生はおれだろう？　ならまんざら嘘にもならないさ」

「詭弁《きべん》じゃないか」

「ものは考えようだ」

すかさずパトリックも加勢して、

「そうとも。きみは柔軟さに欠けているところがあるからね」

「厚かましさのまちがいだろう？」

おれは呆《あき》れるが、結局は押しきられてアトキンス邸をたずねることになった。

それがどこかおもしろくなかったのは、意向が一致したふたりに、おれだけが弾かれたような気がしたからだ。

遅ればせながらそう思い至ったのは、減速した汽車がまさに駅舎にすべりこもうとしているときだった。

4

呼び鈴に応じた少女は、こちらの姿を認めるなり悲鳴をあげた。

凍りつくおれたちを玄関先に残し、一目散に身をひるがえす。

「きゃあああ！　母さん姉さん、たいへんたいへん！」

みるまに遠ざかる少女の背で、二本のおさげが跳ねている。

「押しこみ強盗にでもなった気分だな」

おれがこぼすと、パトリックが口の端をひきあげた。

「きみの肩先に、悪霊が視えたのかもしれないよ」

「それは洒落《しやれ》にならない」

奥の部屋ではどたばたと、大騒ぎが繰り広げられている模様だ。

「……すまないな。ちょっとおちつかせてくる」

クレイグはげっそりしつつ、足早に声のするほうをめざす。

手持ち無沙汰なおれは視線をあげ、アトキンス家の外観をうかがった。

ニューカッスル駅から徒歩で西に十五分ばかり。

石炭の採掘と、近年は造船業でも栄える町の活気は、タイン河を越える汽車からもうかがえたが、ここまでくれば工場地帯の喧噪《けんそう》も遠のき、いかにも暮らしやすそうな住宅地のテラスド・ハウスである。

玄関先の石段に、白墨の落書きをみつけて気持ちがなごむ。

と同時に否応なく脳裡《のうり》をよぎるのは、パトリックの育ったブレナン邸だ。あちらのほうがよほど豪邸だが、にぎやかな暮らしの息遣いは感じられなかった。パトリックには兄貴分のロビンがついていたが、仮におしゃべりな妹でもいたら、この世ならぬものに苛《さいな》まれた少年時代も、ずいぶん異なるものになっていたかもしれない。

　ほどなくクレイグとともに、黒い喪服をまとった婦人が姿をみせた。

あたふたと鬢《びん》になでつけている髪は、クレイグとよく似た胡桃色だ。

「おふたりともようこそ。息子がいつもお世話になっているそうで」

　ものやわらかな微笑には、わずかなとまどいが見え隠れしている。親しくしているはずのおれたちについて、クレイグが話題にしたことは一度もなかったのだから、それも当然の反応だろう。

　おれは急いで襟巻《えりま》きをとり、礼儀正しく詫びた。

「急な訪問で驚かせてすみません。今日はみなで書店めぐりをするつもりでこの町まで足をのばしたのですが、級友のクレイグがせっかくだからと誘ってくれたので、無作法にも立ち寄らせていただきました」

　書店めぐり云々のくだりは、パトリックの考えた口実である。

　嘘を見破られまいかとひやひやするおれの隣では、当の策略家が内気にはにかみ、謙虚な優等生を演出している。普段のふるまいを知る身としては鳥肌ものだが、こういうときの奴の強心臓ぶりには、もはや呆れを通り越しておそれいるばかりだ。

「まあ。うちのクレイグにこんな素敵なお友だちがいたなんて。連れだって休日をすごすほどの仲なら、もっと早くお招きしたらよかったのに」

そうなじられたクレイグは、ごまかし笑いで弁解する。

「いやまあ、なかなか機会がなくてさ」

「たいしたものはご用意できないけれど、どうぞゆっくりしていらして。ちょうど娘たちと焼いたクッキーもあるの。甘いものはお好きかしら？」

「大好きです」

パトリックが飛びつくようにうなずく。

「それならぜひお味見をなさってね。娘たちも喜ぶわ」

「母さん。おれたちそんなに長居するつもりはないからさ……」

俄然《がぜん》はりきる母親にたじたじとなりながらも、クレイグはこの試練からは逃れられないと腹をくくったのか、目線でおれたちをうながした。

「案内はおれがするよ。ふたりとも、こっちだ」

「お邪魔します」

背を向けたクレイグに、パトリックがいそいそと続き、出遅れたおれは夫人とまともに視線がぶつかった。とっさの会釈でやりすごそうとしたが、

「もし」

すかさず呼びかけられて、足をとめざるをえなかった。

「息子のいないところで、こんなふうにうかがうのは気がひけるのだけれど」

声をひそめた夫人は、遠慮がちにたずねる。

「ダラムでのあの子はどんな様子かしら？」

おれはおもわず身がまえた。クレイグにまといつく女の影について、なにか心当たりがあるのだろうか。

「どんな……というと？」

「その、つまり学校では元気にすごしているのかしら？　クレイグは昔から家族に弱音を吐かないものだから、体調を崩したり、なにか悩みごとをかかえていたりはしないかと気がかりで……」

なんのことはない。彼女は母親としてごくあたりまえに、息子の普段の暮らしぶりを案じているだけのようだ。ここで現状を知らせても、不安がらせるだけだろう。

「おれの知るかぎりは、変わりないようですが」

「学校のみなさんともうまくやれている？」

よりにもよって、このおれにそれを訊くとは。

皮肉な問いかけに苦笑を誘われながらも、おれは正直に説明した。

「じつはおれ、去年の秋に聖カスバート校に編入したばかりなんです。だからまだあまりなじめていないんですが、クレイグは級生にも教官にもなにかと頼りにされているみたいですよ。新顔のおれにも、こうしてこだわりなく接してくれますし」

さりげなく好青年ぶりを印象づけてみせると、

「そう。クレイグらしいわ」

彼女は愛おしげに目許をやわらげた。

「あの子の世話焼きはもう習い性ね。娘たちを育てるのに、わたしがなにかと手を借りたものだから」

長男ばかりに、要らぬ苦労をかけたという負いめもあるのだろうか。安堵《あんど》と懸念のせめぎあうような吐息が、長く耳に残った。

「でもよかったわ。父親を亡くしてからのクレイグは、うちにお友だちを連れてくることもなくなったし、学校での話もあまりしなくなったのだけれど、こんなにしっかりしたお友だちに親しくしていただいていたなんて」

「いえその、こちらこそ」

クレイグの学校生活について、これ以上たずねられたらお手あげだ。

おれが冷や汗をかいていると、ようやく救い手がやってきた。

「母さん。そんなところでいつまでも立ち話は悪いだろう」

「あら、そうね。おひきとめしてごめんなさい」

「とんでもない」

おれはそそくさとクレイグに並びながら、半眼で抗議してやる。

「遅い」

「……すまん。こっちも大変で」

たしかに大変なことになっていた。

暖炉のかたわらの特等席で、小柄な身をすくませたパトリックに、興味津々の三姉妹が群がっている。

「あなたマハーラージャに会ったことある？　ある？」

足許の絨毯《じゆうたん》に座りこみ、無邪気な問いをくりだしているのは、巻き毛の末娘エルシーであろう。さきほどのおさげの少女――次女のローラは嬉々として肘《ひじ》かけに身を乗りだしている。跳ねる髪をくりかえしなでつけつつ、背もたれ越しに好奇心を隠せないまなざしを注いでいるのが、長女のヴィクトリアか。

なんとも貴重な光景だ。こんなに身のおきどころのない様子のパトリックには、二度とお目にかかれないかもしれない。

おちつかなく視線を泳がせながら、パトリックが問いかえす。

「ええと……なぜぼくにそんなことを訊くのかな？」

「だってあなたインドの生まれでしょ？」

「違うよ」

「肌も髪もそんなに黒いのに？　ならどこの国からきたの？」

クレイグがぎょっとして妹をたしなめた。

「こら。面と向かってそういうことを訊くものじゃない」

「どうして？」

「どうしてってそれは」

相手の出自についてあれこれ知りたがるのは、礼を失したふるまいだからだ。とりわけそれがさまざまな偏見と結びつきがちな事柄なら、無遠慮にふれるべきではない。そんな処世術を、とっさには説きかねたのだろう。

クレイグの気まずさを察したように、

「ぼくならかまわないよ」

おだやかにとりなしたパトリックは、身をかがめてエルシーと視線をあわせた。

「ぼくの肌の色がめずらしいかい？」

「うん。絵本にでてきたインドの王子さまみたい」

「なるほどね。でもこれはギリシア生まれの母譲りなんだ」

「ギリシア？」

「地中海にある古い古い南の国さ。アプロディテとかアルテミスとか、美しい女神さまがたくさん生まれた土地なんだよ」

「女神さま！　だからそんなにきれいな眼をしてるのね」

「きれい？　ぼくの眼が？」

呆気《あっけ》にとられるパトリックの双眸《そうぼう》を、少女はいそいそとのぞきこんだ。

「そうよ。おばけを視たり操ったりできる、魔法の瞳みたい」

空想好きが嵩じたゆえか、あるいは子どもならではの直感か。

はからずも真実をかすめる発言に、おれは内心どきりとする。

パトリックもまた、つかのま息をとめていたが、やがてやさしく問いかけた。

「だとしたら、きみはぼくの瞳が怖くはないのかい？」

「全然！　だってあたしもそんなふうになりたいもの」

エルシーの笑顔には、ひとかけらの迷いも恐れもない。

邪視を彷彿《ほうふつ》とさせる、いかにも胡乱げなパトリックのまなざしは、彼が敬遠されてきた理由のひとつでもあるはずだ。にもかかわらず臆することのない妹は、クレイグにどんな印象を与えているだろうか。

するとパトリックが、おもわせぶりにささやいた。

「じつはぼくのこの眼には秘密があってね」

「やっぱり！　どんな秘密？」

「手のひらに浮かぶ相手の未来を、読み解くことができるんだ」

「未来？　どれくらいの未来？」

「ぼくの力はそこまで強くないから、半年くらい先までかな」

「それでもすごいわ。あたしの未来もわかる？」

「きみの右手を貸してくれるかい？」

「いいわ」

さしだされた片手を、パトリックはうやうやしく押しいただいた。

「ふむ。どうやらきみは、近いうちに素敵な贈りものをもらうことになりそうだ」

「当たってる！　あたしもうすぐ六歳になるの。家族の誕生日は、いつもみんなでお祝いするのよ」

「それはおめでとう。きっと忘れがたい誕生日になるだろうね」

続いて次女のローラが、我慢できないようにせがんだ。

「わたしのもお願い！」

「どれどれ」

パトリックはすかさずそちらに目を移し、

「ほう。きみには近々かけがえのない出会いが待っているようだ」

「女の子？　それとも男の子？」

「それはわからないな。でもきみの人助けが、あらたな縁につながるらしい」

「ん……わかったわ。わたしみんなに親切にする」

「すばらしい心がけだ」

かけがえのない出会いを、運命の恋のおとずれと解釈したのか、ローラはふくらむ期待に胸をときめかせている様子だ。

お次はもちろん長女のヴィクトリアの番である。

腕を組んだクレイグが、おれの耳許でささやく。

「彼には手相見の心得もあるのか？」

「いや……たぶん当てずっぽうで興味を惹いてるだけだ」

「だよな。あんまり鵜呑《うの》みにするなって、あとで釘をさしておくよ」

いんちき占い師に群がる妹たちをながめやり、クレイグはあらためて憮然《ぶぜん》とする。

「……なんか腹たつ光景だな」

「抑えろよ。もてなしの礼をしようと、パトリックなりに気を遣ってるんだろう」

「ううむ……」

納得のいかないクレイグがうなり声を洩らしたとき、エプロン姿の夫人が扉口から顔をのぞかせた。

「まあ。ずいぶんと楽しそうだこと」

居間の盛りあがりを耳にとめ、様子をうかがいにやってきたらしい。初対面にもかかわらず、ものの数分でパトリックと打ち解けた娘たちに驚いている。

顔をあげたパトリックが、ほがらかに呼びかけた。

「アトキンス夫人。次はあなたのお手を拝借してもよろしいですか？」

「あら。わたしもなの？」

「さしつかえなければぜひ」

三姉妹も口々に勧めにかかる。

「せっかくだから、母さんも未来を教えてもらいなさいな」

「そうよそうよ」

「ほら早く！」

ついには末娘に腕をからめとられて、夫人は苦笑しながら足を進める。罪のない余興と承知で、誘いに乗ることにしたようだ。

「では失礼」

預けられた片手に、パトリックがいざ目を凝らす。三姉妹の注目も浴び、そのまなざしは一段と真剣だ。

「おや……これはなんとも不思議ですね。ふたつの道が視えます」

いままでとは毛色の異なる予言に、少女たちもいろめきたつ。

「いったいどういうことなのかしら？」

話をあわせる夫人に対し、パトリックはおごそかに告げた。

「おそらく現在のあなたの選択により、未来が大きく分岐することになるのでしょう」

「わたしの選択？」

「なにか決断に迷われていることなどはありませんか？」

「どうかしら。あるといえばあるような……」

首をかしげる夫人は、予想外の問いをもてあましているようである。

とまどいに揺れるその瞳を、パトリックはひたとみつめる。

「ぼくからひとつ助言をさせていただくと――」

パトリックはおもむろに声をひそめた。

「決断はどうぞお早めに。近い将来に大金を手にできるかどうかが、その選択にかかっているようですから」

「……っ！」

夫人は喘ぐように息を吸いこむ。

とたんにおれは奇妙な錯覚にとらわれた。

あたかも印画紙の世界に迷いこんだかのように、目のまえの光景が一瞬にして鮮やかさをなくしたように感じられたのだ。

否——錯覚ではない。いまのいましがたまで生き生きと笑いさざめいていたはずの彼女たちは、そろって演技を忘れたような、表情の抜け落ちたまなざしで室内の一点をみつめていた。

冷えた四対の瞳はただひとり——クレイグのみに向けられていたのだ。

「なんだかおかしな雰囲気だったな」

閉めた扉を背に、おれはようやく息をついた。

アトキンス家の二階にある、クレイグの寝室である。

パトリックの妙な手相見のおかげでなごやかな空気はすっかり霧散し、おれたち三人はぎこちない沈黙をろくにとりつくろうこともできないまま、適当な理由をつけて居間から抜けだしてきたのだった。

「おかしいなんてものじゃない。あれは異様だろ」

クレイグはどさりと寝台に腰をおろし、混乱した面持ちでパトリックに訴えた。

「なんだってわざわざ、あんな占いもどきを披露してみせたんだ？　選択がどうとか大金がどうとか、すっかりうちの家族を惑わせて。夢見がちな妹たちはともかく、母まで目の色を変えていたじゃないか」

「ちょっと確かめたいことがあったものだから」

窓枠にもたれたパトリックは、あくまで冷静なくちぶりだ。突拍子もない予言で、あの尋常ならざる反応をひきだしたことにも、どうやらそれなりの理由があったらしい。

おれはたずねた。

「なら収穫は？」

「大いにね」

はたしてパトリックは不敵な笑みをかえし、

「ときにオーランド、きみは昨年の事故で急死された母君から、まとまった財産を相続しているのだったね」

「母から？　ああ……まあな。いまはファージング硬貨一枚すら、おれの自由に動かせはしないが」

しかしなぜそんなことを訊くのだろう。

こちらのとまどいは気にかけず、パトリックは問いを繰りだす。

「その財産の一部について、きみのためにもしものときの備えをしてあると、生前の母君から伝えられていなかったかい？」

「もしものときの備え？」

「たとえば預金や債券以外に、彼女が亡くなったときには、いくらかの現金がすぐにでもきみの手に渡るよう、算段をつけてあるとか」

パトリックがなにを示唆しているのか、おれはようやく理解した。

「そういえば一度だけ、その手の契約について話題にしたことがあったな。受取人名義は息子のおれにしてあるって」

だがいざ母が突然の事故で他界してからは、悪夢のような日々のせいで、すっかり失念していた。

「契約の詳細については？」

「そこまでは知らないよ」

おれは肩をすくめ、

「そう高額な条件でもないから、毎度の支払いはたいした負担にもならないってことくらいだ」

「なぜ？」

「なぜって？」

「だって、ともすればきみの将来の身のふりかたにも影響するかもしれない、大切なことじゃないか。なぜ詳しく訊こうとしなかったんだい？」

「それは……」

どういうわけか、パトリックはしつこく追及してくる。

しかしとっさのことで、うまい説明がみつからない。そんなおれの胸の裡《うち》を代弁するように、パトリックがささやいた。

「あまり愉快な気分ではなかったから？」

「当然さ。だってその金は――」

おれは飛びつくように同意したが、その先はふたたび喉につかえて言葉にならない。

もとよりそれを見越していたのか、パトリックは流れるように続けた。

「そう――なぜならその金は、きみの母君の命を代償に得られるものだったから。彼女は自分の命に金を賭けあう勝負に、みずから乗ったんだ。そしてめでたく勝利を収めたわけだ」

「違う。勝ってなんかいない」

パトリックはあえて露悪的な表現を選んでいる。意識のかたすみではそうと察していても、おれは剝きだしの心臓を炙《あぶ》られるようないらだちをおぼえずにいられない。

「そうだろうか？」

逆光を背にしたパトリックが、なおも迫る。

どんな欺瞞《ぎまん》をも見透かす、老猫のようなまなざしで。

「わずかな投資のみで、何十倍もの大金をせしめたというのに？」

「だからって、早死にしたほうが勝ちなんてことがあるか」

「けれど相手は大損をして、きみは労せずに利益を得た」

「望んだわけじゃない！」

ついにおれが声を荒らげると、

「おい。ふたりともいったいなんの話をしているんだ？」

傍観に耐えかねたクレイグが、寝台から腰を浮かせた。焦れた瞳には、漠とした不安がちらついている。

そんなクレイグに、パトリックはおちつきはらって告げた。

「もちろんきみの話だよ」

「おれの？」

「きみの家族も、いままさに賭け金を投じようとしているのさ。きみの命の残りをめぐる賭博――すなわち死亡保険の契約にね」

「死亡……保険？」

クレイグが当惑もあらわにくりかえす。

おれははっとして、パトリックに向きなおった。

「ひょっとしてさっきの手相見で、きみがほのめかした大金は……」

「指定受取人に支払われる、死亡保険金のことさ」

おれはたまらず眉をひそめる。

「だとしたらなんだってわざわざ、あんな不吉な予言をしてみせたんだ？　ただの余興にしてもあまりに悪趣味じゃないか」

じきにその保険金が舞いこんでくるとは、すなわち事故か病か、いずれにしろクレイグが近く若死にすることを意味するのだから。

「反応をうかがいたかったのさ。保険金をせしめるために、いかさまをはたらくつもりがあるのかどうか」

「いかさま？」

「不正な手段で、保険金を詐取する行為のことだよ」

さらりと不穏な科白《せりふ》を吐き、パトリックは声音に冷笑を含ませる。

「死亡保険金の詐取では、毒が使われることが多いというね。砒素《ひそ》やアコニチンやストリキニーネ。それらの毒をひそかに盛り、被保険人の病死をよそおうわけさ。ちなみに世の毒殺犯の七割が、非力な女性だそうだよ」

ふた呼吸ばかりおいて、クレイグが乾いた笑いを洩らした。

「たいした想像力だな。保険金欲しさに、家族がおれの毒殺をもくろんでいるかもしれないって？　そもそも死亡保険とやらについて話題にしたことすらないのに、いったいなにを根拠にそんな馬鹿げたことを――」

「根拠ならあるよ。家族ぐるみのつきあいだという、きみの従兄の存在さ」

「……おれの従兄がどうしたって？」

「彼の近況について、きみは母君から伝えられたそうだね。契約をまとめるごとに手取りが増える、やりがいのある職に就いたらしいと」

たしかにニューカッスルまでの道すがら、クレイグがそんな話をしていた。

「そこまで詳しく把握していながら、いざ具体的な就職先についてはまるでふれていないことを、奇妙に感じはしないかい？」

「そんなことは……」

否定しきれずに黙りこんだクレイグの代わりに、おれはパトリックをうかがった。

「つまりきみの考えでは、その従兄は保険会社の外務員として雇われたわけか？」

パトリックはうなずき、滔々《とうとう》と自説を語ってみせる。

「あの手の商売は、まず身近なところから勧誘を始めるものだ。そして息子の名義で死亡保険に加入するよう勧められたことを、夫人が隠しておきたかったのだとしたら、そこにやましさがある証拠に――」

「こじつけだ！」

クレイグが叫ぶように抗議しても、パトリックはまるで動じない。

「きみは認めたくないかもしれないけれど、まとまった現金欲しさに我が子を犠牲にする親は、決してめずらしくはないよ。特によくある手は、埋葬給付金を狙うものだね。集金埋葬協会に週一ペニーほどの会費を納め、いざ子どもが死んだら埋葬のための費用として数ポンドの給付金を受けとる。複数の協会に投資をしていれば、それだけ高額の給付金を手にできるというわけさ。知っているかい？　ここニューカッスルのような新興産業都市において、労働者階級の子どもの死亡率はおおむね二人に一人だけれど、複数の埋葬協会に加入している子どもの死亡率は三人に二人に跳ねあがっていることを」

いったいなんのつもりだ。

おぞましい言葉の奔流に呑まれかけたところで、おれは勘づいた。

これはおそらく挑発だ。パトリックは手負いの獣をさらなる罠に誘うように、クレイグの反応を待ちかまえている。

「ふざけるなよ」

はたしてクレイグは床を蹴り、小柄なパトリックに飛びかかった。

窓に押しつけられたパトリックの後頭部が、鈍い音をたてる。

おれはとっさに両者をひきはがしにかかった。

「やりすぎだ！　ふたりともそれくらいにしておけ」

だがパトリックの胸倉をつかみあげるクレイグの手は、容易にはふりほどけない。おれは腕ごとかかえこむようにして、なんとか彼を押しとどめた。

「これ以上おれの家族を侮辱するのは許さない。母のことも妹たちのことも、なにも知らないくせに勝手なことばかり――」

「そういうきみこそ、彼女たちのなにを知っているというんだい？」

息苦しさに顔をしかめながらも、パトリックは退かずにたたみかける。

「ただ理解したつもりでいるだけでは？　それとも真の姿を感じとっていながら、あえて目をそむけているのかな？　だからきみにしか視えない生徒の視線に、苛まれていたのではないのかい？」

「なん……だと？」

激しい憤りが矛先を逸らされ、ひるむように勢いをなくすさまが、だきこんだままの腕から伝わってくる。

怖気のにじむその困惑を、おれもまた共有していた。

そもそもの始まりは、教室にまぎれこんだ謎の生徒だった。そして唯一その姿が視えているらしいクレイグには、女の影がまとわりついているという。

そのふたつに、切り離しがたいつながりがあるとすれば——。

「クレイグ」

パトリックが呼びかける。

「きみはきみの家族におぼえたわずかな違和感を、長らく親しんできたはずなのに正体のつかめない他人——すなわちいつのまにか増えた同級生のひとりとして認識していたのではないかい？」

「…………」

　黙りこくるクレイグの腕を、おれは放さずにいた。彼がふたたびパトリックにつかみかかろうとしたら、すぐにもその動きを封じられるように。

だがこわばる腕からはしだいに力が抜け、やがてだらりと垂れさがった。

「年末に帰省したとき……なにか細かな数字の並ぶ書類を、母がさりげなく遠ざけたことがあった。おれがなんの気なしに従兄の名をだしたら、妹たちが妙に急いで話題を変えたことも。たいして気にとめたつもりはなかったんだが……」

「それでいながら、きみはその不可解さが意味するところを、直感的にとらえてもいたのだろう。なぜなら彼女たちのまなざしは、きみがきみ自身に向けているものでもあったのだからね」

「おれがおれに？」

「命を金に換算するまなざし、か、か、か、か、」

　息を呑んだクレイグをいたわるように、パトリックは声音をやわらげる。

「稼ぎ手の父君が他界したからには、自分が働いて家計を支えなければならない。一日でも早く、一シリングでも多く。それができない自分には価値がない。心のどこかでそんなふうに感じていたのではないかい？」

「おれは……」

家族の役にたちたい。役にたたなければならない。

縒《よ》りあわされた愛情と義務にからめとられるあまり、かくあるべき自分とのへだたりを責めるクレイグの意識こそが、家族から向けられたまなざしを増幅する核となり、虚構の他人の姿を浮かびあがらせていたのだろうか。

だとしたらその正体を、ロビンが見定められなかったのもうなずける。たしかに死霊とも生霊とも言い難いなにかだ。

「オーランド。きみは生命表を知っているかい？」

ふいにパトリックがこちらに目を向けた。

おれはとまどいながら首を横にふる。

「ならエドモンド・ハレー博士は？」

「ハレー彗星の？」

「そう。彼は人口統計の解析によって、保険数理学の発展にも寄与していてね。生命表とはそれぞれの年代の男女が、おおよそあと何年生きるか——つまり推定余命の平均を一覧にしたものさ。商品としての生命保険は、統計を反映する生命表の研究成果があってこそなんだ。個々の契約者が期日ごとに支払う保険料は、その値に基づいて算出する。基本的に被保険者の年齢が若ければ若いほど、少額になる仕組みだね」

「それだけ長いあいだ、保険料が支払われる目算が高いからか」

「被保険者が天寿を全うするならね」

「そういえば母もそんな説明をしていたよ」

おれはいまさらながら、数年まえのおぼろげなやりとりを反芻した。

「一日あたりで換算したら、カフェ一杯にも満たないほどの額だからって」

もしもの未来のための賢い備え——そう説かれても、おれは手放しで賛同する気分にはなれなかった。

おれはそんなものに金を費やすのは無駄だと考えた。そう考えたかったのだ。

その備えが役にたつとき、ひとり親を亡くしたおれは、天涯孤独の身となる。

だからこその親心なのだろうと、当時も理解はしていたが、それでも反発をおぼえたのは、いましがたパトリックが暴いたように、その契約が命の期限をめぐる賭けだとどこかで感じていたからかもしれない。言葉巧みな勧誘に乗った時点で、命の意味を数字で計るまなざしを植えつけられているのだと。

つかのまの追憶に耽るおれを、パトリックは気遣うようにうかがい、やがてクレイグに目を移した。

そのまなざしはすでに、獲物を追いつめる狩人のそれではない。

「だからね、きみの家族も急げば急ぐほど得をすることになるんだ。できるだけ早く契約を結び、できるだけ早く保険金を受けとれば、かぎりなく少額の出資で最大の利益を手にできるのだから」

クレイグが呆然とつぶやく。

「……それが母さんたちの望んでいることなのか？　これからみんなで安心して暮らしていくために？」

「きみの考えは？」

「おれは……おれにはわからない」

なけなしの気負いがほろほろと崩れて、クレイグはいまにも泣きだしそうだ。

するとパトリックがおもむろにささやいた。

「ならば確かめてみる勇気はあるかい？」

クレイグの瞳が心許なげに揺らぐ。

「でもどうやって……」

「なに。単純なことだよ」

パトリックは悪魔のように笑む。

「一度きみが死んでみればいいのさ」

そして迷い子のように立ちすくむクレイグを、両腕で力いっぱい突き飛ばした。

「誰か！」

おれは一目散に階段をかけおりた。

捜しあてた台所に飛びこむなり、母娘たちに向かって訴える。

「大変です！　いますぐ二階まで来てください！」

「いったいどうなさったの？　二階で大きな音がしていたようだけれど」

唖然とするアトキンス夫人に、おれは荒い息のまま告げた。

「クレイグが倒れたんです。急に意識をなくして」

たちまち夫人が皿を取り落とした。砕け散る破片には目もくれず、悲鳴をこらえるように口許を押さえる。

「まさか夫のように、心臓の発作を？」

「わかりません。ですがいくら呼びかけても、まるで反応がなくて」

「そんなの嘘よ！」

そう叫び、長女のヴィクトリアが台所を飛びだしていく。次女のローラも弾かれたように続いた。

「なんてこと……」

血の気をなくした夫人も、まろぶように階段をめざす。その裾《すそ》には三女のエルシーがしがみついていた。

かける言葉もないままにあとを追い、クレイグの寝室にたどりついたときには、すでに妹たちが兄に取りすがっていた。クレイグは寝台にもたれかかる体勢で、ぴくりともせずに横たわるばかりである。

「兄さんの嘘つき！　あたしたちの花嫁姿を見届けるまでは、意地でも死ねないんじゃなかったの？」

「そうよ。こんな悪ふざけ、おもしろくないんだから！」

左右からゆさぶられ、かしいだクレイグの首が力なく垂れる。

「ああ……神さま。どうかどうか、坊やまではお召しにならないで……」

遅れてかけつけたふたりも加わり、なおも悲痛な呼びかけがかさなりあう。

そのときである。クレイグのまぶたがぴくぴくとひきつるやいなや、凍りついた一同の見守るなかで、ぱちりと胡桃色の瞳があらわになった。

「きゃああ！」

「生きかえった！」

驚愕《きょうがく》した姉妹が悲鳴をあげて飛びのき、ふたたび兄にしがみつく。

「なによ。さっきまで死んでたくせに、びっくりさせて！」

「いや……死んではいないから」

クレイグはいたたまれなさと照れくささの交錯する面持ちで、

「このところ寝不足ぎみで、雑談しているうちに気が遠くなっただけだよ」

いかにもめんぼくなさそうに弁解した。おれがいないうちに、そう口裏をあわせることに決めたらしい。

たちまちヴィクトリアが眦《まなじり》を吊《つ》りあげた。

「おしゃべりしながら居眠りしたの？」

「あいかわらず最低ね！」

口々に罵られたクレイグは、すっかりお手あげという風情だ。

ただの人騒がせと知れたとたんに、株のさがることはなはだしい。

それでも夫人だけは、なおも不安を払拭しきれないように念を押す。

「本当に、胸の痛みに襲われたわけではないのね？」

「あたりまえさ。いくら親子だからって、そうそう同じ病気で死んだりしないよ。おれはまだ若いんだし」

「でもわからないじゃないの。お父さんのときだって、あまりに突然のことで……」

口にするだけでもたまらないのか、夫人は辛そうに目許をゆがませる。

そんな母親を見あげ、クレイグはおちついた口調できりだした。

「だからいまのうちに、おれに保険をかけておこうとしたの？」

「クレイグ……あなた知っていたの？」

「なんとなくさ」

クレイグは苦笑いとともに肩をすくめた。

「それらしい書類も目についたし、さっきの母さんたちの態度も妙だったから。隠さないで、おれにも相談してくれたらよかったのに」

「だってあなたの身になにかあったときのために、あらかじめあれこれお金の算段をするなんて、気が咎《とが》めたのよ。そんなときのことなんて、考えたくもないのに」

「わかるよ。ちゃんとわかってる」

くりかえしかみしめるクレイグの表情は、憑きものが落ちたようにおだやかだ。

いましがたの家族のふるまいから、否応なく気づかされたのだろう。彼女たちは決してクレイグの死を望んではいないし、予期せぬ死によって多額の保険金を手にし損ねたことを、悔やんだわけでもないのだと。

実際に死んでみるというパトリックの奇策は、狙いどおり功を奏したわけだ。

がんじがらめになったクレイグの魂を解放するための、甦《よみがえ》りの儀式。まさに一発勝負の荒療治である。

「そんなふうに気に病むことないよ。従兄《にい》さんがいまの職を選んだのも、うちの父さんが死んで、おれたちの先行きを気にかけたことがきっかけなんだろう？」

「そうらしいわね。まとまった保険金を受け取れていれば、せめてお金のことだけでも心許さなさをおぼえずにすんだかもしれないって」

遺された叔母一家のことを、彼なりに親身におもんぱかったうえで、たどりついた発想なのだろう。

クレイグはうなずいた。

「おれも同感だよ。だから詳しく教えてくれないかな。従兄さんにも近いうちに顔をだしてもらってさ。みんなで相談できたら、そのほうがいいだろう？」

「そうね。あなたさえかまわないなら」

「頼むよ」

涙ぐんだ夫人の瞳に、ようやくほのかな笑みが浮かんだ。

クレイグも安堵の息をついて、腰をあげようとする。

だがおれはとっさに割りこまずにいられなかった。

「クレイグ。相談しなきゃならないことなら、他にもあるだろう」

「え？」

「進路についてさ。きみには大学で専門に学びたいことがあるんじゃないのか？」

「どうしてそれを」

クレイグはあからさまにまごついた。

視界の隅のパトリックに、驚いた様子はない。すでに同じことに気がついていて、おれのしたいようにさせるつもりなのだろう。

「成績がさがることを、きみがいやに気にしていたからさ。大学進学の道を模索するために、ひとまず次年度の奨学生でもめざすつもりなんじゃないのか？」

「いや……そんなつもりは……」

おれの読みが的中したのか、クレイグはますます狼狽した。

そんな息子に夫人は呆れるような、咎めるようなまなざしを注いでいる。

「あなたはまた、そんな大切なことをなんの相談もなしに……。まさかそのために無理をかさねて、睡眠不足になっていたの？」

「誤解だよ！　おれはただ、伯父さんの負担をいくらかでも減らせたらと」

「いまさら信じられますか。そもそもわたしは、進学には興味がないなんていうあなたの言い草を、真に受けてはいなかったのよ。あなたはいつも詰めが甘いから」

もどかしげに眉をひそめられて、クレイグは首をすくめる。

「だけど現実的に、学費を工面しないことには……」

「そうね。だから近いうちに下宿を始めるつもりよ」

「下宿？　うちで？」

「女性専用の下宿よ。ニューカッスルには、単身で働きにきている女性もたくさんいるでしょう？　そんな彼女たちが、おちついて暮らせるような住まいを提供するの。もちろん美味しいまかない付きでね。入居者が女性ばかりなら、こちらとしても安心だし」

「それは……たしかに名案だね」

目から鱗《うろこ》が落ちたように、クレイグがつぶやく。

「空き部屋の広さに応じて、お家賃を変えたらどうかと考えているところよ」

そこまで具体的に計画しているのなら、とっさのひらめきというわけではなさそうだ。

彼女も子どもたちのために、あるいは自分のために、最善の道をさぐろうとしていたのかもしれない。自宅を下宿にすれば、まだ幼い娘たちを見守りながら、自活のための収入を得ることができる。

クレイグもうしろめたさをおぼえることなく、夢を叶えるための努力に専念することができるだろう。

やれやれと顔をあげたおれは、ふと壁際の本棚に目をとめて苦笑する。

たしかに詰めが甘い。

そこには最新の考古学に関する書籍が、ずらりと並んでいたのだ。

5

アトキンス家を辞すと、おれたちはクレイグの案内で墓地に向かった。

ニューカッスルを発《た》つまえに、彼の父親の墓まで足をのばすことにしたのである。

たっぷりのクレソンが効いた七面鳥のサンドイッチに、若草色がまぶしいえんどう豆のスープをたいらげてきたので、足取りはそろって軽やかだ。

「次に授業を受けるときには、おれだけに視えていたあの生徒は、もういなくなっているのかな」

誰ともなしにクレイグがつぶやくと、パトリックがうなずいた。

「そのはずだよ。そもそもがきみの生みだした、淡い虚像のようなものにすぎなかったのだろうからね。だから不特定多数の視線を感じる機会のある教室でしか、存在を意識することもなかっただろう?」

「そうか……」

「拍子抜けしたかい?」

「ん……まあ、自分で自分の影に怯えていたようなものだからな。でも考えてみれば幽霊だってもとはといえばただの人間なんだから、怖がらずに向きあってみれば有意義な交流ができるものなのかもしれない」

「さすがに前向きすぎないか?」

おれはなかば呆れながら、

「考古学に興味があるなら、古代の幽霊とも話が弾みそうだ」

なにげない軽口をたたくと、クレイグが妙な勢いで喰《く》いついてきた。

「それだよ！　発掘調査には資金の調達がつきものだから、遺跡が埋もれた土地を一発で教えてくれたら、それだけ金策にかけまわらなくてすむ」

「亡骸《なきがら》の在《あ》り処《か》を、幽霊に指さしてもらうつもりか？」

「いいね。墓には貴重な副葬品がざくざく納められているから、なおさら好都合だ」

現実的なのかそうでないのか、クレイグは突飛な発想に瞳をきらめかせて、パトリックをうかがった。

「実際のところどうなんだ？　きみの耳には、その手の訴えかけが頻繁に届いていたりもするのか？」

パトリックはそっけなく肩をすくめる。

「ぼくは霊媒ではないし、そんなに長くこの世に留まっている幽霊なんて、よほどの怨念《おんねん》を滾《たぎ》らせていそうで、とても手に負える気はしないな」

「う……」

冷や水を浴びせられたクレイグは、呆気なく怖気づいている。

とはいえ安易にあちらがわの世界にのめりこまれても、それはそれで厄介だ。

パトリックの牽制《けんせい》もそんな親切心から……かどうかはわからないが、おれは肝心なことをたずねた。

「そんなことより、奨学金に手は届きそうなのか？　素行はまず問題ないとして、成績のほうは？」

とたんにクレイグは神妙な面持ちになる。

「いまのところ中の上だな」

「べつに謙遜しろとは」

「してないよ！」

「え」

おもわず絶句するおれの視線を散らすように、クレイグは力任せに髪をかきむしる。

「教科によって出来不出来があるんだよ。特にフランス語の才能がからきしで」

「あの授業の水準なら、才能がどうのというより、ただの慣れだろう」

「貴重なご意見をどうも」

なんの参考にもならないと、いかにも恨めしげにぼやかれる。

おれはいささか気の毒になり、

「いずれ海外で遺跡の発掘にたずさわるつもりなら、どのみち語学に長けているに越したことはないだろう。そう考えてやる気をだせよ。作文の添削くらいなら、おれも力になれるし」

「いいのか？」

「いくらだす？」

「金に苦労しているおれから、金をとるつもりなのか？」

「昔から〝無料の昼食はない《There's no such thing as a free lunch》〟というじゃないか」

「うちの母に昼食をふるまわれたのは誰だ？」

「あれは正当な報酬だ」

たわいないやりとりをかわすうちに、墓地の門が近づいてきた。

沿道の露店で、クレイグがささやかな花束を見繕《みつくろ》うのを待ちがてら、おれはパトリックにきりだした。

「それにしても、今回の怪異に保険金をめぐる思惑が隠れているなんて、よく気がついたな。クレイグの従兄の職について、詳しく知りたがったときにはもう、ぴんときていたのか？」

「まあね。クレイグにまといつくものが死霊でも生霊でもないとすれば、当人の心持ちにこそそれをつなぎとめる要因がありそうだったし」

「それなら奴が大金のために命を狙われているかもしれないなんて、はなから考えていなかったわけか」

「当然さ。長男のクレイグがあれだけ能天気に育ったんだ。その家族が冷酷で緻密な毒殺計画なんて、練れるはずがないだろう」

「言葉を選んでやれよ」

おれは深々とため息をつく。

そういうことはあらかじめ伝えておいてほしい。雰囲気に呑まれ、わずかなりと疑いをいだいたことが、どうにもいたたまれない。しかもクレイグの突然死をよそおい、家族の反応をうかがうための一芝居にまで荷担させられたのだ。

「あんな役まわりはもう御免だからな」

「やはり役者は顔がよろしくないと」

悪びれもしないパトリックの脇腹に、おれは肘打ちをお見舞いしてやる。

笑いながら身をかわしたパトリックが、ふいに声音をあらためた。

「じつは先だっての帰省で、大叔母さまから相続の話がでてね」

おれはどきりとする。

「遺産の相続についてか？」

高齢の大叔母――サラ・ブレナン夫人は、心臓に持病をかかえていたはずだ。

おれの表情がかげるのを見て取ったのだろう、パトリックは急いで補足した。

「誤解しないでくれたまえ。大叔母さまの病状が、そこまでさし迫っているわけではないんだ。ただ次に会うのはいつになるかわからないし、念のために伝えておこうというだけのことでね」

「そういうことか」

おれは胸をなでおろした。

養い子をカトリックの聖職につけたいサラ大叔母と、それを望まないパトリックの距離感はぎこちないものだが、彼女は彼女なりにパトリックの幸せを気にかけていた。肉親との縁が薄いパトリックのためにも、できるだけ長生きしてもらいたい。

「ダブリンを離れているあいだにもしものことがあっても、財産分与の手筈《てはず》はととのえてあるから、ぼくが路頭に迷うようなことはないって」

「なにか条件をつけられたりは?」

「ありがたいことに、司祭をめざすのが必須ではないようだ。いまのところはね」

パトリックは片頰で苦笑しつつ、わずかに目を伏せた。

「というのも父の財産の相続人に、ぼくは含まれていないそうでね。ひとまずぼくを安心させようと、大叔母さまも気を遣ってくれたというわけさ」

すぐにはかける言葉がみつからず、おれはぎこちなく沈黙する。

そもそも先日のダブリン行きは、パトリックの父親の死の報を受けてのことだった。

パトリックとしては母親ともども見捨てられたという意識が強く、すでに十年も交流が絶えていた相手だ。

だからおれから詳しくたずねることはしなかったが、ブレナン夫人からは当然そうした説明がなされていたのだろう。

「そういえば、きみの父君は再婚していたんだったな」

「軍人遺族年金は、その妻と娘たちが受け取るそうだ」

おれはうなずき、ひと呼吸遅れて目をみはった。

「娘たち？　それってつまり……」

「ぼくにとっては、腹違いの妹にあたるね。しかも三人」

「三人！」

おれはますます仰天した。

「ならクレイグとそっくり同じじゃないか」

彼の家族構成を知り、あれほど驚いていたのはそのためか。

「まあね。上から順に、エリザベス・サラ・モードと、ミンニー・シャーロットと、ポージー・ガートルードさ」

「へえ……」

パトリックはなにやら手持ち無沙汰に、靴先で小石をもてあそんでいる。

その様子を、おれは新鮮な気分でながめやった。

「そんなわけでこのところは、遺族の境遇というものを意識させられてね。生命保険なんてものをひらめいたのも、そのためさ。もっとも彼女たちには母方の実家の支えがあるから、生活の不安はないそうだけれど」

「いまはどこで暮らしているんだ？」

「父の赴任先のインドから、故郷のダブリンに帰ってきたそうだ」

「ダブリン？」

おれは眉をあげた。

「なら休暇のうちに会っておくこともできたんじゃないか」

その事実をパトリックがいつ知ったのかわからないが、訪問するかどうか迷うそぶりもなかったはずだ。

パトリックは肩をすくめる。

「こちらから連絡をとるつもりなんてないよ。向こうはぼくの存在すら、ろくに知らないかもしれないのに」

「だったらなおさら、挨拶くらいしておいたって……」

「そういうきみは、見ず知らずの異母兄殿に会えて嬉しかったのかい？」

パトリックが痛いところをついてくる。

「そこはまあ……事情が事情だから」

なにしろおれは忌まわしい私生児として、存在そのものを憎まれているのだ。

「ぼくだってたいして違いやしないよ。相手は年端もいかない女の子なんだ。似ても似つかない母親違いの兄といきなり対面させられても、親しみを感じるどころか、とまどうか怯えるかするだけさ」

「そう決めつけることもないだろう。半分は血がつながっているんだから、意外にきみのおもかげがうかがえるかもしれない。三人のうちの一人くらいは」

奇しくもこのおれが、不本意ながら若かりし異母兄に生き写しであるように。

そんなおれのそそのかしに、パトリックがかすかな未練をよぎらせたのは、ほんのつかのまにすぎなかった。

「それはないよ。似ているわけがない。そのほうがいいのさ」

ぱたりと日記を閉じるように、パトリックは結論づける。

そこに押しこめられた——そうせざるをえないままならなさを察し、おれも安易に勧めるのはためらわれた。

パトリックは妹たちに無関心なのではない。彼女たちの暮らし向きを身近に感じるほどには心に留めているし、兄として慕われたいと期待をかけているからこそ、拒絶を恐れてもいるのではないか。

似ていないほうがいい。

破綻《はたん》した結婚の生まれである自分とは。

浮き彫りになる風貌は、遠い異国の母のおもかげだ。それはパトリックの、パトリックだけの心の拠りどころでもある。そんな心を御しかねてパトリックが傷つくことは、おれも望まない。

相手がダブリン在住なら、その気になればいつでも交流できるだろう。この世とあの世の端境を漂泊するようなパトリックの魂が、いつの日かしばしの憩いを求める港のひとつになればいい。

そしてふと考える。

そんないつの日かがおとずれるとき、おれはどうしているだろうか。

ひたすら憂鬱《ゆううつ》で退屈になるはずだったおれの日常は、パトリックにふりまわされることで、未知の体験に彩られた刺激的なものになった。だがそんな暮らしも、いざおれがおれの未来を選び取るべき時期がくれば、終わりを告げる。

心の隅に押しやってきた現実を、進路について語るクレイグにひきずりだされ、おれは建てつけの悪い身体に隙間風が吹きこんだような気分にとらわれていた。

たとえおれが聖カスバート校を去ることになっても、パトリックは卒業まで留まるだろう。大叔母の意向には反発しているが、彼女とて真摯に望みを訴えれば耳を貸さない相手ではないはずだ。得意の文学を専攻して、ダブリンのトリニティ・カレッジあたりに進学するという道もある。

いずれにしろ、もはや家族と呼べる相手もないおれとは違うのだ。

その意味では、クレイグのほうがよほどパトリックに似ている。

「きみの異母妹のこと、クレイグに教えてやらないのか？」

「そうするつもりだよ。でもまずはきみにと思ってね」

「……そうか」

そんな律義さをこそばゆく感じるほどには、強いられたおれの境遇はいつしか居心地の好いものに変化している。

「待たせたな」

紫の寒咲菖蒲《アイリス》を手にしたクレイグが、小走りでかけつけてくる。

「ふたりともまじめな顔して、なにを話しこんでいたんだ？」

「秘密だよ」

パトリックはさらりとあしらい、みずから錬鉄《れんてつ》の門に向かって歩きだす。

拗ねるクレイグに、おれは口の端で笑いかえした。

「おれには教えてくれないのか？　こんなに打ち解けたのに」

「パトリックは勿体《もったい》をつけるのが好きなんだよ」

「長期戦を覚悟しろって？　意中の女の子でもあるまいし、めんどうくさい奴だな」

「そう待たされずにすむだろうさ」

砂利敷きの遊歩道《プロムナード》は、のんびりした歩みの老若男女でにぎわっている。

クレイグの先導で、芝生に並ぶ墓石の群れを縫ううちに、おれはふと足をとめた。

飾りけのない墓石のかたわらに、三歳ほどの男の子がぽつねんとしゃがみこみ、ひとりで土いじりをしている。

親族の墓で遊んでいるのだろうか？　だが左右をうかがってみても、連れらしい大人の姿はない。

「あんなところにひとりきりで……迷子かな」

いきなり声をかけるのもためらわれるが、どうにも目を離せない。

するとおれの視線を感じたのか、少年がゆらりと顔をあげた。

寒さに凍えきったように、うつろな瞳だ。実際その子は、うす汚れた寝間着のガウンを一枚まとったきりで、窪《くぼ》んだ眼窩《がんか》を痛々しく黒ずませている。

おれはようやく気がついた。そもそもいまの季節に、あんな姿で墓地をうろついていることが、尋常ではないのだ。

見ればその子は、芝生にうずくまっているのではなかった。硬い土に埋もれたみずからの両足を、なんとか掘りかえそうとしているのだ。

その土にまみれた――あるいは腐敗して黒ずんだ片手が、助けを求めるようにこちらにさしのべられる。

おれが吸いこまれるように、そちらに足を踏みだしかけたとき。

「やめておいたほうがいい」

そう呼びとめられて、我にかえる。

ふりむけば、先を歩いていたはずのパトリックが、おれの腕をつかんでいた。

「その子をダラムまで連れ帰る覚悟がないのならね」

低いささやきに、おれは息を呑む。

「だけど……苦しそうだ」

「そうだね。苦しんでいる。たとえ冷たい墓から解き放たれたとしても、喜んで迎えてくれる家族はいないことを察しているから」

たちまち血の気がひいていく。

「まさかあの子」

「保険金のために毒を盛られたとはかぎらないよ。望まない子が衰弱してゆくのを、ただながめていただけかもしれない」

だとしてもそれは、あえて見殺しにしたも同然だ。

言葉をなくしたおれに、パトリックが淡々と語りかける。

「いずれにしろ真相を暴いたところで、あの子の魂は満たされない。だからきみがあの手をとれば、ためらいなくすがりつく。きみの命を喰らいつくすまでね」

パトリックの予言が、氷の針のように首筋に打ちこまれ、やつれた少年をふりむけなくなる。おれはすがるように、喉から声を絞りだした。

「悪気はないんだよな」

「だから見境がない。ぼくにも手に負えない。つまりぼくはきみを見殺しにするしかなくなるということさ」

このぼくに、本気でそんなことをさせるつもりかい？

卑怯《ひきょう》でまっすぐな脅迫が、おれをこちらがわにつなぎとめる。

たしかにその切り札は、いまのおれにとってなにより有効だった。

ようやく指の力をゆるめたパトリックは、

「まったく。これだからきみは危なっかしくて、まだまだ目が離せそうにないよ」

大仰にため息をつき、くるりと踵《きびす》をかえして歩きだす。

見慣れたパトリックのうしろ姿は、あいかわらず華奢《きやしゃ》である。それでもおれは頼もしい旗艦に導かれるように、あとに続いた。

「――そうだな。おれはまだまだ未熟者だ」

だから目を離されたら困るのだ。いまはまだ。

襟巻きに埋めたつぶやきは、一片の雪のように、みるまに溶けて消え去った。

終わりなき夜に

1

ひとり足りないのだという。

「あちこち捜したんだが、どういうわけかみつからなくてね」

おまけにそれからというもの、いるはずのない幼い子どもの足音が、どこからともなく聴こえてくる気がしてならない――。

顔をあわせるなり、ウィルの父親はいそいそと打ち明けた。

土曜の午後のファーガソン邸である。

おれとパトリックは連れだって、後輩ウィリアムの実家をたずねていた。

クリスマス休暇から預けたままの楽器を、ようやく引き取りにきたのである。

道すがらのウィルの説明によれば、父親のささやかな《驚異の部屋《ヴンダーカンマー》》にあらたな蒐集品が加わったばかりなのだという。

古今東西のありとあらゆる摩訶不思議なものを陳列した《驚異の部屋》は、謂《い》わば少々いかがわしい私設博物館のようなもので、ファーガソン氏はウィルの祖父である先代から相続したコレクションとともに、その情熱をも受け継いだ。

当然ながらというべきか、この世ならぬものに対する関心も人一倍で、怪異の蒐集家を公言してはばからないパトリックとは、すでに数年来のつきあいである。

昨秋も、はるばる日本から海を渡ってきた人魚の木乃伊《ミイラ》を紹介された——おかげでとんでもない目に遭った——ことは記憶に新しいが、はたして今日はどんな奇天烈な品を披露されるものか。

いくらか身がまえつつ拝聴すれば、どうやらとある郷士の遺品整理に立ち会って、年代ものの〝人形の家《ドールズ・ハウス》〟を遺族から譲り受けたらしい。ファーガソン家は代々弁護士を生業《なりわい》としており、顧客にはダラム近郊の旧家も多く名を連ねているのだ。

ファーガソン氏にいざなわれ、おれたちはさっそく書斎に向かう。

「それがじつに美しくて精巧な、芸術品と呼ぶにふさわしい出来栄えでね。今度ばかりは妻もたいそう感激してくれているんだよ」

「父さんの道楽には、散々呆れさせられてきたからね」

ひとり息子のウィルにからかわれて、ファーガソン氏は苦笑する。

「愛想をつかされないよう、ほどほどにしているつもりなんだがね。ともあれこれほどの掘りだしものには、そうそうめぐりあえないことはたしかだ」

「すると子どものための玩具とは、一線を画しているわけですか」

パトリックがたずねると、ファーガソン氏は嬉々としてうなずいた。

「いかにも。おまけに外観から内装まで、実際に一族が住まう屋敷をまるごと模しているそうなんだ」

「なにからなにまで特注品のドールズ・ハウスですか。それは興味深いですね」

たしかに生半可なこだわりではなさそうである。

しかもミニアチュールの屋敷とひとそろいで貰《もら》い受けた人形が、知らぬまに姿を消したなどと告げられては、パトリックが飛びつかないはずもない。

仄暗い書斎に踏みこめば、天井から吊られた鰐《わに》の剝製《はくせい》が、おなじみの白い腹をゆらゆらとさらして出迎えてくれる。

壁際を埋める胡桃材のキャビネットには、怪しげな動植鉱物の標本や、東洋やアフリカのめずらしい楽器や、複雑怪奇な発条《ばね》細工などがずらりと並び、あいかわらず錬金術師の実験室めいている。

敷きつめられた絨毯のかたすみに目をやると、預けておいた黒いトランクが、棚の足許にひっそりと横たえられていた。

――それはきみの棺《ひつぎ》かい？

初対面のパトリックからそんな問いを投げかけられた、おれの楽器の寝床だ。

この数ヵ月は手に取って鳴らしてみることもなかったが、すでにおれの半身とも呼べる大切なチェロである。

ひそかに安堵したとき、パトリックが感嘆の声をあげた。

「わあ……まるでリリパット国に迷いこんだみたいだ」

ふりむけば件のドールズ・ハウスが円卓に飾られており、一瞬にして魅せられたらしいパトリックが、かじりつくように身を乗りだしている。

おれもその肩越しに屋敷をのぞきこみ、たちまち目を奪われた。

移動させるには二人がかりでもやっとだろう、ドールズ・ハウスの外観はまさしく歴史ある小領主館《マナー・ハウス》そのものだ。二階建ての寄棟《よせむね》屋根や、菱形《ひしがた》模様の煉瓦《れんが》積みに映える白い隅石は、十七世紀あたりの様式だろうか。その外壁の一面が、留め金つきの扉として、左右に開く仕様になっているらしい。

「この分野に造詣の深い知人によれば、このように屋敷の構造そのものまで忠実に模した作品は、なかなかないそうでね」

たしかに棒状のホルダーで絨毯が固定された階段や、ピューター製の細々とした食器をそろえた半地下の厨房までもが再現されていて、小人の国をおとずれたガリヴァーの気分だ。

窓にはもちろん硝子《ガラス》板が嵌めこまれ、暖炉や寝台はもちろんのこと、ピアノやチェス盤や揺り木馬などの品々が、住人の暮らしぶりをうかがわせる。

腰をかがめ、それぞれにくつろぐ人形たちと目線を同じくしてみれば、屋敷の奥へ奥へと意識がいざなわれ、身体ごとあちらの世界に吸いこまれていくような、かすかなめまいをおぼえる。

おれは円卓の縁に手をつきながら、隣のウィルに訊いた。

「この人形もみんな一点ものなのか？」

「そうらしいですよ」

ウィルがそれぞれの人形を指さしてみせた。

「まずは当主夫妻。白髪の老婦人は先代の未亡人というところかな。子ども部屋には男の子がふたりと……揺り籠にはほら、ちゃんと赤ちゃんも。衣装箪笥《だんす》には着替えや帽子なんかもしまわれているんですよ。芸が細かいですよね」

石膏《せっこう》を塗った木彫人形の眼窩には硝子玉が嵌《は》めこまれ、古風な髪型もそれぞれの背格好にふさわしく整えられている。髪色は淡く、瞳は灰がかった寒色系という統一感がありながら、それぞれに微妙な個性もあるところがおもしろい。

「なくなった人形っていうのは？」

「子どもの人形がもう一体あったはずなんですよ。そうだよね、父さん？」

「うむ。寝間着なのか、白いガウン姿の男の子でね。顔つきを比較するに五、六歳の三男坊というところだろう。いかにもいたずら盛りの少年が、お屋敷を脱けだして外の世界を探検しているような気がしないかい？」

期待に満ち満ちたまなざしを向けられ、どう応じたものか迷ったおれは、パトリックに助けを求めた。

「きみの見解は？」

「え？　ああ……どうかな」

パトリックは思案げな面持ちで、ファーガソン氏にたずねた。

「書斎の扉には、普段から鍵をかけているんですか？」

「いいや。家の者ならば、いつでも自由に出入りできるよ。重要な書類の棚には、施錠を忘れないようにしているがね」

「では使用人がこっそり持ちだすこともできるわけですね」

「それはまあ、できるか否かといえば……」

「あるいは忍びこんだ野良猫が、どこかに咥《くわ》え去ることも」

「だったら鼠《ねずみ》はどうですか？」

割りこんだウィルがおもしろがって、二本の指先をとことこと天板に走らせる。

「ドールズ・ハウスの階段をかけのぼって、子鼠の遊び相手にふさわしい人形を壁の巣穴まで連れこんだとか」

鼠の親による、御曹司の拉致事件か。

想像してみると、なんだか愉快な光景だ。

おもわず笑みをこぼしたとき、書斎にファーガソン夫人が姿をみせた。

「お茶の支度ができましたよ。冷めないうちに食堂にいらしてくださいな」

「待ってました！」

すかさずウィルがいろめきたち、ひとまず鑑賞をきりあげた一同は、ぞろぞろと食堂に向かった。

料理好きのファーガソン夫人は、いつもみずから腕をふるい、ご馳走でもてなしてくれるのだ。聖カスバート校で貧しい食生活を強いられているおれたちにとっては、とりわけ至福のひとときである。

一番乗りのウィルが、さっそく食卓の椅子に手をかける。そこでなぜかきょとんと首をかしげた。

「母さん。今日は先輩たち以外にも、お客の予定があるの？」

「いいえ、おふたりだけよ。なぜ？」

「だってほら、席の用意がひとつ多いから」

「あら……本当だわ。わたしったらどうしたのかしら」

たしかに長卓の中央には、銀製の高坏《ターザ》に王冠のごとくケーキが鎮座し、その左右に三席ずつの食器が向かいあっている。

「母さんがこんな勘違いをするなんてめずらしいね。ドールズ・ハウスからいなくなったあの子を、知らず知らず人数に加えていたんじゃない？」

「お、おやめなさいな。そんなはずがないでしょう」

ファーガソン夫人は若干たじろぎながらも、

「そもそも姿の視えない子どもの足音が聴こえるだなんて、あんなものはただの家鳴りにすぎません。家にいれば日に幾度かは耳にするものを、あなたたちが大袈裟《おおげさ》に騒ぎたてているだけですよ」

きっぱりと結論づけ、末席の食器を手早くまとめにかかる。

これまでのつきあいからすると、ファーガソン一家はあちらがわのものにさほど敏感な性質ではなさそうである。とするとここはやはり夫人の常識的な主張が正しいのか、それとも……。

ともあれおれはパトリックの隣の席につき、お茶会は始まった。

本日の主役は、素朴ながらも味わい深いキャロット・ケーキだ。

所詮《しょせん》は野菜と侮ることなかれ、すりおろした人参に、胡桃と干し葡萄《ぶどう》を贅沢《ぜいたく》に混ぜこんだ生地は、しっとりと濃厚でありながら甘さはまろやかで、渋めのアッサムをお供にいくらでもいただける。

もりもりと堪能しつつ、おれたちは休暇の土産話を披露した。

金雀枝館《エニシダ》で遭遇したあれこれについては語りがたいため、パトリックの乳母と再会したことや、その縁で親しくなった少年パディと、ダブリン近郊の名所名跡をめぐったあたりに重点をおく。

それでもアイルランドに渡ったことのない一家は、充分に楽しみながら耳をかたむけてくれたようだ。

やがて報告がひと段落し、それぞれが二杯めの紅茶に口をつけたところで、パトリックがいそいそときりだした。

「ところで書斎のドールズ・ハウスですが、あれほどの逸品をどういったいきさつで入手されたのか、さしつかえなければ詳しく教えていただけますか？」

そこのところは、おれもひそかに気になっていた。

「もちろんかまわないとも。故人の遺品は、貴重であればあるほど遺族で奪いあいになりがちだからね。きみたちが訝しがるのももっともだ」

ファーガソン氏は事務弁護士として、数多くの相続の手続きにたずさわってきた。遺品の整理に立ち会い、必要とあらばその査定のために、信頼のおける専門家を斡旋することもままあるらしい。ときには遺族らの諍いにふりまわされて、心身ともに疲弊させられることも。

「その点ダンフォード家においては、そうした揉《も》めごととは無縁でね」

というのもこのたび亡くなったサイラス・ダンフォード氏は、御齢七十余にしてとうに嫡子に家督を譲った隠居の身。

遺言の内容も、身のまわりの愛用の品や、個人所有の蔵書や絵画のたぐいを三人の子女に譲るというもので、受取人もそれぞれに不満はないようだった。

どうやら生前にある程度の話しあいが持たれていたようで、すんなり合意が得られたのはファーガソン氏としてもありがたかったという。

「ただしそれ以外の私的な品については、まとめて焼却するようにとの託《ことづ》けでね」

「なにもかも燃やせというんですか？」

驚いたおれは、おもわず訊きかえしていた。まるで人生の痕跡そのものを、できるだけ葬り去ろうとしているかのようではないか。

「そうした望みは、意外にめずらしくないんだよ。秘しておきたい書簡などが、遺族の手に渡ることを避けんがためにね」

なるほど。たしかに身内にも知られたくないような私的な領域を、あれこれ暴かれてはたまらない。かといってあらかじめ処分して死に備えるというのも、なかなかためらわれるものだろう。

そういえば……おれの母の遺品は、パリの知人に預けたままだ。

母の弁護士と会うためにロンドンまで出向いたきり、レディントン家に拉致されて消息を絶ったために、向こうはおれが失踪したとみなしているかもしれない。

まさか売り払われてはいないだろうが、このままにしてはおけない。その気になりさえすれば、こちらから連絡をとる手段もあるはずなのだ。

あらためてそんな現実を自覚したせいか、おれは幸せにくちくなった腹が石くれに満たされるような、息苦しい心地にとらわれる。

「相続人たちからも異論はなかったが、念のためにわたしが立ち会ったうえで故人の私室を検めてみたところ、施錠されたキャビネットの最奥から、あのドールズ・ハウスがでてきたのだよ」

パトリックがわずかに片眉をあげる。

「では本来ならあの家も、人形ごと火にくべられるはずだったのですか？」

「しかしかほどの芸術品を燃してしまうなど、とんでもないことだ。長らくしまいこまれていたようだし、きっと故人も失念していたのだろうと、あとは相続人同士の話しあいに任せることにしたのだが……」

故人の遺志に反するというためらいがあるのか、予想に反して妙に遠慮しあい、名乗りをあげる者はひとりもいなかった。

「このままでは、この世にふたつとない素晴らしい財産が灰にされてしまう。慌てたわたしは力説した。由緒ある領主館を模したドールズ・ハウスを受け継ぐことは、貴家の名誉になるはずだし、いざとなればその道の愛好家が大枚をはたいてでも手に入れたがるだろうともね」

すると話は意外な方向に転がりだした。

顧問弁護士としての骨折りに対する礼もこめて、ファーガソン氏に進呈したらどうかということで、相続人の意見が一致したのだ。

「遺族の誰よりその価値を認めているわたしこそが、所有者としてふさわしい。飾るなり手放すなり、好きなように扱ってくれてかまわないとね。赤の他人からの提案ならさすがに固辞するところだが、同年代のご当主とはかねてより懇意にしていたものだから、ありがたく頂戴することにしたんだ」

経緯は理解できたが、維持のために莫大な費用が生じるというわけでもないのに、家督を継いだ当主ですら相続をためらうのは、どうにも気にかかる。

パトリックも不可解そうに首をひねりながら、

「故人がかつて情熱を注いだ品なら、それだけでもよすがとして手許に残したがりそうなものですが」

「それがどうやら故人の先代——相続人たちにとっては祖父ということだな——から受け継がれて以来しまいこまれて、飾られることもなかったようでね」

「すると孫世代の相続人たちは、その存在すら知らなかったわけですか？」

「さすがに目にする機会はあったそうだが、決して遊ばせてもらえなかったらしい。そもそものドールズ・ハウスの始まりからすれば、子どもたちを遠ざけようとするのもわからなくはないのだが」

「というと？」

「ドールズ・ハウスの歴史は、バイエルン公アルブレヒト五世のために熟練の職人が手がけた、キャビネット型の《驚異の部屋》に端を発していてね。貴重な宝を陳列するためのその収納箱を、富裕な資産家たちがおのれの財産を手軽に披露する手段として採用したことが、流行のきっかけとされているんだ」

一説によるとその始まりの地は、十六世紀のアムステルダムらしい。

当時のアムステルダムといえば、世界の富が集まる一大商業都市である。

莫大な財を得た資産家は、さまざまな財宝で彩られた自邸そのものを、ひとつのキャビネットに再現することで、おのれの富を一挙に誇示する方法を編みだした。

その発想の妙に加え、精巧なミニアチュールの世界そのものの魅力に幻惑された老若男女が、大勢いたのだろう。流行はまたたくまに広まり、まさに熱狂と呼べる状況を生んだという。

「いわば金満家の、究極の道楽というところかな。象嵌《ぞうがん》をほどこされた箪笥に、爪ほどの陶磁器ひとそろいに、額縁に納められた肖像画まで。なにもかもが特注品では、おのずと高額にならざるをえない。それを所持していることそのものが富と地位の証であり、当時の職人技の粋を集めてもいたわけだ」

そのドールズ・ハウスが子どものための、実用的な玩具《がんぐ》として普及するようになったのは、ここ数十年のことらしい。普及といっても、それなりに生活にゆとりがなければ手をだせない価格ではあるが。

「なかには一級のドールズ・ハウスを誂《あつら》えるために、みずからの土地を売ったり、破産に至る者すらいたそうだよ」

そこまで見境をなくすものかと、おれはいささか呆れた。

「人形の家のために、肝心の我が家を手放すはめになるんですか?」

「はは。いかにも本末転倒だが、それも蒐集家の性というやつかな。わたしには耳が痛くもあるね」

ファーガソン氏は冗談めかすが、妻子から少々しらけた視線を浴び、こほんと咳払いをしてみせた。

「ともかくもダンフォード家のドールズ・ハウスが、贅を尽くしたこだわりの一点ものであることはまちがいない。メアリ、おまえはとりわけ人形たちの衣裳の精緻さに感嘆していたね?」

旗色の悪さをごまかすように話をふられ、夫人は苦笑しながらも同意した。

「そうね。サテンにガーゼをかさねた腰高のドレスも、リボンでふんわり結いあげた髪型も、なにからなにまで今世紀の初頭に流行した様式で統一されているの。それぞれの素材も、実際の衣裳から端切れを調達したのではないかしら」

故人の父親である先々代の当主がドールズ・ハウスを発注し、当時の服装を忠実に再現させたのだとしたら、年代としても齟齬《そご》はない。

そう考えたところで、おれははたと気がついた。

「あの人形たちも、現実の一族に似せているんでしょうか」

「じつはあいにくながら、そこのところを訊きそびれてしまってね。しかしあの凝りようから察するに、人形だけが架空ということもなさそうだ」

するとウィルが二切れめのケーキを頬張りながら提案した。

「それなら事務所にあるダンフォード家の書類をさかのぼってみたら？　当時の家族構成なんかも、記録されているんじゃないかな」

「おお、冴えているな！　週が明けたら、さっそくにも調べてみることにしよう」

俄然うきうきとするファーガソン氏に、すかさずパトリックが頼みこむ。

「詳しいことがわかったら、ぼくたちにも教えてもらえますか？」

「もちろんだとも。早いほうがよいなら、手紙で知らせるが」

「お願いします」

「……やはり気になるかい？」

意味深に問われ、パトリックは神妙に声をひそめた。

「たとえ個人的な愛着がなくても、生まれ育った屋敷のドールズ・ハウスなら——しかもあれほどの出来栄えなら、手放すには惜しい一族の財産のはずです。にもかかわらず相続人の誰ひとりとして欲しがらない。おまけに長年ひとめにふれるのを避けるように、厳重にしまいこまれていたとなれば、なにか曰《いわ》くがあるのではないかと考えずにはいられません。たとえば——」

「霊的な力を帯びた人形が、いつのまにかさまよいだすとか？」

「ぜひとも詳しい事情を把握したいところです」

ふたりは食卓越しに盛りあがり、深々とうなずきあう。

しかし夫人は眉をひそめ、困惑気味に口を挟んだ。

「あなた。まさかそのような苦情めいた疑いをかけて、ダンフォード家のご当主をわずらわせるつもりではないでしょうね？　もしご気分を害されたら、この先のおつきあいにもさしつかえますよ」

「ふむ。たしかに面と向かって根掘り葉掘りたずねるのは、おたがいに気まずいかもしれないね」

どうしたものかとファーガソン氏は考えこむ。

するとウィルがなぜか得意げに身を乗りだした。

「つまり間接的な情報収集なら、影響はないわけだよね？」

それはそうかもしれないが、いったいなにを示唆しているのだろう。

いぶかしげな一同の視線を浴びながら、ウィルはおもしろがるように告げた。

「簡単なことですよ。パトリック先輩が、怪異の蒐集を口実にすればいいんです。先輩が変人なのはいまさら隠すことでもないですし、なにより先輩たちには格好の情報源があるんですから」

「情報源だって？」

まるで身に覚えのない指摘に、なおさらとまどわずにいられない。

ウィルは仔熊《こぐま》のような瞳を、きょとんとまたたかせた。

「あれ？　まだ気がついていなかったんですか？　先輩たちの学年には、ダンフォード家出身の学生がいるじゃないですか。たしか彼、亡くなったサイラス氏の直孫にあたるはずですよ」

学寮の二人部屋にたどりつくと、おれは担いできたトランクを寝台におろした。念のために、楽器の状態を確かめておきたかったのだ。

ぱちんぱちんと留め金をはずし、蓋に手をかける。

たちまちほのかな松脂《まつやに》の香りに鼻腔《びこう》をくすぐられ、誘われるように木肌に指をすべらせれば、しんと冷えきっていながら吸いつくような感触がひどく心地好い。

変わりない姿に安堵した……ところにかすかな違和感をおぼえて、あらためてくまなく視線をめぐらせる。そしておれは息を呑んだ。

「嘘だろ」

固定された楽器と、衝撃をやわらげる内張りに挟まれた格好で、それは遠慮がちに顔をのぞかせていた。

クローゼットに外套《がいとう》をしまいつつ、パトリックがこちらをうかがう。

「きみのチェロになにかあったのかい？」

「いや、そうじゃなくて」

くちごもりながらも目線でうながすと、怪訝そうにやってきたパトリックが、トランクをのぞきこむなり目を丸くした。

「これってまさか」

「……行方不明の人形だよな、どう考えても」

そこに納まっていたのは、木彫人形の男の子だ。くすんだ白銀の髪に、雲の垂れこめた冬空の瞳。裸足にくたびれた木綿のガウンをまとっただけの格好で、幼げなおもざしをしている。ファーガソン一家の語っていた、件の人形であるのはまちがいないだろう。

膝を折ったパトリックが、興味深そうに人形をつまみあげる。

「いなくなった三男坊は、ここに身を隠していたんだね」

「なくなった、だろ。だけどなんだってまたこんなところに？　留め金はちゃんとかかっていたんだから、猫や鼠の仕業ではありえないし、なにかの拍子にまぎれこむようなものでもないのに」

「もちろんこの子が、みずからの意志でもって忍びこんだのさ」

なかば予期してはいたが、パトリックは一片の迷いもなく決めつけた。

「人形がひとりでに移動したっていうのか？」

「あちらがわのものにこの世の理が通用しないことは、きみもとうに承知しているだろうに。それともファーガソン一家を疑うのかい？　ぼくたちをからかおうと、一芝居打ってみせたのではないかって」

「さすがにそこまでは……」

変わり者の親子だが、怪異の存在を信じているだけに、あえてそのような悪戯《いたずら》をしかけてくるとは考えにくい。

おれはしばし口を結び、パトリックのかつての発言を反芻《はんすう》した。

「なあ。たしかこの手の器には、あちらがわのものが憑きやすいんだったよな」

「そうだね。誰かに大切にされたり、精魂をかたむけて生みだされたものは、その思念を核にしたなにかを宿らせたり、呼びこんだりすることがある。それがよくできた似姿ならなおさらね」

「似姿か……」

ダンフォード家の人形たちはわかりやすい体格差のみならず、毛髪や瞳の色味、顔つきにもさりげない個性がうかがえる。

どことなく強気そうな長男に対して、次男からは内向的な印象を受けた。この子はよりおとなしそう……というより淋《さみ》しげに映るのは、ひとりだけ人形の家族と離れてしまったというおれの認識が、投影されているためだろうか。

おれはおそるおそる訊いてみた。

「ならかつて実在した子どもの霊が、自分に似せた人形を憑代《よりしろ》にして、この世に留まっている可能性もあるわけか？」

「そこまではわからないな。なにしろこの子が懐いているのは、ぼくではなくきみのほうなのだし」

「なんだって？」

どきりとするおれに、パトリックは平然とのたまった。

「だってそうだろう？　ファーガソン家の書斎なんて、それこそ抽斗だらけで潜りこめるところはいくらでもあるのに、わざわざきみのトランクを選んだんだ。きみの半身の傍らこそが、この子にとってもっとも居心地の好い仮宿だったからさ」

おれはとっさの反応を決めかねる。

気味悪がろうにも、相手はいかにも愛らしく、無害そうな姿をしているのだ。だからといってあちらがわのものに好かれ、憑かれているかもしれないことを喜ぶには、人並みに抵抗がある。

「なんにしろおれの手には負えないよ。第一おれはなにも感じないんだし」

「ふむ」

パトリックはひとしきり人形を矯《た》めつ眇《すが》めつしたうえで、

「もう何十年としまいこまれていたことが、一種の封印になっていたのかな。それで波動が弱いのかもしれない」

「波動？」

「冬眠から覚めたばかりの、栗鼠《りす》みたいなものだと考えればいい」

「まだ寝惚《ねぼ》けていて、本領を発揮できてないとか？」

「そういうことだね」

パトリックの推理が的を射ているとして、完全に覚醒《かくせい》したあかつきにはいったいどうなることか……あまり想像したくはない。

「だったら次の半休までウィルに預かっていてもらおう。ファーガソン氏には手紙でおれから報告しておくから」

そそくさと厄介払いをもくろむやいなや、呆れたような抗議が飛んできた。

「なにを寝惚けているんだい？　いまこそきみがそばにおいて、変化をつぶさに観察する絶好の機会ではないか。さっそく今晩から、この子に添い寝をしてあげるといい」

「断じて遠慮する。栗鼠どころか熊だったらどうするつもりだよ」

「そう恥ずかしがらずに、ものは試しだよ」

　頬をひきつらせるおれに、パトリックはにんまりと人形をさしだした。

「この子がきみを慕っているなら、たとえ物理的な距離をおいてもきみのそばにいたがるはずだ。捨てても捨てても、気がつけば持ち主の許に舞い戻ってくるけなげな人形の逸話に、きみも涙を誘われたことがあるだろう？」

「寝言は寝て言え」

2

　明くる朝。

　目を覚ましたとたんに硝子玉の瞳と視線がかみあい、おれは悲鳴をあげた——といったパトリック好みの展開にはいたらず、人形は窓枠に腰かけさせた格好のまま、ひっそりと冬の朝陽を浴びていた。

　その姿はあくまでかわいらしく、怪しんだりびくついたりしている自分が情けないような、うしろめたいような、なんとも複雑な気分である。

昨夜は人形が気になり、とても熟睡できたものではなかった。

おれは凍えるような礼拝堂で、欠伸《あくび》をかみ殺しながら主日のミサを耐えしのいだ。

ぼそぼそとした黒パンを薄い紅茶でなんとか胃に流しこみ、食堂をでたところで、待ちあわせていたパトリックと合流する。

「クレイグと話はついたのか？」

「うん。ぼくたちの名はださずに、とにかくここまで連れてきてくれるって。ちゃんとお近づきになれるかどうか気になるから、クレイグも立ち会うそうだよ」

「仲人みたいな奴だな」

「世話焼きが習い性なのさ」

待ち人の名はシリル・ダンフォード。

ウィルが把握していたとおり、やはり故サイラス氏の孫であるらしい。

同級生とはいえまるで交流のない相手なので、いきなり接触しても怪しまれてろくな話ができないかもしれない。なにしろこちらは変わり者して名高いパトリックと、そんな彼とつるんでばかりいるすかいした編入生なのだ。

そこでひらめいた案が、クレイグに渡りをつけてもらうことだった。

先日のニューカッスル行きで打ち解けてからというもの、彼はなにかとおれたちに声をかけてくるようになっていた。

そのクレイグが食堂から姿をみせたので、廻廊《かいろう》の隅から片手をあげて注意をうながしてやると、すぐに気がついてこちらに向かってくる。

続く中背の生徒がシリルだろう。そういえば同じ教室に席を並べていた……ような気がしないでもない。

癖のない白銀の髪を左右になでつけたさまはいかにも端然としていて、繊細なおもだちと硬質な薄藍の瞳が、あの木彫人形たちを彷彿とさせた。やはり実在した一族の姿をそれぞれに模しているのかもしれない。

「ぼくに用があるって、まさかこのふたりが？」

予想はしていたが、待ちかまえるおれたちの姿を認めるやいなや、シリルは困惑をあらわにした。

すかさずクレイグが取り持ちにかかる。

「じつはそうなんだ。直接きみに訊かないと、埒《らち》が明かないことがあるらしくてね。長くはかからないそうだから、つきあってやってくれないか？」

「……かまわないけれど。訊きたいことって？」

シリルはいかにも不審そうである。

パトリックはかしこまって告げた。

「急に呼びだすような真似をしてすまないね。まずはお悔やみを」

「ああ……祖父のこと？　それはわざわざどうも」

謝意を口にしつつも、シリルのまなざしは胡乱げなままだ。

パトリックはさりげない調子でたずねる。

「きみも親族として、葬儀に参加したのかな？」

「もちろんしたさ。父が喪主を務めたり、屋敷に一族が集まったりして、なにかとおちつかない休暇だったよ」

「それはお疲れさま。いずれはきみがご当主になるのかい？」

「それが嫡男の宿命だからね。たいした家柄でもないけれど」

少々わずらわしげではあるものの、シリルは隠さずに教えてくれる。並みのつきあいのある生徒なら、誰でも知っているようなことなのかもしれない。

「でも立派なお屋敷を相続するんだろう？」

シリルは気のない様子で肩をすくめ、

「古さだけが取り柄の家さ」

「そうかなあ。きみの曽祖父さまだって、受け継いだ領主館を誇りにしていたから、あれほどのドールズ・ハウスを遺したのではないのかな」

「ドールズ・ハウス？」

「お屋敷のすみずみまで忠実に再現したという、この世にひとつきりのドールズ・ハウスさ。あまりの素晴らしさに、ぼくはすっかり見惚れてしまったよ」

パトリックは無邪気に褒めたたえてみせる。

とたんにシリルが顔色を変えた。

「なぜきみがあの家のことを知ってる！」

ただならぬ剣幕に呑まれ、さすがのパトリックも一瞬くちごもる。

おれはとっさにシリルをなだめにかかった。

「説明の順序が悪かったな。じつはおれたち、ファーガソン氏と面識があるんだよ」

「ファーガソン……うちの弁護士の？」

「そう。そのファーガソン家のひとり息子が聖カスバートの後輩だから、つい昨日もその縁で、ダラムの自宅まで顔をだしてきたばかりなんだ」

剣呑《けんのん》なシリルの瞳に、ようやく理解の色が浮かぶ。

「そういえばあれは彼に譲られたんだったな」

「夫妻はずいぶん喜んでいたぞ」

「……本当に？」

シリルはさぐるように問いかえしてくる。

いかにも不自然な反応だが、おれはそ知らぬふりで続けた。

「もちろん。夫妻そろって、飽かずに毎日ながめているそうだ。ところで遺品の整理にはきみも立ち会ったのか？」

「それは親世代に任せたよ。遺言の開示には同席したし、葬儀にはほとんどの従兄弟たちも参列したけれど、祖父の身のまわりの品をどうするかなんてことに子どもが下手に口をだしても、揉めるだけだろう」

「そうだろうな」

「なんだってそんなことを知りたがるんだ？」

よりにもよっておまえたちが。言外にそんな非難を匂わせながら、シリルは身がまえるように腕を組む。

すかさずパトリックが、変わり者らしい無頓着さを発揮した。

「つまりね、あのドールズ・ハウスはとんでもなく貴重で高価な一点ものなのに、それをあっさり他人に譲られて、残念ではなかったのかなって。次の当主として、いずれはきみの財産になるかもしれなかったのに」

「興味ないよ。ぼくはミニアチュールの愛好家でもないし」

シリルはぞんざいに視線をそらした。いらだたしげな瞳には、やましさが見え隠れしているようでもある。

パトリックもめざとくそれをとらえたのか、おもわせぶりに声をひそめた。

「それはきみの本音なのかな」

「なんだって？」

「きみもきみの親族も、あのドールズ・ハウスを手放すことを惜しまないなんて、むしろ縁を絶つ機会を望んでいたかのようでね」

「こじつけはよしてくれないか。たかが人形の家のことだろう」

「そのたかが人形の家を、きみも恐れているのではないかい？　なにか穏やかならぬ謂れがあるとか――」

「いいかげんにしろ！」

ついにシリルは声を荒らげた。

「くだらないことを穿鑿《せんさく》しておもしろがる暇があるなら、連れの評判を気にかけてやったらどうなんだ？」

「連れ？」

「そいつのことだよ」

シリルは傲然と、顎先《あごさき》でおれを指し示した。

「知らないのか？　謎の編入生、それもレディントン姓ときたら、先代の伯爵さまが娼婦《しょうふ》あがりの愛人に産ませた私生児が、素行の悪さをもてあまされて辺境の神学校に幽閉されたに違いないって――」

ばちん。

鼻先でなにかが破裂した――と感じたのは錯覚だった。パトリックが力任せに、シリルの頬を平手打ちにしたのだ。

「――っ！」

シリルは目を剝《む》き、くちびるをわななかせる。だが反撃は踏みとどまって、くるりと踵をかえした。

そのうしろ姿が遠ざかり、またたくまに廻廊の先に消えるのを、取り残されたおれたちは呆然と見送る。

やがてぽつりとパトリックがこぼした。

「手がじんじんする」

張りつめた空気がようやくゆるみ、おれは救われた心地で息をついた。ひりつく片手をひらひらと泳がせるパトリックに、努めてさばけた調子で声をかける。

「馬鹿だな。あんな売り言葉に本気になることないだろうに」

「本気なら殴りかかっていたよ」

「大切な指は守ったわけか」

「そうとも。ペンを持てなくなったら困るからね」

パトリックはふふと笑い、所在なさそうなクレイグに向きなおった。

「悪いことをしたね。これではきみの顔を潰したも同然だ」

「いや……おれのことは……」

人の好いクレイグは、どちらの肩も持ちきれずにうつむき、おれたちは気まずさをひきずりながら解散した。


「結局たいしたことは訊きだせなかったな」

おれは寝台に身を投げだし、天井をあおいだ。

慣れないことをしたせいで、いまさらながら徒労感に襲われる。

「でも収穫がないわけではないよ。シリルの反応は、ダンフォード家のドールズ・ハウスになにかあることを、如実に物語っていたからね」

パトリックは狭い部屋をいそいそと歩きまわりながら、

「こちらがドールズ・ハウスについてふれただけでひどく狼狽していたし、ファーガソン邸に移してからの様子も気にかかるようだった。夫妻が喜んでいることを疑ってかかったのも、心ひそかに怪現象を予期していたからに決まっているさ」

「たしかに妙にびくついてはいたな」

さきほどのシリルの言動を、おれはあらためて反芻する。

「だけど古い人形が徘徊するくらいのことで、ああまで怯えるものか？　不気味ではあるにしろ、そうひた隠しにするほどのことでもないだろうに」

「そこはそれ、ぼくたちの感覚をあてはめるわけにはいかないよ」

「……それもそうか」

ちらと視線をぶつけあい、おれたちはちいさく噴きだす。

やがておもむろに足をとめたパトリックが、

「あるいはそれ以上の、なにかうしろ暗い因縁があるのかも」

ふつりと笑みを消してささやき、おれはおもわず半身をもたげる。

「それっていったい……」

「そもそもなぜシリルの曽祖父は、あれほど精巧な自邸のドールズ・ハウスを作らせたのかという話さ。ぼくには財産家の道楽ではかたづけられない、執念めいたものが感じられてならないんだ」

パトリックはきしむ寝台に腰かけ、こちらに身を乗りだした。

「もとよりあの器は、呪術的な作用を期待して生みだされたものなのかもしれない。現実と寸分たがわぬ、もうひとつのこの世を出現させることそのものに、重要な意味があったとは考えられないかな」

夜の野良猫のような、爛々《らんらん》としたパトリックの双眸にひるみつつ、おれはなんとか頭を追いつかせた。

「つまりその……オクターヴ離れた音が勝手に共鳴するみたいに、相似の世界がたがいに影響を及ぼしあうような機能を狙ったのかもしれないってことか？」

「まさにそれさ！　もちろん全貌はわからないけれど、相似の器が長らく曰くつきとしてもてあまされてきたのだとしたら、なにかしら効果はあったとみなせそうだ」

そしてその作用は、創造主がすでに他界した現在も、継続しているかもしれない。

おれは床に足をおろし、窓に目を向けた。ゆがんだ硝子板を背にした人形は、淡い冬の陽を浴びてひっそりとたたずんでいる。

「なあ。仮に連動の作用が生じているとしたら、この人形の複製元だけがいまも生きていて、そのせいで影響がでているっていう線はないか？　当時の三男なら……つまり先代の末弟だから、シリル・ダンフォードの大叔父にあたるのか。それなら存命の可能性は充分にあるよな？」

「なかなか説得力のある着眼点だね。ただ……」

「ただ？」

「現実の模倣にしては、あの家族はどこか作りものめいている気がするんだ。うまく説明できないけれど、理想的すぎて逆によそよそしいというか……」

違和感を消化しきれないのか、パトリックも首をかしげている。

工房に発注されたひとそろいの人形に、統一感があるのはあたりまえのようだが、そういう意味ではないのだろうか。

いずれにしろパトリックやおれが、家族というものについて人並みの感覚を持ちあわせているとはいえない気がする。

「その判断はおれたちには不向きなんじゃないか？」

「かもね」

パトリックは肩をすくめ、それ以上の追求は保留にしたようである。

するとほどなくクレイグが部屋にやってきて、意外なことを告げた。

「オーランド。いましがた寮監につかまって伝言を頼まれたんだが、きみに来客があるらしいぞ」

「おれに？　まさか」

「それがいきなりたずねてきて、取り次ぎを求められたんだと」

「誰か他の生徒とまちがえていやしないか？」

おれに面会人なんているはずがない。そもそもかつての——おれがレディントンの姓を押しつけられるまえの知人は、おれがこんな辺境の神学校に放りこまれている現状を知る由もないのだ。

おれが当惑していると、パトリックが弾《はず》んだ声をあげた。

「ひょっとしてファーガソン氏では？　ダンフォード家のドールズ・ハウスの件で、急ぎ伝えたいことができたのかもしれないよ」

「ああ、そういうことなら」

おれはほんのつかのま納得しかけたが、

「だけどどうしてわざわざおれを呼びだすんだ？」

そこは息子のウィルか、つきあいの長いパトリックを選びそうなものだ。

なおも首をひねるおれを、クレイグがせっついた。

「事情は会ってみればわかるだろう。とにかく相手を待たせているから、急いで事務棟まで顔をだせってさ」

「わかったよ」

おれは釈然としないまま、クレイグとともに部屋をでる。

底冷えのする廊下には独居房のような扉が続いているが、クレイグは自室にひきあげることなく、階段をおりるおれについてくる。

「付き添いなら要らないぞ」

「わかっているさ」

「だろうな」

ぎこちない足取りから、用件はおおむね察しがついていた。それでも気がつかないふりをして足を進めていると、やがて意を決したように声をかけられた。

「さっきは本当にすまない。さぞ気分を害しただろう」

「……これだからきまじめな奴は面倒なんだ」

「え？　なんだって？」

訊きかえすクレイグにはとりあわず、おれは内心で舌打ちをする。

「べつにきみが謝ることじゃないだろう。それに非ならおれたちにもある。初対面も同然のダンフォードに、いきなり不躾《ぶしつけ》なことをたずねたんだから」

「だとしても、いきなりあんな暴言で貶めようとするなんて、シリルらしくない。きっといまごろ悔いているよ」

「下種《げす》な噂話は、当人のいないところでするにかぎるって？　紳士的だな」

クレイグの鈍さが鼻につき、いらだちに任せてきりかえす。

せっかくこちらが流してやろうとしたのに、わざわざ蒸しかえすとは。

おれの放った棘をまともに浴びたクレイグは、いたたまれないようにうつむいた。

「……そうだよな。面と向かってでなくたって、生まれ育ちについて無責任にあることないこと取り沙汰されるなんて、誰だって腹がたつに決まって――」

「勝手に決めつけるなよ。おれにとってどうでもいい奴が、どこでなにを吐かそうがどうでもいいことだ。実害さえなければな」

それでもわずらわしさに変わりはない。だからこれまで極力かかわらないようにしてきたのだし、その判断はまったくもって正しかったわけだ。

クレイグはひるみかけたが、なんとか踏みとどまるように訴えをかさねる。

「あのさ。いまさら弁解じみて聴こえるだろうが、連中はみんなきみに興味があったんだよ。こんな学年での編入生ってだけでも気になるのに、いやに垢抜《あかぬ》けてて、フランス語はぺらぺらで、おれたちみたいな餓鬼《がき》のことなんて相手にするまでもないって感じで、いつも超然としていてさ」

「超然となんかしてない。ただ興味がなかっただけだ」

「それが眼中にないってことだろう。こっちとしては見くだされているみたいで、だからわざと意地の悪い物言いをして、憂さを晴らそうとする連中もいるんだよ。根も葉もない中傷だってことは、みんなわかってて」

「根も葉もあったらどうなんだ?」

踊り場で足をとめ、おれは斬りあげるようにクレイグをふりむいた。

クレイグは片足を浮かせたまま、気圧《けお》されたようにふらつく。

「なんだって?」

「おれの素姓にまつわる噂に、根拠があったらどうする? どれも本当のことなら、中傷にはならないだろ。おまえも本気で奨学生をめざすつもりなら、おれなんかとつきあうのはよしたほうが身のためだぞ」

「そんな言いかたはやめろよ」

「そっちこそ。偽善者面でつきまとわれても、気分が悪いだけだ」

「きみはそうでも、おれはきみが好い奴だともう知っているからな。いまさらそんな打算なんてできないさ」

堂々と宣言されて、おれはたじろいだ。

「……まさかビスケットの箱ひとつで、まだ懐柔されてるんじゃないだろうな」

「そうじゃないって！　このあいだはおれの相談に乗ってくれたし」

「おれはパトリックにつきあっただけだ」

「ニューカッスルの墓地でも、助けようとしていたじゃないか」

なんのことかわからず、おれは眉をひそめる。

「助ける？　なにを？」

「死者の霊さ。きみが足をとめて、じっとみつめていたあの墓のことだよ。ひとりで墓のほうに踏みだそうとしたきみを、パトリックが急いでひきとめただろう？　あのときはきみは、相手になにかしてやろうとしていたんだよな？」

おれははっとした。

「あの子が視えていたのか？」

「いや。だけどきみがどうにも苦しそうだったから、きっと放っておけないなにかがいたんだろうなって」

「それは……ただの気のせいだ」

「かもな」

おれの強情さに、クレイグは屈託なく笑う。

「ともかくおれは、きみらから頼まれごとをされて嬉しかったんだよ。それが同級生との仲を取り持つことなら、なおさらな」

「熱意は無駄になったのに？」

「手始めはこんなものさ」

「打たれ強いな」

ため息をつき、ふたたび足を動かすおれに、クレイグが並ぶ。

「シリルがいきなりきみの素性をあげつらいだしたのは、あれ以上の追及をなんとか逃れようとしてのことだろうな。さすがにあの反応では、隠したいことがあるとかえって告げているようなものだ」

「なにか心当たりは？」

「ううむ……そもそもシリルは、自分の家のことを積極的に話題にするほうではないからなあ」

「そうなのか？」

「ああ。おれの知るかぎりでは、級友を屋敷に招いたこともないはずだ」

そういえば由緒ある領主館についても、古さだけが取り柄と評していた。あまり誇らしげなのも鼻につくだろうが、冷淡ともいえる距離感は少々ひっかかる。

「あのときパトリックが手をあげてなければな」

いくらかましな情報をひきだせていたかもしれないが、次の機会はもう期待できそうにない。

いまさらながらおれが惜しんでいると、クレイグが感慨深そうに語りだした。

「あれにはおれも驚かされたよ。陰口はいつだって受け流していたパトリックが、あんなふうに衝動的に頰を張るなんてさ。あいつ、あえて自分を悪者にしたてて楽しむようなところがあるだろう？」

「そうだな」

先日のニューカッスル行きでも、クレイグを追いつめて本音を暴くために、敵意の矛先を自分に向けることにためらいはなかった。

「今回にかぎって、その敵意をきみが肩代わりすることになったから、うろたえてとっさに手がでたんだろうな、あれは。奴にもかわいいところがあるじゃないか」

「え……」

「だって自分が標的なら無視か冷笑ですませるところを、きみが攻撃されるのは我慢ならなかったわけだろう？　正直おれは安心したよ。案外パトリックも、きみがいれば大丈夫かもしれない」

「大丈夫って？」

「自分をもてあまして、無謀な道に踏みこんだりせずにいられるってことさ。いまやきみは彼の北極星みたいな存在なんだよ」

「おれはそんな、大層なものじゃ……」

「うんうん。ただの相棒だよな。なんにしろよろしく頼むよ」

クレイグは気安くおれの肩を叩き、軽快に上階へひきあげていく。

「なんでおれがよろしくされなきゃならない」

ちらつく未来と未練がからまりあうこのところの胸の裡を、よりにもよってクレイグに見透かされていたようで、なんだか癪である。

おれはクレイグのしたり顔をふり払うように、勢いよく階段をかけおりた。


事務棟の窓口に顔をだすと、来客は並びの面会室に待たせているという。

さっそくおもむいてみれば、くたびれたチェスターフィールドを備えた小部屋に、予想していたファーガソン氏の姿はなかった。

代わりにこちらに背を向け、窓から冬枯れの庭をながめている男がひとり。

均整のとれた長身を、いっそう堂々ときわだたせるような身なりは、一見して上流階級に属する者と知れるそれだった。

「あの」

とまどいを深めつつ呼びかけると、くつろいだしぐさでふりむいたのは、二十代なかばほどの見知らぬ青年である。

秀でた額は精悍《せいかん》で、笑みを含んだ口許はかすかに甘い。

総じて快活な印象の美丈夫だが、どこか斜にかまえた不敵なまなざしは、猛禽《もうきん》のような油断のならなさをも感じさせた。

その金髪と淡い青磁色の瞳には、かすかな既視感をおぼえないでもないが、相手も啞然と立ちつくしているところをみると、やはり面識はないらしい。

そうとわかれば、部外者はさっさと立ち去るのみである。

「おれにご用とうかがいましたが、どうやら手違いがあったようですね。あらためて取り次いできますので、生徒の名を……」

「これは驚いたな」

おれの声が届いているのかいないのか、青年は感嘆したように洩らす。そしてどういうわけか、さもおかしげにくつくつと笑いだした。

「さしもの冷血漢も慌てふためくわけだ」

「冷血漢？」

置いてきぼりのこちらは、すっかり小馬鹿にされている気分である。

そんなおれをながめやり、青年は愉快そうに口の端をあげた。

「もちろん兄上のことさ。わたしときみのね」

「あなたと……おれの？」

おれの兄といえば、不本意ながら脳裡に浮かぶ男がひとりいる。加えてあの家には兄弟がもうひとり──次兄なるものが存在するのではなかったか。

「あ、あんたまさか、レディントンの──」

ようやく既視感の正体に気がつき、反射的に身を退いたとたん、肩が扉にぶつかり音をたてる。

「そう怯えずとも、取って喰らいはしないさ」

「怯えてなんかない。驚いただけだ」

「そうかい？　ならば奇襲は大成功といえるかな」

楽しげにいなされれば、いかにもこちらが虚勢を張っているかのようで、腹だたしさがつのるばかりだ。だがここで感情的になれば、ますます侮られる。

「……こんな片田舎まで、わざわざなにをしに来たんです」

「それはもちろん、親愛なる異母弟の顔を拝みにきたのさ」

次兄はいともにこやかに同席をうながした。

「そんなところにへばりついていないで、一緒にお茶をどうだい？」

少々冷めてしまったが——とローテーブルのポットを愛想好くかかげてみせるが、相手をする気にはなれなかった。

「どうぞおかまいなく」

「ずいぶんと他人行儀だね。ヴィンセント兄上と呼んではくれないのかい」

「そんな呼びかたは、あなたがたのほうが認めないでしょうに」

これみよがしに嘆かれても、こちらはしらけるだけである。

「わたしは兄とは違うよ。ぜひともきみと親しくなりたい」

「なんのために？」

「きみが生き別れの弟だからだよ。当然だろう？」

ヴィンセントは呆れたように片眉をあげる。

「おれは興味ありません」

「そうはいかない」

「いったいなにが狙いだ」

ついに我慢ならず、敬語が吹き飛んだ。

だが相手の余裕は、そよとも揺らぎはしない。

「狙いだなんて、ただきみのことをよく知りたいだけさ」

たしかにそのまなざしは、偽りない好奇心をたたえているようである。だがおれは警戒せずにいられなかった。甘い顔で近づいて、気を許したところを意のままに操ろうという魂胆ではないのか。

「知ってどうする。弱みでも握って、おれをここから追いだすつもりか」

「おや。わたしはてっきり、きみが一刻も早くこの辺境の地から解放されたがっているものと思っていたのだが」

「おれは――」

とっさに言いかえそうとするも、正しい言葉をつかみとれずに呼吸《いき》を乱す。

ヴィンセントはそんなおれの動揺を楽しむように、

「たしかに神学校の陰気な餓鬼どもにいじめられて、毎日めそめそ泣き暮らしているようではなさそうだ」

いかにも辛辣《しんらつ》な科白をもてあそんでみせる。

おれは不機嫌に吐き捨てた。

「誰がめそめそなんか」

「しかしほら、編入生は往々にして、手荒な洗礼を受けるものだろう？　これでも案じていたんだよ」

「おれはやられたらやりかえす主義なので」

「それはたくましいね。ますますきみに興味が湧いたな」

母の職業柄あちこちの都市に移り住んできたために、新参者が憂さ晴らしの格好の的になることくらい、とっくに承知していた。

元来そう内気でもないおれは、いつもそれなりにたちまわってきたし、度を越えた侮辱を受けたときは、反撃に打ってでて黙らせたこともあった。

だが今回ばかりは事情が異なる。生いたちについては沈黙を貫くよう厳命されている身では、露骨な反応こそが素姓を語ることにもなりかねない。そのため交流そのものを避けるようにしていたのだ。

名も自由も奪われた腹いせに、すべてを暴露してやろうと考えないでもなかったが、そこまで自暴自棄にはなれなかった。おれの権利を守るべき弁護士すらあっさり抱きこんだレディントン家に逆らえば、それこそなにをされるかわからない。

「あなたが気にかけるとしたら、おれの口から醜聞が洩れることだけでしょう」

「実際のところどうだい？」

「あることないこと噂されてますが」

「だろうね。いかにもきみは噂のしがいがありそうだ」

真意の知れない笑みを浮かべながら、彼はカップをかたむける。

「気楽な予備《スペア》のわたしとしては、いっそきみの存在が公になればおもしろいと、期待してもいるのだけれどね」

「あなたが？」

「きみのほうこそ、このまま兄上に飼い殺されていてかまわないのか？」

カップ越しの視線に、ひやりと膚を撫《な》でられる。

「……なにが言いたいんです」

「わたしならきみの力になれるかもしれないということさ」

とっておきの誘いをかけるように、次兄は声をひそめてみせる。

「我々が手を組んで、あの傲岸不遜な兄上を出し抜いてやったら、さぞや痛快だろうとは思わないかい？」

「…………」

これはなにかの罠か。それとも遊戯《ゆうぎ》のつもりなのか。

ほんのつかのま、さざなみだった心が、急速にこわばっていく。

異母兄たちの仲がどのようなものかは知らないし、知りたくもないが、退屈しのぎの駒として取りこまれるのは御免だった。

「あいにくですが、あなたのお遊びにふりまわされるつもりはありません」

「というと？」

「おれの処遇については、後見人でもないあなたのでる幕じゃないってことですよ」

「明日の暮らしのために、飼い慣らされた羊でいることにも甘んじると？」

「どうとでも。用件がそれだけなら、おれはもう失礼します」

おれは肩をすくめ、さっさと踵をかえそうとしたが、

「まあ、待ちたまえ。用件なら他にもある」

鷹揚にひきとめつつ、ヴィンセントは懐からなにかを取りだした。

おざなりに目をやれば、どうやら一通の封書のようである。

「先日ロンドンのタウン・ハウスに届いたものだ。差出人はきみの母君の弁護士だ。きみの知人から託された書簡を、転送してくれたものらしい」

おれはたまらず声を尖らせた。

「勝手に読んだのか？」

「同封の手紙には手をつけていないよ。だが兄上の手に渡っていたら、迷わず黙殺されていただろうね。だから屋敷に届いたばかりの書簡の山から、わたしがこっそり抜いてきたのさ」

「だからあなたに感謝しろって？」

「まさか」

ヴィンセントは臆面もなく、そらぞらしい主張をしてのける。

「わたしはかわいい弟のために、当然のことをしたまでさ。とはいえロンドンからの長旅の労については、少々のねぎらいを期待しても許されるのではないかと思ってね」

「おれが頼んだことじゃありませんから」

「つれないね。では交換条件といこうか」

片手の指に挟んだ封筒を、戦利品のようにかかげてみせる。その得意げな表情に、おれは嫌な予感をおぼえた。

「交換条件？」

「じつはニューカッスル在住の友人宅に、しばらく世話になるつもりでいてね。きみの次の休日をわたしとすごしてくれるのなら、書簡はそこで進呈しよう。兄弟水入らず酒でも酌《く》みかわしながら、積もる話に花を咲かせようじゃないか」

おれは横暴な提案に絶句した。

「冗談じゃない。あなたのくだらない気まぐれにつきあう暇なんてありませんよ」

「ではこの書簡は火にくべてもかまわないというのかな？」

「ふざけるな！」

おれはついにいらだちを爆発させた。

いくら友好的なふりをしようが、高みから力をふりかざして、相手を従わせようとするところは、まさしくあの長兄と同類だ。

「さっさと寄越せよ」

我慢ならずに床を蹴り、力ずくで手紙を奪い取ろうと腕をのばすが、すかさずひらりと遠ざけられる。

「おっと。ここで兄弟喧嘩《げんか》を繰り広げるのは、さすがに気が進まないな」

「誰のせいだ」

「手紙ならいま渡してもいいが、きみがわたしの誘いに応じるまでは、毎日でもこうして面会に押しかけるつもりだよ。それではさすがにきみも居心地が悪いだろう？」

「――っ！」

おれはぎりと歯を軋《きし》ませた。

そんなことになれば、ますます校内の噂の的になるだろう。それはいまさらどうということもないが、悪いのはこの男がおれの嫌がるさまを楽しむために、本気で実行しかねないところだ。

「勝手にしろ。暇人め」

身をひるがえしたおれの背に、奴はほがらかな声を投げかける。

「追って連絡するよ」

おれは忌々しさを全力で扉にぶつけ、面会室をあとにした。

「どうやら面会人は、ファーガソン氏ではなかったようだね」

憤然と帰還したおれの面持ちから、パトリックは敏感に察したようだった。おれの身にふりかかった、予期せぬ災厄を。

「まさに招かれざる客というやつさ」

投げやりをよそおいながらも、おれはどうしようもない嫌悪にとらわれる。

レディントン家の者の横暴に昂然《こうぜん》と抗うことも、粛然と従うこともできずに心乱されている自分が、誰より厭《いと》わしい。

パトリックは無言でこちらをうかがいつつ、おれを待ちがてら準備をしていたのだろう二客のティーカップに、湯気をたてる紅茶を注いだ。

「あいにくジンもブランデーも切らしていてね」

「しかたがないからそれで我慢するよ」

軽口に軽口をかえし、おれは反対向きに腰かけた椅子の背に、両腕をもたせかけた。

さしだされたカップをかたむけるなり、甘やかな香りに誘われるようにほとんどひと息に飲み干してからようやく、喉が渇ききっていたことに気がつく。

そんなおれを茶化そうとはせず、パトリックは黙って二杯めを注いだ。

「もしやレディントン家から、代理人でも寄越されてきたのかい？」

「それどころか直々のおでましだったよ」

「え？　まさかご当主がわざわざ？」

「いや。もうひとりのほうの兄だ」

「つまり面識のない次兄殿が？」

「予告もなしにいきなりな」

「それはまた面妖な」

さしものパトリックも目をみはったり、眉をひそめたりと忙しい。

「さあな。生き別れの弟とお近づきになりたいそうだが、そんな世迷いごとを真に受けるほどおめでたくはないさ」

「して用件は？」

そこは相手も織りこみ済みだからこそ、餌として手紙をたずさえてきたのだろう。おれを手なずけるつもりなら、逆効果もはなはだしいが。

おれは次兄とのやりとりをかいつまんで説明する。

神妙に耳をかたむけていたパトリックは、

「伯爵家に連なる者だからといって、きみに対する心情まで等しくしているとはかぎらない。彼は純粋にきみに興味があって、ともすればご当主に抗うための味方になってあげるつもりでいるのではないかな」

「そんな奴が交換条件に手紙をちらつかせて、おれを操ろうとするものか？　脅迫も同然じゃないか」

「初対面できみの信頼を得るのはさすがに難しいから、今回ばかりは姑息《こそく》な手段もいたしかたないとしたのかも」

「なんにしろいけ好かない根性だよ」

「手紙の送り主に心当たりはあるのかい？」

「なくはない」

「そう」

母の遺品を預けたままの知人か、あるいはおれの消息そのものを気にかけてくれている誰かがいるとしたら……。

すでに遠いはずのおもかげが、次々と脳裡に呼び覚まされる。おれはその勢いに不意をつかれ、胸を詰まらせた。

「ならお誘いに応じないわけにはいかないね」

「え？　どうして？」

我にかえると、こちらをみつめるパトリックと視線がかみあった。

「だって手紙を取りかえすには、そうするしかないのだろう？」

「それはそうだけど、休日はきみとでかけたり、こっちにもいろいろと予定が」

「ぼくのことなら気にしないでいい。休日のすごしかたならいくらでもあるからね」

ひとりには慣れている。これまでも、これからも。

そんな言外のささやきが耳に忍びこみそうになり、おれは急いで腰をあげる。

「そういえば消えた人形がおれのトランクからでてきたこと、ウィルにまだ知らせていなかったな。いまのうちに伝えてくるよ」

応じる声を待たず、おれは逃げるように部屋をあとにした。


息をするだけで肺が腐るようだ。

おれは呪わしい気分で寝がえりをくりかえす。

だがもてあました憤懣《ふんまん》は身の裡によどみ、くすぶるばかりで、眠気は一向におとずれそうになかった。

理由はわかりきっている。あの忌々しい次兄のせいだ。

奴はおれのささやかな安息の地を、土足で踏み荒らしにやってきた。

あたかもドールズ・ハウスの持ち主が、ちいさな住人たちをつかみあげ、気の向くままにもてあそぶように。

おれは自分がものの数インチの、無力な木偶《でく》に成り果てた心地になり、喘ぐように敷布に肘をつく。

そして異変に気がついた。

「……なんだ？」

かそけき月影に浮かんだ室内が、妙にぼんやりとしている。

幾度かまばたきをしてみても、視界のかすみは変わらない。

濃い夜霧が、窓から忍びこんできたのだろうか。だが目を凝らしてみれば、それは扉のほうから流れこんでいるようだ。

霧などではない。煙だ。

「パトリック！　目を覚ませ！」

おれは転げ落ちるように寝台から這いだした。

咳きこみながら窓をさぐりあてるまでにも、煙は刻々とたちこめ、肺の痛みはいや増すばかりだ。生徒の誰かが、オイルランプでもひっくりかえしたのだろうか。火元はどの階の部屋だろう。階段が使えないとしたら、逃げ道は窓しかない。

ともあれこのままでは窒息する。おれは上げ下げ式の窓にすがりつき、建てつけの悪い窓枠を必死で持ちあげた。とたんに吹きつける夜気をむさぼれば、無数の氷の破片が肺に刺さるようで呻かずにいられない。

「オーランド？」

パトリックがようやく眠そうな声をあげた。

「こんな夜更けに、いったいなにを騒いでいるんだい？」

「しっかりしろ。寝惚けてると煙に巻かれて死ぬぞ！」

「煙？　どこに？」

「どこってそこらじゅうに——」

目の悪いパトリックでも、この息苦しさは感じるだろうに。

焦りをつのらせながらふりむき、おれは絶句する。いましがたまでそこにたちこめていた煙が、あとかたもなく消え去っていた。

「そんな馬鹿な」

いくら換気をうながしたからといって、ほんの数秒ですべての煙を窓から逃がせるはずがない。

だがおかしいのはそれだけではなかった。扉の向こうから次なる煙が侵入してくることもなければ、火がでたという騒ぎがあがることもなく、学寮はしんと静まりかえっているのだ。

パトリックが目をこすりながら、

「寝惚けているのはきみのほうでは？　真冬の夜に窓なんか開けて、ぼくを凍え死にさせる気かい？」

「いや……だけど……」

「いいからそこどいて」

反応の鈍いおれにしびれをきらしたのか、寒がりのパトリックはかぶった毛布をひきずりながらおれを押しのけ、みずから窓を閉めた。ほうと息をつき、あらためておれに非難のまなざしを向けたところで、なぜかたじろいだように動きをとめる。

「きみ、泣いているのかい？」

「おれが？　まさか」

「だって涙が」

「え？」

わけがわからないまま目許に手をのばしてみると、たしかに濡れている。ありもしない煙の痛みに、目がうるんだというのだろうか。

「いつのまにこんな……」

ますます混乱し、気まずく頰を拭《ぬぐ》うおれを、パトリックは目を凝らすようにうかがっている。

「悪い夢でもみたのかい？」

「夢なんかじゃない。そうじゃない……はずだ」

だがいまとなっては、なにが夢か幻か、すべてがあやふやだ。

「今夜はなかなか寝つけなくて、あまりの胸苦しさに顔をあげたときには、もう煙がたちこめていたんだ。それで――」

「どこぞの部屋から、火の手があがっているものと？」

「そうだ。一刻も早く逃げないと、命にかかわるって」

「部屋の外からは、それらしい騒動がうかがえないにもかかわらず？」

「おれはただ必死で」

冷静になってみれば、その時点でおかしいと気がついてよさそうなものだ。だがさっきはなぜか、我を忘れるほどに追いつめられた心地だったのだ。

「ひょっとしてきみ、かつて火災に巻きこまれた経験が？」

思案げに問われ、おれはとまどいつつ首を横にふる。

「いや？」

「近しい人の体験談が、強く印象に残っていたりは？」

「それもないはずだけど」

「ふむ」

しばし考えこみ、パトリックはつぶやいた。

「すると予知夢という可能性もあるのかな」

「予知夢？」

「来たる厄災を視たということさ」

「トロイアのカサンドラみたいにか？」

「ぼくは信じるよ」

「……それはどうも」

好奇心まるだしで断言されても、あまり嬉しくはない。

「だけどなんだってまた急に？」

「ぼくが察するに――」

パトリックはなぜか声を途絶えさえ、怪訝そうに視線をめぐらせた。

「オーランド。あの子をどこかにやったかい？」

「あの子って？」

「ダンフォード家の人形だよ」

「いや。おれは動かしてないけど」

「でもいなくなっている」

驚いて窓をふりむくと、たしかに人形の姿はなかった。

さきほどの一幕で、弾き飛ばしてしまったのだろうか。だが暗い部屋のあちこちに目を凝らしてみても一向に見当たらず、おれは嫌な予感をおぼえた。

「まさか外に落ちたのか」

あわてて硝子窓にへばりついたものの、もちろん草地は黒々とした闇に呑まれて確かめようもない。

「まいったな」

勝手についてきたのかもしれないとはいえ、現在の所有主であるファーガソン氏からの預かりものも同然である。

するとパトリックがあくびをかみ殺しながら、

「今夜はもう諦めて、捜すのは明日にしよう。ぼくも手伝うからさ」

「そうだな。よろしく頼むよ」

どうか朝まで雪が降らずにいてくれますように。

おれはなんともいえない心残りを感じながら、それでも幻の火事が去った気のゆるみも手伝ってか、いつしか吸いこまれるように眠りに落ちていたのだった。

3

人形は忽然と姿を消してしまった。

朝から二人部屋のあちこちをひっくりかえし、昼休みは学寮の裏手をくまなく捜しまわり、夜には遺失品の届けがないか事務棟にも出向いてみたが、些細な手がかりすら得られなかったのだ。

誰彼かまわずつかまえて、人形の目撃情報をたずねるのもためらわれ、もはやお手あげである。

一日の捜索が徒労に終わり、おれはため息をついた。

「そもそもあの人形に、実体なんてものはないんじゃないか？　みんなそろってまやかしの姿に惑わされていたのさ。それならいきなり出没する説明もつく」

自棄《やけ》ぎみにぼやくおれを、パトリックは愉快そうにからかう。

「きみもなかなか柔軟な発想ができるようになってきたじゃないか。感心だな」

「お褒めいただき光栄だよ」

これでも責任を感じてはいるのだ。このまま人形がでてこなければ、ファーガソン氏もさぞ落胆することだろう。

「そう気に病まなくとも、朝になったら案外きみの枕許で添い寝をしているかもしれないよ？　きみはあの子に懐かれているようだから」

「それもできればご遠慮したいけどな……」

おれは複雑な気分で寝台にもぐりこむ。

また幻の煙に呑まれるのではとしばらく身がまえていたが、昨夜からの寝不足も響いてか、ほどなくうつらうつらし始めた。

やがてなにをきっかけに異変を察したものか。ばさりと冷や水を浴びたように意識が焦点を結んだときには、すでにただならぬ喧噪が夜の学寮に満ち満ちていた。

荒々しく開閉される扉。入り乱れる足音。不安げに飛びかう生徒たちの声。

いかにも浮き足だったざわめきに、おれは毛布を撥《は》ねあげた。

「今夜はなんだっていうんだ！」

「夢でも幻でもないよ」

すかさず応じたのは、同じく目を覚ましていたパトリックである。扉の向こうに耳をそばだてながら、険しいまなざしで告げる。

「どこかの部屋から火がでたらしい」

おれは息を呑んだ。

「火がってまさか」

「きみの予知が現実になったのかも」

「そんな……」

未来を予知するなんて、いくらなんでも突飛な発想にすぎると、本気に受けとめてはいなかったのだ。だがこの騒ぎは只事ではない。

うろたえたおれが動けずにいると、パトリックが身をひるがえした。

「ともかく状況を把握しないと。本当に火がまわり始めているなら、ぼんやりしてはいられないよ」

「そうだな」

我にかえったおれも、いまばかりは気にならない。寝間着のままパトリックに続いた。裸足を凍らせるような床板の冷たさも、いまばかりは気にならない。

部屋を飛びだすと、そこにはすでに大半の級生の姿があった。

きな臭い通路のあちこちで、生成《きな》りのガウンが不安げな残像をゆらめかせている。とりわけ通路の中程にある扉を左右からのぞきこむように、まとまった人影がうかがえた。目を凝らせば、どうやらその部屋から煙が洩れだしているようだ。

呟きこみつつ、おれは肩の力を抜いた。

「あの様子だと、小火《ぼや》ですんだみたいだな」

「小火？」

「野次馬があれだけそばに寄れるなら、もう危険はないはずだろ？」

「それは、そうだけれど」

パトリックはなぜか釈然としないくちぶりだが、おれは足早に人だかりをめざした。

「いったいなにがあったんだ？」

居あわせたクレイグに声をかけると、

「それはおれのほうが訊きたいよ。なんでも部屋にたちこめる煙に動転したシリルが、窓から身を投げようとしたらしい」

おれはぎくりとした。

「あれはダンフォードの部屋なのか？」

「ああ。錯乱するシリルを、同室の奴がなんとか押さえこみながら、大声で助けを呼んだ結果がこの騒ぎさ」

「それでダンフォードは？」

人垣に遮られ、ここから部屋の様子はうかがえない。

「気を失って倒れているよ。さっき誰かが医務室に向かったところだ」

「容態はどうなんだ？　ひどい火傷《やけど》を負ったのか？」

「おちつけ。シリルは火傷なんてしちゃいない。火傷のしようがないんだ。そもそもあの部屋で、火の不始末があったわけじゃなかったんだから」

「だってそこらにまだ煙が……」

そう反駁しかけて、はたと口をつぐむ。視界に垂れこめていたはずの煙は、すでにどこにも存在しなかった。肺や喉のひりつきは、いまも生々しく残っているというのに。

「どうやら昨夜と同じ状況のようだね」

冷静な声を投じたのは、いつしか隣に並んでいたパトリックである。

おれはこみあげる動揺を隠せないまま、すがるようにたずねた。

「あの煙を感じたのは、おれとダンフォードだけなのか？」

パトリックが黒々とした瞳をこちらに向ける。

「だとしたらあの子に懐かれたきみと、その本来の所有者の末裔《まつえい》ということになるね」

「やっぱり元凶は人形か……」

おれはぎこちなくつぶやいた。

それを耳にとめたクレイグが、

「人形だって？」

「ダンフォード家のドールズ・ハウスのな。なにか心当たりがあるのか？」

「おれより先に騒ぎを聞きつけた友だちが、洩らしていたんだよ。シリルは意識をなくすまえに、人形のせいだとかなんとか口走っていたって」

とたんにパトリックが身をひるがえした。つかつかと野次馬をかきわけ、シリルの部屋に向かっていく。

「え？　おい。ちょっと待てって」

いったいなにをする気かと、おれは急いであとを追った。生徒たちの好奇と非難の視線を浴びながら、もはや破れかぶれの心境で部屋に踏みこむ。

呆然自失の体で床にへたりこんでいるのは、同室の生徒だろうか。加勢にかけつけたとおぼしき数人も、一様にこわばった表情でたたずむばかりだ。開いたままの窓から、骨の髄まで凍らせるような夜気が吹きこんでくることにすら、誰ひとりとして気がまわらないようである。

パトリックの姿はというと、寝台のかたわらにあった。おそるおそる足を進め、肩越しに様子をうかがうと、ぐったりと横たわるシリルには火傷はもちろんのこと、めだつ怪我もないようで、おれはいくらか安心する。

だが蒼ざめた頬には、生々しい涙の跡が鈍く光っていた。

するとパトリックがおもむろに身をかがめた。

「やはりここに来ていたんだね」

そうつぶやき、乱れた枕の裏からなにかを拾いあげる。

その手に握られていたのは、昨夜から行方《ゆくえ》をくらませていたあの人形である。

うつろな硝子玉の双眸には、たまらず息をとめたおれの姿が、亡霊のように映りこんでいた。

ほどなく寮監がかけつけ、生徒たちは解散させられた。

それでもすぐには去りかねて、遠巻きながらなりゆきに耳をそばだてていると、どうやらシリルは悪夢による一時的な錯乱に陥ったとして、念のために別棟の医務室で預かることになるらしい。

意識が戻らないままのシリルは気にかかるが、もはやできることはなさそうだ。寮監に見咎められるまえに、おれたちは自室にひきあげることにした。

あとに続くのは、このままでは寝るに寝られないと訴えるクレイグである。

「なあ。きみらがドールズ・ハウスについて詳しく知りたがっていたことと、その人形はなにか関係があるのか？」

クレイグの気持ちもわからなくはない。

パトリックが回収した人形が、一連の異変の呼び水であることは、もはや疑いようがなかった。こうなってはおれたちがシリルに接触した動機についても、説明しておくのが筋だろう。

部屋におちつくと、おれはファーガソン家でのやりとりから昨夜の奇怪な現象まで、順を追ってクレイグに語った。

クレイグは目を丸くしたり、頬をひきつらせたりしながらも、総じて神妙に耳をかたむけていたが、

「つまりその、なんだ。今夜の騒ぎも、オーランドが幻の煙に巻かれたのも、なにもかも

がそれの仕業かもしれないわけか」

声をひそめ、おずおずと窓に視線を走らせた。

そこには人形の少年が、ふたたびおとなしく腰かけている。

ひとまず修復できないほどの汚れや傷みがないのは幸いだったが、喜んでばかりもいられない。みずからの意志で動きまわる人形をこのまま放っておいたら、似たようなことがまたくりかえされるかもしれないのだ。

「納得がいかないかい？」

パトリックがいたずらなまなざしを投げると、クレイグはさも居心地悪そうに身じろぎした。

「というより、そもそもおれは昔から苦手なんだよ。勝手に人形が動きだすとか、その手の話がさ」

「なぜだい？」

「だっていかにも本当にありそうなことじゃないか。おれの実家なんて、妹たちの人形がそこかしこに転がっているものだから、よけいに生々しくて」

クレイグは積年の恐れをひそひそと白状する。

「自分しかいないはずの部屋で、なんとはなしに視線を感じてふりむいたら硝子玉の瞳と視線がかちあってぎくりとするとか、気のせいだって承知していても不気味に感じるものだろう？」

パトリックはゆるりと口の端をあげた。

「それは気のせいではないよ」

「だからやめてくれって！」

クレイグは露骨にびくついている。

からかいがいのある奴だが、お遊びにかまけてばかりもいられない。おれは冷えきった腕をさすりつつ、パトリックにたずねた。

「あの人形に目的があるとして、おれやダンフォードが視た幻には、いったいどんな意味があるんだ？」

「その幻影によって、なにかを訴えようとしているのでは？」

「学寮から火がでることをか？」

「あるいは古い記憶に同期させられたのかもしれない」

おれは目をまたたかせた。

「人形の記憶に？」

「人形そのものか、人形に取り憑いたもののね」

パトリックの発言を、おれはしばし慎重に吟味する。

「だとしたらどうしておれなんだ？　ダンフォードは所有者の血縁だからとして、媒介役としてはきみのほうがよほど適任だろうに」

「たしかに経験ならぼくのほうが豊富だけれど、あちらがわのものに感応する力は、多分に相性に左右されるものだからね。きみにはあの子に共鳴するだけの要素があるのかもしれない。きみこそぴんとくるものはないのかい？」

「ないよ。まったくな」

突き放した科白が耳に跳ねかえり、おれは少々のうしろめたさをおぼえる。そんなふうに感じることが、すでに魂をからめとられている証左なのだろうか。

「ふむ。となるとますます来歴が気になるところだね。詳細はファーガソン氏からの情報に期待をかけるとして、いまのところ糸口になりそうなのは火事の記憶だけか」

パトリックは独白のようにつぶやき、クレイグに顔を向けた。

「かつてダンフォード邸が、火災に見舞われたことはあるのかな？」

「どうだろう。古い領主館が現存しているなら、そういうことはなさそうだが」

「では明日にもシリルの見舞いついでに、確認してきてくれないかい？」

「おれが？　でも昨日の一件で、ずいぶんと怒らせたばかりだしな……」

クレイグはあまり気が乗らない様子だが、こちらとしてもただなりゆきに任せてはいられない。

「なんだよ。おれはここぞとばかりになじってやった。おれたちと級生の橋渡し役になりたいって、昨日はあれだけ力説してたくせに、所詮は口先だけだったんだな。信用したおれが馬鹿だった――」

「わかった。わかったよ！」

クレイグは諸手をあげて降参した。

「試してはみるが、収穫のほうはあんまり期待しないでくれよな」

しぶしぶながら請けあい、自室に退散していく。

その姿を見送りながら、おれはつぶやいた。

「善人は扱いやすいな」

「同感だね」

あんまりな言い草に、おれたちはそろって噴きだした。

おたがい気分が張りつめたままでいたのだろう、パトリックもようやく肩の力の抜けた表情で、

「そういうきみの人の好さも大概だけれど」

「おれが？」

「だからもう放ってはおけなくなっているだろう？」

誰をとまでは口にせず、パトリックはいたずらな笑みを投げてよこす。

おれは渋面で肩をすくめた。

「ただの好奇心だよ」

「そうかい」

したり顔であしらったパトリックは、ふとまなざしをくもらせた。

「でものめりこみすぎるのは危険だ。ことに相手が必死なときは」

「わかってる。身の程はちゃんと弁えてるさ」

おれは居心地の悪さをおぼえつつ、おとなしくうなずいた。先日のニューカッスル行きで、おれが墓地に繋がれた死者に憑かれそうになったことが、パトリックの念頭にもあるのだろう。

そういえばあのときおれにすがろうとした亡霊も、年端もいかない少年だった。

しかし硝子玉の瞳から、人形の望みを読み取ることはできない。

煙に巻かれる幻影が、おれに涙を流させたのはなぜだろう。

それに意図しての結果かどうか、とっさに煙から逃れようとしたシリルは、窓から飛び降りて大怪我を負っていてもおかしくはなかったのだ。

目の端で人形をとらえながら、声をおとす。

「なあ。いまはおとなしくしてるみたいだけど、医務室までシリルを追いかけていったりしたら、まずいことになるんじゃないか？」

「もちろん相応の対策はするつもりだよ。信頼のおける預け先があるから、ぼくに任せておきたまえ」

そう請けあうと、パトリックはひとつ欠伸をするなり、ぱたりと横になった。

「今夜はここまでにしよう。さすがに疲れた」

「そうだな」

おれも同意して、毛布にもぐりこむ。

すでに夜も更けているが、朝は容赦なくやってくる。

昨晩に続き、もはや寝不足は免れないが、せめて悪い夢だけはみたくないものだ。

心の底からそう願いつつ、おれは眠りについたのだった。

4

手紙が届いた。

パトリックには待ちかねていたファーガソン氏から。

おれにはいっそ受け取りを拒否してやりたい次兄からである。

夕食の席で、それぞれに本日の郵書を手渡されたおれたちは、早々に学寮にひきあげてきた。自習などそっちのけで膝をつきあわせ、さっそくファーガソン氏からの便りを開封する。

「やはりあの人形の一家は、ドールズ・ハウスが製作された当時のダンフォード家の家族構成を、おおよそ再現したものらしいね」

　数枚にわたる書面に目を走らせながら、パトリックが手短に要旨を伝えてくれる。

　だがその報告に、おれはひっかかりをおぼえた。

「おおよそ？　それってどういう意味だ？」

「一族の生没年と照らしあわせると、人形の性別や年齢差と一致するそうだ。ただひとりをのぞいてね」

　たとえひとりであろうとあてはまらないなら、現実の家族を模しているとは見做《みな》せないのではないか。そう疑いかけたところで、はたとひらめく。

「そのひとりってまさか」

「お察しのとおりだよ。きみについてきたあの少年だけ、数代の系譜をさかのぼってみても該当者が存在しないというんだ」

「それは……」

　つまりどういうことになるのだろう。

　考えがまとまらないまま、おれはとりとめなくつぶやいた。

「もしもあの人形だけが、手違いかなにかでまぎれこんでいるとしたら、縁のない家から飛びだしてくる理由にはなるか」

「方向性としては悪くなさそうだね」

パトリックはそう認めつつも、腑《ふ》に落ちない点をあげてみせる。

「それにしては他の人形たちとの統一感がありすぎるし、あえてシリルの部屋をたずねたことについてはどう考えたものか、説明に窮するけれど」

「たしかにな」

共通の縮尺や顔つきなどからしても、ひとそろいで注文されたものと考えるのがいかにも自然である。

「加えて気がかりな事実がもうひとつ」

ふたたび便箋《びんせん》に目を落とし、パトリックが続ける。

「ドールズ・ハウスの依頼主――シリルの曽祖父の家族は、まさに人形として再現された年齢で、三人が他界しているそうだ。当主の妻と、跡継ぎの長男と、一歳にもならない末の長女がね」

「え？」

「つまりその三人は、ほぼ同時期に亡くなったということさ」

ようやくその意味をつかむに至り、ぞくりとする。

おれは急くようにたずねた。

「まさか館が燃えて犠牲になったとか？」

「いや。詳しくふれられてはいないけれど、死因はそれぞれに異なるらしい。ただ半年も経たぬまに、次々とこの世を去っているようでね」

それでも……むしろそれこそが、不可解な状況なのではないか。

「その死者にも、はぐれ者の少年は含まれていないのか？」

「もとより出生の記録も見当たらないそうだから」

「そうか」

おれは顎に手をやり、ひとまずの手がかりを整理する。

「つまり昨年末に他界したサイラス氏は、子世代で唯一の生き残りになるのか」

「旧家にしては係累が少ないのは、そのためだったようだね」

「代用品のおかげで、めでたく直系の血を存続できたわけだ」

ついそんな皮肉が口をついてでたのは、血統にこだわる上流階級の生きざまに、反発をおぼえているからだ。

おれは我にかえり、気まずく目を伏せる。

「もちろんたて続けに身内を喪《うしな》うなんて、気の毒なことだけどさ」

「わかるよ。実際サイラス氏が長じて当主の座についたことは、ダンフォード家にとって不幸中の幸いなのだろうし」

おれを咎めはせず、パトリックは神妙に続けた。

「あるいはそこには死の連鎖を断とうとする、強い意志が存在したのかも」

「死の連鎖だって？」

不穏な示唆に、ざわりと膚を逆なでられる。

パトリックはうなずき、おもむろに声をひそめた。

「ここから先は顧問弁護士としての守秘義務に反するから、くれぐれも内密にとのことだけれど……家族の死が続いた時期に、当主はいくらかの財産を整理して、まとまった現金に換えていたそうだ」

「病気や怪我の治療のために、急に入り用になったとか？」

しかし大金を費やした治療の甲斐なく、ダンフォード家の人々は命を落としたのだろうかと、おれは考えをめぐらせる。

「ファーガソン氏もそこが気になって、祖父君の遺した日記を検めてみたところ、どうやらドールズ・ハウスの費用を捻出するためだったらしい。つまりあの人形の家には、二度と取り戻せない在りし日の家族の姿が再現されていたんだよ」

「……どうりで並々ならぬ執念を感じるわけだ」

時よとまれ。おまえは美しい。

叶うはずのないそんな切望の結晶が、あのドールズ・ハウスなのだろうか。

「日記にはこうもあったそうだ。ご当主がそうした趣味に慰めを求めることは理解できるけれど、それが霊媒の助言に従っての散財なのが気がかりだと」

「霊媒？　降霊術を披露したりする？」

「おそらくは」

「いったい何者なんだ？」

「さてね。いまその正体を知ることに、さほどの意味はない気がするな。もはやこの世の者かどうかも疑わしいし」

「ああ……そうかもしれないな」

ダンフォード家が悲劇に見舞われてから、すでに七十年近くになるはずだ。

「そもそもぼくは、巷でもてはやされているような降霊の儀式には懐疑的なんだ。もちろん興味はあるけれど、死者の霊はあんなふうに都合好く呼びだしたり、降ろしたりできるものではないよ。そのうち参加者として降霊会に乗りこんで、いかさまを暴いてやりたいくらいさ」

「同席するのが怖いな」

おれは片頬で笑いかえす。たしかに降霊を商売にしている連中は、ほとんどが奇術師の親戚みたいなものなのだろう。

「だけど結果として怪異は生じているわけだから、今回ばかりは無視できないんじゃないか？」

「そこなんだよね」

顎に手をあて、パトリックは思案に暮れる。

「ともかくも精緻な器を用意させて、この世ならぬものを人形に宿すことには成功したのかもしれない」

「死んだ一族の霊魂を、人形に呼びこもうとしたのか」

「妻子に先立たれた当主がそれを望んだのだとしたら、ぼくにも理解はできる。ただじきに手に余るようになって、器ごと封印するように死蔵するしかなかったのか……」

手に負えないのは死者の魂か、あるいは他のなにかだろうか。

まるで真相を覆う霧が晴れかけたとたんに、その奥にうごめく闇が浸みだしてきたかのような気分だ。

おれは怖気づく心をなだめながら、

「過去にダンフォード邸の一部が燃え落ちたような記録はないのか？　修繕の費用を捻出するために、債券を手放したとか」

パトリックは手紙の残りを読み終えると、

「そうした情報はないけれど、ファーガソン氏は一昨日からの騒ぎを知らないから、言及する必要を感じなかったということもありえるね」

「返信で問いあわせてみるか」

「それなら次はぼくが書こう」

パトリックはおれに手紙をさしだし、さっそく机に向かった。

「まずはこちらの状況を知らせて、次の休日はあらためてドールズ・ハウスを調べさせてもらいたい旨もね」

「それまでにこれ以上おかしなことが続かなきゃいいけどな」

心の底から願いつつ、おれは端整な筆跡で綴られた便りを黙読する。

文面から察するに、ファーガソン氏もドールズ・ハウスと一族の死のかかわりに、どこか不穏なものを感じているようだ。

おれはともかくとして、シリルの身にふりかかった災難を知れば、なおさら動揺するのではないか。その点についてはひとまずぼかして伝えたらどうかと、パトリックに提案しかけたときである。

「そういえばきみには先約があるから、加勢は頼めないのだったね」

ごそごそと抽斗を漁りながら、パトリックがきりだした。

おれは目をまたたかせる。

「先約だって？　そんなものないぞ」

「でも週末は兄君と会う予定だろう？　きみがさっき受け取っていた手紙も、待ちあわせの約束について知らせてきたのではないのかい？」

「あいつの希望に、こっちが予定を曲げてやる義理なんてない」

おれはつい声を尖らせる。件の書簡は開封もせず、上衣にねじこんだままである。

「けれど向こうは、預かったきみ宛ての書簡を、切り札としてちらつかせているわけだろう?」

「そうさ。汚い奴め」

パトリックは手をとめ、不機嫌なおれに一瞥をくれた。

「でもぼくだって、仮にそうでもしなければきみが会ってくれないというなら、似たような手を使うかもしれないよ」

「なんだって?」

「ほめられた遣り口ではないからといって、かならずしも害意によるものとはかぎらないということさ。いずれにしろ書簡は取りかえすつもりなんだろう?」

「当然だ」

「なら腹をくくって、さっさと面会をすませるべきだよ。きみが意地を張っているうちに相手が心変わりして、肝心の書簡を燃やされでもしたら、それこそ取りかえしのつかない損失だ」

そうするのが当然であるように——実際そうなのだろうが——正論を説かれて、おれはふてくされた気分になる。

「だけどファーガソン邸で、きみだけじゃ手に負えないような事態に陥ったら、どうするつもりだよ」

「そんなときには兄さんを呼ぶよ」

なおもぐずぐずするおれを、パトリックはさらりといなす。

「これまでだって、ぼくひとりであちこち出向いてきたのだし、なんならきみの代わりにクレイグを連れていってもいい」

「あいつがいたって役にたたないだろう」

「楯くらいにはなるよ」

「ふん」

おれがぞんざいに鼻を鳴らしたときである。

扉の向こうからあわただしい足音が迫り、誰何《すいか》の声をあげるまもなく、当のクレイグがかけこんできた。

「ふたりともおちついてくれ」

「まずは自分がおちつけよ」

おれは呆れるが、クレイグは膝に手をつき、息も絶え絶えに訴えた。

「シリルが消えた」

「は？」

「学校の敷地のどこにもいないんだよ」

おれとパトリックは、唖然と視線をかわしあう。

シリルの姿は昨夜から見かけていないが、医務室で安静にしているらしいことは、おれたちも知っていた。担ぎこまれてほどなく意識は回復したが、動揺は治まらず、しばらく校医が様子をみることになったという。

気軽な見舞いは許されず、クレイグは詳しい状況を把握している唯一の生徒――シリルと同室のヒューから、そうした状況を訊きだしてくれていた。

「ヒューが夕食をすませたついでに医務室に顔をだしたら、シリルの希望もあって今夜は自室で休むことを許したと伝えられたそうなんだ」

そこでヒューは学寮に向かったが、シリルが部屋に戻った様子はなく、しばらく待っても一向に姿をみせなかった。

「そのうちに気がついたそうだ。シリルのクローゼットの扉が、いつのまにか開いていることに」

おれははっとする。

「まさか外套が消えていたのか？」

「襟巻きと手袋もな」

たちまちパトリックが目を剝いた。

「この寒さに外出だって？　正気じゃない！」

パトリックは寒さが大の苦手なのだ。

クレイグはその剣幕にたじろぎつつ、

「たしかにどうかしてはいるよ。おれもすぐには信じがたくて、校舎の外から正面玄関のほうにまわってみたんだ。そうしたらほら」

クレイグの視線を追い、そろって窓をふりかえる。

とたんにパトリックが、悲鳴のような声をあげた。

「雪！」

「どうりで冷えるわけだ……」

クレイグは焦りのにじむ瞳で説明する。

「降りだしてから、たいして経ってはいないはずだ。積もりかけの雪に、事務棟の正面を避けるような足跡が、庭から門のほうまでかすかに続いていた。断言はできないが、歩幅から考えても、おそらくシリルのものだ」

「こんな雪の夜に、ひとりで無断外出？」

外出を許されている半休でさえも、窓口での申請を求められるのだ。発覚すれば、厳罰は免れないだろう。かといって親族の生死にかかわるような理由でもなければ、許可などおりるはずがない。だからこそひそかに、同室の生徒に迷惑をかけないようなかたちでの脱走を企てたのか。

「だとしたらそれなりに理性的な判断はできているのか」

おれはそう独りごち、クレイグに訊いた。

「まだ教官には知らせてないのか？」

「ヒュー以外の生徒にもな。なにかよんどころない事情があるのかもしれないし、ヒューとしても見逃してやれるのならそうしたいそうだ。なんでもここ数日のシリルは、ずっと様子がおかしかったらしい。気がかりなことでもあるみたいに、おちつかなく部屋を動きまわっていたり」

パトリックが両腕をさすりながら、

「つまり曰くつきの古いドールズ・ハウスについて、ぼくたちが詳しく訊きだそうとしてからということかい？」

「それ以外に考えられるか？」

すかさず問いかえされ、おれたちはしばし黙考する。

あのドールズ・ハウスには、一族の死のからんだ不穏な謂れがある。怪異の蒐集を趣味とするパトリックが、わざわざその点をほのめかしにきたことで、すでになんらかの影響が出始めているのではないかと、シリルは疑いを深めたのではないか。

その恐れは的中し、ほどなく人形の一体が襲来してあわや命を落としかけた——というのがシリルの主観だとしたら、消えた人形の影に怯えるあまり、学校から逃げだしたのかもしれない。

窓に目をやると、雪はしだいに本降りになっているようだ。

襟足からひやりとした不安が忍びこみ、おれはたまらず首をすくめる。

「だけどこの雪じゃあ、足跡もじきに埋もれるだろうし、ダンフォードがあてもなくそこらをさまよっているなら、捜しだすのは至難の業だぞ」

脱走を内々に収めるつもりなら、一刻も早くシリルを発見し、ひそかに連れ戻さなければならない。

するとパトリックが口を開いた。

「シリルの行き先は、ダンフォード邸ではないかな。彼にとってはあのドールズ・ハウスそのものが、忌避すべきもののようだった。それが長年の眠りから目覚めたように、一族に禍《わざわい》をもたらそうとしていると考えたのかもしれない」

おれは目をみはる。

「脱走は家族の身を案じてのことか」

シリルにしてみれば、ファーガソン邸にあるはずの人形が、いきなり学寮に出現したのだ。同じような異変が家族にも及んでいないか、不安になるのも当然だろう。

そしてふと気がつく。

「だとしたら、おれは人形の運び屋として利用されただけか」

「それはどうだろうね」

凪いだパトリックの瞳は、すでになにもかもを見透かしているようで、おれはごまかしを封じられてくちごもる。

クレイグが焦れたように口を挟んだ。

「ともかくシリルを追うなら、ダンフォード邸をめざすべきなんだな？　なら誰か道順を知らないか、訊いてまわって――」

「それは怪しまれるからよしたほうがいい」

パトリックは待ったをかけるなり、書きかけの便箋をくしゃりと丸める。

「手紙はなしだ。じかにファーガソン氏の助けを借りよう」

おれはぎょっとした。

「いきなり押しかけて、道案内を頼むつもりか？　これから……消灯を待って行動に移すとしたら、ダラムにたどりつくのは深夜になるぞ」

「事情を打ち明ければ、きっと許してくれるよ。ついでにドールズ・ハウスの様子も確認できるし、下手に気をまわして後悔することになるよりはましだろう？」

聖カスバート校からダラム市街までは、およそ三マイル。人家もまばらな荒野を、徒歩で一時間以上はかかる道のりだ。おまけに雪のせいで足許も悪い。

さほど寒がりではないおれもひるまずにはいられないが、こういうときのパトリックの決断には迷いがないのだ。

おれは心を決めて息をついた。

「わかったよ。ならいまのうちに計画を練ろう」

クレイグも賛同し、さっそく打ちあわせにかかる。

終課をすませ、十時の消灯で寮監の見廻りをやりすごしたら、一階の窓からひそかに学寮を脱けだす。ランプと燐寸《マッチ》の携帯も欠かせない。

「だけどおれたちはいいとして、クレイグはどうする？　同室のもうひとりが寝つくまで待つか、見て見ぬふりをしてもらうか？」

正直なところ悠長に待ってはいられない。だが協力を仰げば、万が一おれたちの不在が露見したとき、相手を巻きこむことになる。

暗にそう告げると、クレイグはほどなく名案をひねりだした。

「ならこうするのはどうだ。今晩だけヒューとおれの寝床を交換するんだ。もし昨日みたいにシリルが悪夢に我を忘れても、小柄なヒューよりおれのほうが力ずくでなだめられるからとね。寮監がシリルの様子をうかがいに来たら、よく寝ているようだからと追いかえせばいい。それなら嘘を吐いているのは、おれだけになるだろう？」

おれは意外な気分で片眉をあげた。

「へえ。きみも案外、悪知恵が働くじゃないか」

「奨学生の夢が、ますます遠のいてゆくようだね」

からかうおれに続き、パトリックがとどめをさす。

クレイグは絶句し、やがて遠いまなざしで天をあおいだ。

「……憐れみたまえ、我が主よ」

5

「いつかこんなことになる気はしていたよ」

ざくざくと雪を踏みしめながら、おれはぼやいた。

「夕闇に乗じた墓暴きのお次は、雪の深夜の脱走劇とはね」

「墓暴きってなんのことだ？」

隣を歩くクレイグに訊かれて、鼻をぐずつかせる。

「休暇中に、ダブリンの郊外でちょっとな」

「ちょっと墓暴きって、どんな休暇だよ」

「詳しく知りたいか？」

「それは……いや、またの機会にしてもらおうかな」

にわかに歩調を乱したクレイグは、不穏な想像を存分にふくらませているらしい。

予想どおりの反応に笑いつつ、おれは肩越しにパトリックをふりむいた。市街まで残り一マイルを切ったあたりから、徐々に遅れをとりだしていたのだ。

「大丈夫か？」

「もうだめ。全然だめ」

パトリックは襟巻きに顔をうずめ、恨みがましげにうめく。

「なぜぼくが寒さを憎んでいるか知っているかい？　凍えた血がめぐりめぐって心臓までをも苛んで、魂ごと砕け散ってしまいそうな気がするからだ！」

「それだけ口がなめらかなら、町までなんとか保ちそうだな」

「ぼくが遭難死したら、きっと化けてでてやる」

「そのまえにロビンが知らせてくれるさ」

「ううう」

すでに怨霊のような唸り声を通奏低音に、ひたすら足を動かし続けると、やがておぼろな視界に石橋が浮かびあがってきた。

ウェア河の対岸に渡れば、目的地は近い。誰ともなく、おれたちの足は速まった。

歩き慣れたはずの石畳を、視界の悪さに手こずらされながらなんとかファーガソン邸の玄関先までたどりつくと、当然ながら灯りはすでに消えていた。

呼び鈴を鳴らすたびに、静まりかえった屋内から無遠慮な音が洩れてくる。あらためて厄介者の自覚をうながされ、いたたまれなさも極まれりというとき、ついに二階の窓からほのかな光が洩れた。

じきに玄関先までかけつけたファーガソン氏は、

「きみたちか！　いやはや、これは驚かされたな」

慌てて寝台から抜けだしてきたのだろう、ガウンにナイトキャップをかぶったままの姿でまじまじと目をみはり、

「てっきり顧客が危篤に陥って、急ぎの遺言作成のために呼びつけられるものと覚悟したよ。ははは」

仰天ついでに弁護士稼業の修羅場を暴露しながらも、さっそく片腕を広げておれたちをうながした。

「どうやらさし迫った事情があるようだね。ともかくも入りたまえ。すぐに火を熾《おこ》すとしよう」

そこに上階から、肩にショールを巻きつけたファーガソン夫人が降りてきた。

「ああ、メアリ。すまないが、彼らに温かい飲みものをだしてやってくれないか？　なんとこの雪のなかを、聖カスバート校から歩きづめできたようなのだよ」

「まあまあ、なんてこと！　そろいもそろってこんなに凍えきった顔をして、かわいそうに。さあさ、まずはその濡れそぼった外套をお脱ぎなさいな。そのままでは風邪をひいて

しまいますよ。すぐにエッグノッグを用意しますからね」

エッグノッグ。その魅惑の響きだけでも、胃がきゅうと熱くなるようだ。

おれたちは気力を復活させつつ、ファーガソン氏とともに書斎に向かった。

ガス灯に照らしだされたドールズ・ハウスをおそるおそるうかがうが、ひとめでそれとわかるような異変はなさそうだった。

「じつはわたしからも知らせたいことがあってね」

暖炉の火をかきたてながら、ファーガソン氏はきりだした。

「手紙を投函したあとに妻が目撃したのだが、窓越しにのぞきこんだドールズ・ハウスの部屋に、霧のようなものがたちこめていたそうなのだよ」

おれは息を呑んだ。それは霧ではなく、幻の煙なのではないか。

「詳しく教えてください」

急いで身を乗りだすと、ファーガソン氏は火掻《ひか》き棒を動かす手をとめた。

「こうしてきみたちが深夜の脱走を決行したことと、やはり無関係ではないのだね？」

「そのはずです」

「では直接メアリに訊いてみるのがいいだろう」

さすがは理解が早くて助かる。おれたちは並んで暖炉に群がりながら、今宵の強行軍に至る経緯をひととおり伝えた。

「……それであなたならダンフォード家の人々にも顔が利くはずだからと、ご迷惑を承知で夜分にうかがったわけです」

パトリックがそう説明をしめくくると、

「ううむ……あのかわいらしい人形に、さほどの力が秘められていたとはね」

ファーガソン氏は衝撃の余韻を残したまま、おれに目を移した。

「きみもその煙らしきものを吸いこんで、不調はないのかい？」

「おれはなんとも。そもそもあれは我にかえったとたんに消え去る、幻影みたいなものでしたから」

「それはなによりだが、あまりの恐怖や憤激によって心臓の拍動に異常をきたし、結果として死に至るという症例もあるようだからね。我々の精神と肉体のつながりは、侮れないものだよ」

ただの知識を語るにしては、その口調には実感がこめられているようだ。

「ひょっとして身近にそのようなかたが？」

「身近というか、職業柄いろいろとね」

ファーガソン氏は伏せたまなざしを翳《かげ》らせる。

「連れあいを亡くしたり、ことに若い身内を喪うと、失意も殊更のようでね。気鬱で衰弱するまま死に至ったり、ときにはみずから命を絶つこともある。そのさまはあたかも死の連鎖のようで、手続きのたびに顔をだすわたしのほうが、呪いの使者のような気分にさせられることもあるよ」

死の連鎖とは、まさに故サイラス氏の幼少期を彷彿とさせる。

パトリックもそう感じたのだろう、飛びつくようにたずねた。

「当時のダンフォード一族の死因は、それぞれに異なるとのことでしたが」

「うむ。わたしが記録をさかのぼったかぎりでは、出火やその修繕に費やしたとおぼしい財産の動きもなかったね」

「死因の詳細についてはわかりますか？」

「確認してみよう。待っていてくれたまえ」

ファーガソン氏は書斎机に足を向け、隅に積みあげた本の山から、古い革装幀の一冊を抜きだした。

「日付の古い順に記録を追うと……乳飲み子の長女は、家人が異変に気がついたときにはすでに呼吸がとまっていたそうだ。続く嫡男は屋敷の階段からの転落死で、しまいの奥方は寝室で心臓発作に見舞われたとあるね」

「なるほど。それなら彼らにもあてはまりそうですね」

深刻な面持ちで考えこむパトリックに、おれは目を向けた。

「喪失の哀しみが、残された家族の事故や病を次々に招いたってことか？」

「そうじゃないよ。きみやシリルのように、幻の煙に襲われたせいで命を落とした可能性があるということさ」

「……え？」

「末の女の子については、乳幼児にありがちな突然死かもしれない。けれど残りのふたりについては、どちらも煙に追いつめられた結果と解釈することもできる。嫡男は迫りくる煙から逃れようとして階段から足を踏みはずし、奥方は寝室に流れこむ煙の恐怖に心臓が耐えきれずに息絶えたとね」

だとしたらその煙は、狙った命を狩りつくす呪いの触手のようだ。

おれは戦慄をおぼえつつ、なんとか踏みとどまって、喉から声を絞りだした。

「まさかこのドールズ・ハウス……煙の発生源を封じておくためのものだったのか？」

「考えられるね」

パトリックが慎重に言葉をつなぐ。

「なんらかのきっかけでそれを呼びこんでしまったダンフォード家は、家族が順に餌食になるのをくいとめるために、それを精巧な偽の屋敷に誘いこんで封印するという、霊媒の秘策にすがることにした。そしてドールズ・ハウスが完成にいたるまでに犠牲者を増やしつつも、一族が根絶やしにされることはなんとか阻止できた。そういうことなのかもしれない」

しかし世代を経るうちに、ドールズ・ハウスの真の目的が伝承されることなく、あるいは呪具としての力など眉唾であると見做されたがゆえに、いまやそれが野放しになりつつあるのだとしたら。

重苦しい沈黙が、ようやくこわばりが解けだした身体を、ふたたび凍えさせる。

そんな一同を救うように、メアリ夫人が姿をみせた。盆には硝子の器が並べられ、淡いひよこ色のエッグノッグが、ほのかな湯気をたてている。

「有りあわせの材料で申しわけないけれど、早く温まるようにクリームとラム酒を多めにしておきましたからね」

おれたちは競うように礼を述べ、器に手をのばした。

濃厚なクリームと軽やかな溶き卵がふわふわとろりと舌をつつみ、甘いバニラと痺《しび》れるラムの香気がたちまち脳まで浸みこんで、うっとりとした夢見心地に誘われる。

「うわ……なんだこれ。美味すぎる」

クレイグが驚愕のあまりよろめいている。ファーガソン夫妻とは初対面のため、あくまで控えめにふるまっていたが、おもわず素の反応が口をついてでたらしい。

「あらあら。よほど空腹だったのかしら」

そう謙遜しつつ、メアリ夫人も嬉しそうである。

このままなごやかに語らっていたいところだが、そうもいかない。ドールズ・ハウスの怪について、さっそく彼女の目撃談に耳をかたむける。

「今朝うちのひとが事務所にでかけたあとのことなのだけれど」

夫人はいつものように、書斎の空気を入れ替えにやってきたのだという。窓のカーテンを開きながら、ふとドールズ・ハウスに目をやると、妙に奥がかすみがかっているように感じられた。

「光の加減かしらと窓からのぞいてみたら、くすんだ霧か……煙のようなものがたちこめていたの」

「煙です。きっと」

おれは衝《つ》かれるように主張した。

夫人はややめんくらいながらも、おれの確信を汲み取ったのだろう、なぜかは問わずにうなずいた。

「そうね。わたしもそう感じたわ。暖炉の火の粉が飛びこんで、ずっとくすぶっていたのかもしれないって。けれど急いで正面の扉を開いて、朝の陽が射しこんだとたんに、それはあとかたもなく消えてしまったの。かすかな残り香もなにもなくね」

「それでも目の錯覚や、気のせいでかたづけることには抵抗があったんですね？」

「ええ。どう説明したらいいか……それの動きが、あたかも意志をもっているかのように感じられたものだから」

「意志を」

「まるで白い蛇が這《は》いまわっているような……」

おれたちはぎこちなくドールズ・ハウスをふりむいた。ゆらめく焔《ほのお》を照りかえした屋敷は、まるで静かな劫火につつまれているかのようだ。

「たしか裏手の使用人区画のほうからあふれだして、じわじわと表階段を伝うように上階をめざしていたの」

夫人の証言を検証するべく、一同で屋根を取り外してあらためて間取りをたどってみると、裏口は半地下の使用人区画と直結し、厨房《ちゅうぼう》や貯蔵室やリネン室などが狭い通路に並んでいる。

パトリックが身を乗りだし、調理器具のそろった厨房を指さした。

「現実のダンフォード邸で、仮にここから火の手があがったとしたら、似たような状況になるでしょうか？」

するとファーガソン氏が、身をかがめた
「そうだね。通路に充満した煙は、やがて上へ上へと流れだしていくだろう。とはいえ煙に巻かれるまえに厨房を離れることさえできれば、下働きの者たちは表裏どちらからでも逃げだせるし、裏口の外には井戸があったはずだから、迅速に消しとめることもできるだろう。結果として、記録に残すほどの甚大な被害はでなかったという可能性はあるかもしれないな」

さまざまな要素を考慮しつつ、使用人区画の動線を目でなぞる。その動きがある一点でとまった。

「妙だな。ここには板壁しかないはずなのだが」

ファーガソン氏が目線でしめすのは、貯蔵室が並んだ通路の奥——行く手をふさぐ扉を抜けた先の、短い階段をおりたさらなる地下室だ。他の小部屋のように樽《たる》や木箱は積まれておらず、備えつけの棚もなく、がらんとしている。

「当代のご当主が、とある機会に葡萄酒の貯蔵室までわたしを案内してくださったことがあってね。まちがいないはずだ」

たちまちパトリックのまなざしが鋭くなる。

「つまりこの地下室がダンフォード邸にも実在するなら、いまではわざわざこしらえた壁に、扉ごと消されているのかもしれないのですね？」

ファーガソン氏はぎこちなく首肯する。

「そういうことに、なるだろうか」

「どうやら怪異の元凶は、その地下室にありそうですね」

その異様さを即座には呑みこみかねて、おれはいや増す息苦しさに喘いだ。

冷たい壁が剝きだしの地下室に、いったいなにが隠されているというのだろう。暗く陽の届かない、永遠の深更のような穴蔵に。

ファーガソン氏も同様の連想をしたものか、

「そういえばご当主からうかがったことなのだが」

そう断ったうえで、どこか慄《おのの》いたように打ち明けた。

「臨終の近づいた先代が、譫言《うわごと》のように洩らしたそうだ。これでようやく、終わりのない夜が終わると」

「終わりのない……」

パトリックのつぶやきが、不吉な木霊《こだま》のように耳の奥まで忍びこむ。

「わたしはてっきり、長患いで苦しんだ老いらくについての述懐だろうと。だがそうではなく、じきに遺言に従ってあのドールズ・ハウスが灰となり、この世から消え去ることを意味していたのだとしたら……」

とたんにおれは、どろりと足許が溶けた錯覚にとらわれた。

平衡《へいこう》をなくし、円卓にすがりそこねてかしいだ身を支えたのは、とっさに腕をのばしたクレイグだった。

「おい。大丈夫か」

「大丈夫なわけ……あるか」

おれはこみあげる吐き気に耐えようと、胸許をつかんだ。

入念に隠された開かずの地下室。くりかえされる煙の悪夢。

封じられたドールズ・ハウス。いないはずの少年を模した人形。

たちこめる不穏な影が、ついにひとつに収斂《しゅうれん》し、おぞましい像を結ぶ。

そこに映りこんでいるのは——。

「オーランド。きみにもうわかっているね？」

パトリックに問われ、おれは観念して目を閉じる。

「——ああ。こんな状況を招いたのは、おれのせいだ」


目覚めた因果はめぐりだした。

とまらぬ勢いに抗うように、四輪馬車は夜道を疾走する。

幸い車輪がうずもれて立往生するほどの雪ではないが、強くなりだした風のせいで視界が悪く、予定の二十分よりも長くかかるかもしれない。

駅者役《ぎょしゃ》はファーガソン氏が務めてくれている。田舎町のダラムでこんな夜更けに辻馬車をつかまえるのは難しいため、みずから馴染みの貸馬車業者まで出向き、交渉をまとめてくれたのだ。おれたち三人が乗りこんだ客車内も、吐く息が白くなる寒さだが、さすがに誰も弱音をこぼしはしない。

クレイグが膝をさすりながら、向かいのパトリックに話しかける。

「それで向こうに着いたらどうする？　なにか策でもあるのか？」

「状況次第だけれど、最終的には兄さんを案内役に、あちらがわに連れていってもらうしかないだろうね」

「兄さん？　それってこのあいだもきみが力を借りようとしていた？」

「もうここにいるよ」

たしかに嘘ではない。大鴉の姿をしたロビンは、パトリックの肩でくたりと首を垂れている。深夜に呼びだされたせいで眠気に耐えているというわけでもないだろうが、いつもは艶やかな羽がどことなくくすみ、しおれた風情なのが気にかかる。

おれはその様子をうかがいながら、隣席のパトリックにささやいた。

「今夜のロビンは、なんだか疲れていやしないか？」

「昨日からこの子が自由になりたがってじたばたしていたから、抑えるのにいささか力を消耗したそうだ」

パトリックはそう答え、上向けた片手を肩先のロビンにさしだす。するとおもむろに嘴《くちばし》を広げたロビンが、ぽとりとなにかを吐きだした。

「その人形！」

たちまちのけぞったクレイグは、少年の人形がいきなり宙から出現したものと認識したらしい。

うすうす察していたが、信頼できる預け先とは、やはりロビンのことだった。

しかし一時的に呑みこんだ人形が身の裡で暴れているとは、想像するだけでこちらの胃までおかしくなりそうだ。

「ごめん。半分はおれのせいだよな」

いたたまれずに謝ると、けふんとロビンが応じた。

「気にしないでいいそうだよ」

「さすがは心が広い」

片頰をゆるめたおれに、クレイグがおずおずときりだした。

「なあ。きみらは納得しているらしいが、おれにはこの状況がどうしてオーランドのせいなのか腑に落ちないんだ」

「それはこの子とおれが同類だからさ」

心を決め、おれはひと息に核心を告げる。

「どちらもいるはずのない――いてはならない息子なんだよ。おそらくあの子は意図的に存在を隠されて、飼い殺しにされたまま一生を終えたんだ」

やや遅れて、クレイグは息を呑んだ。

「まさかあの、いまは封じられた地下室でか？」

「もちろん詳しい経緯なんてわからない。だけど最期だけなら、きみにだって想像がつくだろう？」

クレイグは狼狽もあらわに身をこわばらせる。

「……厨房からあふれた煙が地下室に流れこんで、息ができなくなったのか」

「たぶんな。この子はきっと、そのときの恐怖をくりかえし再現しているんだ」

おれやシリルに襲いかかった幻は、灼熱の焔の舌ではなく、あくまで煙のみだった。

当時の混乱は想像するしかないが、あえて見殺しにされたのか、誰もが存在を失念していたのか、いずれにしろ鎮火したときにはすでに手遅れだったのだろう。

「おれはレディントン家の庶子だ。伯爵家とはなんの縁もなく母に育てられた。去年の夏に母が事故で死ぬまではな。もっと早くに母を亡くしていたら、この子と似たような目に遭っていたかもしれない」

なまじ容姿がそっくりなので放りだすこともできず、かといって手にかけるのは寝覚めが悪い。そんな理由で飼い殺される、代用品としてもお呼びでない私生児だ。

だから目覚めたばかりの人形は、おれに惹きつけられたのだろう。

身の裡が焼け爛《ただ》れるような、おれの負の念に。

ファーガソン邸の書斎には、ずっとおれの半身が預けられていた。折りしも休暇明けには次兄が面会におとずれ、かき乱されたおれの心理状態も、きっとあの子に影響を与えていた。

そしていまやロビンも難儀するほどに、力を増してしまっている。

クレイグは衝撃と混乱になんとか耐えるように、片手を額に押しあてた。

「つまり亡霊になったその子が、ダンフォード家の人々を取り殺していくのをとめるために、偽の屋敷に閉じこめた……のか？」

「よくできた似姿を依《よ》り代《しろ》にしてね」

パトリックが冷静に説明する。

「この人形の髪には、どうやら人毛が使われているらしい。この子だけがみすぼらしい姿をしているのも、実際に身につけていた布から仕立てたためだろう。ひょっとしたら胴体には骨も納められているかもしれない。そうした核があったほうが、魂を繋ぎとめやすいものだから」

少年は焼死したわけではない。だから遺体は残っていたのだ。

「そしていまさらながら家族のひとりとして迎えるふりをして、傷ついた魂を巧みに器に誘いこんだんだ。そういう意味では、件の霊媒はそれなりの力量の持ち主だったのだろうけれど」

おれは我慢ならずに吐き捨てた。

「悪趣味にもほどがある」

ドールズ・ハウスにそろえた六人の家族は空の器でしかないのに、幼い子どもの飢えにつけこんで騙《だま》し討《う》ちにしたも同然だ。

パトリックもいたましげに目を伏せる。

「サイラス氏にも、その自覚はあったのではないかな。彼にしてみれば、跡継ぎの予備としての自分を生かすために、死してなお異母弟が犠牲にされたも同然だ」

「だから自分が死ねば、怨嗟《えんさ》の糸も断たれると考えたのか？」

「あるいはせめて自分が先にこの世を去ることが、彼なりの仁義だったのかもしれない。たとえこの子の魂が、終わりなき夜に微睡《まどろ》み続けるだけであろうとね」

「朝ごと夜ごと、心地好い喜びに生まれつくものあり。朝ごと夜ごと、終わりなき夜に生まれつくものあり――か」

おれは苦さをこらえてくちずさむ。

すかさず耳をとめたクレイグが、

「それってたしか……」

「ブレイクさ。ウィリアム・ブレイク。布教に熱心な隣人のおかげで、いまやおれも暗唱できる」

ぎこちなく口の端をあげ、おれはパトリックに視線を投げた。

幻視者の異名をもつブレイクは、たぐいまれな詩人にして銅版画家でもあり、幼少期から亡霊や妖異とたわむれながら成長したという生いたちへの共感もあってか、パトリックはいたく傾倒している。

優しい言葉の連なりで、稲妻のごとく真理をひらめかせるさまは鮮やかで、パトリックから詩集を押しつけられているうちに、おれもあらためて好きになった。

没して四十年ほどになるが、いまだ世から忘れ去られることはなく、サイラス氏の脳裡にもこの一節がよぎっていたはずだ。

「だけどロビンですら手こずる相手を、本当におれたちでどうにかできるのか？」

「できそうになくても、やるしかない。無明の長夜から逃れられずにいる魂を、なんとか解き放ってやらないと」

「力ずくで？」

パトリックはかぶりをふり、おれの外套に人形を忍ばせた。

「本人がそれを望むように、きみが道標になるんだ」

「おれが？　でもどうやって――」

そのとき馬たちが嘶《いなな》きをあげ、ぐらりとかしいだ座席から、そろって投げだされそうになる。なんとかしのぎきったときには、すでに車輪の動きはとまっていた。

手袋で拭った硝子窓に額を押しつけると、降りしきる雪の奥に、見憶えのある寄棟屋根の輪郭が浮かんでいる。ダンフォード邸だ。

　ここまで来たら、もはやなるようになれだ。

　おれたちはうなずきあい、ランプを手に手に馬車から飛びだした。

「……くっ！」

　腕で顔をかばいながら足を踏みだしてすぐ、馭者台のそばで立ちすくむファーガソン氏とぶつかりそうになる。

「なんということだ。我々は遅すぎたのか……」

　呆然とつぶやいた彼の視線は、雪にかすむ館に縫いつけられている。

　否──それは雪ではない。館からあふれだす煙が、一帯にたちこめているのだ。

「嘘だろ。なんだよあれ」

　クレイグも怖気づいたようにあとずさる。

　彼らにもあれが視えているのなら、もはや誰があの煙の犠牲になってもおかしくはないということだ。それを証明するように、開け放たれた正面玄関の外では、取るものもとりあえず逃げだしてきたらしい数人の男女が、不安げに身を寄せあっている。

　すかさずパトリックがクレイグを叱咤《しった》した。

「気をしっかり持つんだ。鈍感で大雑把《おおざっぱ》なきみなら、あちらがわのものに惑わされにくいはずだ」

「そ、そういうものなのか？」

「そういうものだとも。だから上階の住人がもれなく避難できるよう、誘導してほしい。いまこそきみが頼りだ」

「──わかった。任せろ」

クレイグを丸めこんだパトリックは、続いてファーガソン氏をふりむく。

「あなたもクレイグに同行していただけますか？　ぼくとオーランドは裏口から地下室をめざします」

「承知した。ご家族の無事を確認できたら、わたしもすぐにそちらへ向かおう。ふたりともくれぐれも気をつけて──」

それ以上を待たずに、おれは走りだした。ドールズ・ハウスのおかげで、屋敷の構造は頭に入っている。

積もりたての雪を蹴散らしながら裏手にまわると、屋根つきの井戸のそばに老若男女の人影がある。腰が抜けたようにへたりこんでいる者、桶《おけ》に水を汲んだもののあまりの煙の勢いにどうすることもできずにいる者。それでも住みこみの使用人たちは、なんとか裏口から逃げだせたようだ。

「誰か逃げ遅れた人はいますか？」

かけつけざまに、おれは声を張りあげる。

するとは初老の女性が、見知らぬおれたちの出現にとまどいながらも訴えた。

「階下の者たちはそろっています。ですが坊ちゃんが」

おれははっとした。

「ひょっとしてシリル・ダンフォードのことですか？」

「ええ。早く外に逃げるよう、わざわざ知らせにいらして。ですがわたしどもと裏口までおいでになったはずが、ひとりだけお姿がないんです」

ではシリルはあえて半地下にひきかえしたのか。

あの煙をなんとかしようとして？　ひとりで？

「とにかくあなたがたは、できるだけあの煙から離れていてください。ファーガソン氏も救出にいらしてますから」

取り急ぎそう告げ、おれは身をひるがえす。

するとやや遅れて、口々に呼びとめられた。

「ま、待ってちょうだい。危ないわ！」

「きみたち、無茶をするんじゃない！」

彼らにしてみれば、おれたちの行動はまさしく火の海に飛びこむ暴挙だろう。事実この先に待ちかまえているものを考えれば、それ以上の脅威かもしれない。

だがここで怯んではいられない。

続くパトリックとともに、意を決して煙の吹きだす裏口に踏みこんだ。

現《うつつ》の煙ではないと承知しているにもかかわらず、肺を刺す痛みは生々しく、たちまち足が鈍る。だがそれ以上に厄介なのは、掲げた灯りがほとんど用をなさないことだった。懐の人形が呼応しているのか、向かうべき方向は感覚でわかるのに、これでは手さぐり足さぐりで進むも同然だ。

「まずいな。まるで視界が利かない」

「大丈夫。兄さんが案内してくれるから」

パトリックの声が届くなり、肩先を淡い光球がかすめる。

それは数歩先でふわりと螺旋《らせん》を描き、ほのかにおれたちの足許を照らしだした。光の翼に護られるように、いくらか呼吸も楽になる。

「すごいな。夜道の連れにぴったりだ」

「貸さないよ」

軽口で景気づけ、おれたちは親鳥を追いかける雛のように、ロビンの導きに従った。

黙々と足を動かし、やがて厨房の先を、貯蔵室が並ぶ通路に折れる。そのあちらこちらに既視感があるせいで、いつしかあのドールズ・ハウスにさまよいこんでいるような錯覚に襲われる。

たまらず壁に片手をつこうと、おれは脇に視線をやり、はたと足をとめた。

「待ってくれ。そこに誰かいる」

　やや先の壁際に、くずおれたような人影が横たわっている。かけつけて顔をのぞきこむと、それは外套に襟巻き姿のシリルだった。呼びかけても反応はない。

「まさかもう……」

「十字を切るにはまだ早い。息はしているよ」

　パトリックはシリルの胸座《むなぐら》をつかみ、蒼ざめた頬を遠慮なくはたいた。

「うう……」

　まもなくくぐもったうめき声が洩れ、おれは胸をなでおろす。死人も目覚める荒っぽさだが、こういうときには有効らしい。

　シリルはさまよう視線でおれたちをとらえ、眉をひそめた。

「きみたち……ぼくの家でなにをしているんだ？」

「命の恩人を不審者扱いとは、たいした神経だね」

　パトリックは不快そうに口を曲げ、

「あんなものを相手に、素人ひとりがなにをするつもりだったんだ？」

　冷え冷えとした声音で難詰する。はなから喧嘩腰なのは、身を以って怪異の恐ろしさを知るからこそだろうか。

　シリルはのろのろと壁に背を預け、

「……ぼくは嫡男だから」

「それは知っているよ」

「弟妹がいるんだ」

「だから？」

「だから！　ぼくがみずから進んで命をさしだせば、それで終わらせられるかもしれないだろう！」

痛切な叫びを叩きつけ、シリルは片手に顔を埋める。

「ふん。浅知恵だな」

パトリックはにべもない。

おれはなだめるように呼びかけた。

「ダンフォード。きみはあのドールズ・ハウスの謂れを知っているんだな？」

「過去に……不幸ないきさつで、一族に連なる子どもが命を落としたんだ。いまは塞がれた地下室で。それから家族の死が続いたのを、亡霊の仕業だと信じこんだ曽祖父が、その魂を鎮めるために拵《こしら》えたのさ」

「でも結果的に死の連鎖はとまった。そうなんだろう？」

「親世代は誰もまともに信じていない。けれどぼくが子どものころ、祖父の私室で発見したドールズ・ハウスにふれようとしたら、ものすごい剣幕で祖父に叱《しか》り飛ばされた。ものの静かな祖父が声を荒らげたのは、あの一度きりだったよ。ぼくはとんでもない禁忌を犯しかけたんだと、悟らずにはいられなかった」

「因果関係を信じるだけの理由が、サイラス氏にはあったんだな？」

シリルはかすかにうなずいた。

「祖父の兄が事故死したとき、なにかから必死で逃げているようだったそうだ。階段から足を踏みはずして、おかしな向きに曲がった首や手足に、かすかな靄《もや》がまといついていたとも。それにしたって、兄弟それぞれのうしろめたさが生んだ幻にすぎないと、決めつけられないことはないけれど……」

子孫のシリルもまた、学寮でこの世ならぬ煙に襲いかかられては、もはやいてもたってもいられなくなったというところか。

「ぼくが死んでもダンフォード家には代わりがいる。だからなにもせずに全滅させられるよりかはましだと思ったんだ」

おれはシリルの肩に手をかけた。

「悪いがそのやりかたでは解決しない」

「まさか……もうどうにもならないというのか？」

「そんなことはない。だけどその子が欲しているのは、そんなふうにさしだされる犠牲の贄《にえ》なんかじゃないんだよ」

確証などない。だがこみあげる確信のままに、おれは語った。

「封印を解かれた魂が、どうしていまも地下室に留まっているのかわかるか？　誰からも望まれない私生児にとって、そこが唯一の居場所だからさ。浮かばれない魂を偽の屋敷に縛りつけて、空ろな似姿を相手に家族ごっこをさせたところで、安らぎなんてあるはずがない。だからあの子は、昔の住み処《すみか》に舞い戻るしかなかったんだ。たとえ血のつながった一族からも使用人からも見捨てられて、ひとりきりでもがき苦しみながら息をひきとった記憶にさいなまれようとな」

「やめてくれ！」

シリルはきつく髪をつかみ、かぶりをふってうずくまる。

責めたてるべき相手はシリルではない。それでもおれは、徐々に語気が強まるのをとめられなかった。加速する怒りがうなりをあげて、耳鳴りがするほどだ。

暴走する組鐘《カリヨン》のように、共鳴が増してきている。煽《あお》られているのは、はたしてどちらのほうか。

「教えてくれ。それならぼくはどうしたらいい」

シリルにすがりつかれ、おれは我にかえる。

「助けてやるのさ」

「助ける？」

「あの子はいまも待ってるんだ。誰かが地下室から救いだしてくれるのを」

するとシリルは打ちのめされたように、

「そんなことできない」

「やってみなきゃわからないだろう」

「無理なんだ。あの壁をなんとかしないと、これ以上は近づけない。ぼくはここから呼びかけているうちに気が遠くなって、このありさまだ」

おれは弾かれるように顔をあげた。通路の奥に目を凝らせば、たしかにファーガソン氏が記憶していたとおりの板壁しかない。

実際にふれてみると、まにあわせの縦板を打ちつけたような急普請ではなく、地下室の痕跡を完全に消すための壁であることがわかる。これでは目隙に指をかけて剝がせそうにもない。

人形の導きに従えば地下室までたどりつけるような気がしていたが、まさかここにきて物理的な壁に阻まれるとは。

「ではこれを使えばいい」

声をかけてきたパトリックを肩越しにふりむくなり、鼻先を手斧の刃がかすめて、おれはたまらずのけぞった。

「そ、そんなものどこから」

「裏の薪棚《まきだな》から拝借してきたのさ」

「薪割り用の斧か。用意がいいな……」

「こんなこともあろうかとね」

斧を手にしたおれは、目線でシリルに許可を求める。

「かまわない。好きにしてくれ」

迷わずうながされ、おれは意を決して斧をふりおろした。しかし一撃で板を破ることはできず、めりこんだ刃先を抜き取るだけでも難儀する。

反動でたたらを踏むおれを、焦れたパトリックが押しのけた。

「どきたまえ。そんな及び腰では埒が明かない」

躊躇《ちゅうちょ》なく斧をふりかぶり、ばき、めき、ばき——とみるまに壁を打ち割っていく。驚くべき怪力だ。

自力で歩いてきたシリルが、頬をひきつらせてささやく。

「あいつ……本当に悪魔憑きじゃないのか?」

「たぶんな」

飛び散る木片の向こうから、ほどなく古い一枚板があらわれた。地下室の扉だ。おれとシリルも加勢し、把手《とって》まわりの板を力任せに取りのける。

するとシリルが二枚の壁のあいだに腕をねじこみ、

「ここに鍵がある」

壁面の鉤《かぎ》にさげられていたそれをおれに託した。

錆《さ》びついた鍵はいかにも脆《もろ》く、ちっぽけだ。こんなものに、ひとりの少年の人生が奪われていたのか。

ふたたび沸騰《ふっとう》しかける怒りをなんとか抑えこみ、おれは固唾《かたず》を呑むふたりに見守られながら、鍵穴にさしこんだ鍵をまわした。わずかな抵抗とともに、かちりと解錠の手応えが伝わり――。

一瞬にして竜巻が直撃したかのごとく、扉が内に弾け飛んだ。

危うくその勢いに呑みこまれかけたところを、ふたりに両腕を捕まえられて、なんとか踏みとどまる。

「これはいったい……」

そこには黒い海が広がっていた。

夜より暗い闇の煙が淀《よど》み、凝《こご》り、嗚咽《おえつ》のようなうねりが渦を巻きながら、凍えた牢獄《ろうごく》を満たしている。

階段の先はうごめく煙に沈み、もはや底が存在するのかどうかすらもわからない。それでも渦の中心にあの子がいることだけは、はっきりと感じられた。

「おれが連れだす。だからふたりとも、そこで支えていてくれ」

覚悟を決めて告げると、パトリックが短く問いかえした。

「できるのかい？」

「やるしかない」

「わかった。きみを信じよう」

パトリックはあらためて片手をさしだす。

「絶対に離してはだめだよ」

「了解」

おれがその手をとると、パトリックは逆の手をシリルとつないだ。

「シリル。いざというときは、きみの踏んばりにかかっているのだからね」

「脱臼《だっきゅう》までなら我慢するけれど、腕がちぎれるのはごめんだからな」

頬がこわばっているが、どうやらシリルなりの激励らしい。

「善処するよ」

おれは口の端で笑いかえし、地下室の階段に踏みだした。

一歩めで鎌首をもたげた煙が、二歩めで脛にからみつき、三歩めで沈んだ下肢《かし》をつつみこむ。そして四歩めでどろりと溶けた靴裏の感覚が、ついに異界の領域に踏みこんだことを知らせた。

四肢に粘りつく煙に耐え、深海の底のような視界に目を凝らすと、地下室の奥行きよりもはるか遠くに、ひときわ濃い暗がりがある。もはや現の距離感があてはまる気もしないが、これが心象風景のようなものならむしろ納得だ。

うしろにのばした左腕の先は、たしかにパトリックとつながっている。頼もしい命綱に背を押され、おれはまっすぐに影をめざした。一歩ごとにタールを掻きわけるように抵抗は増し、凍える寒さが骨の芯まで忍びこんでくる。

「——そこにいるんだろう？」

石壁に反響するはずの呼びかけは、うねる煙に吸いこまれ、自分の耳にすらろくに届かない。おれはけんめいに声を張りあげた。

「きみを助けにきた。おれの相棒ときみの身内もいる。おれたちと一緒に、ここから外にでよう」

すると黒煙の渦がわずかにゆるんだ。

しゅるしゅると黒い糸を吐く繭玉を透かすように、膝をかかえてうずくまる少年の姿があらわになる。

汚れたガウンは襤褸《ぼろ》切《き》れのようで、どこもかしこも骨ばった身体つきは、老いた枯れ枝のように痛々しい。長く地下室に閉じこめられていたせいで、くる病に罹《かか》っていたのかもしれない。それでもわずかながらシリルの面影がうかがえることに、なおさら哀れを誘われる。

おれは右腕をのばし、こちらの手を取るように再度うながした。

「さあ。きみはもう、こんなところにい続けなくていいんだ」

だが虚ろな少年のまなざしに変化はない。

「どうした。怖いのか？　助けを呼んでいたのはきみだろう？」

急いでたたみかけたとたん、全身を絞めあげるような圧迫感に襲われて、膝からがくりと崩れそうになる。なおもじりじりとのしかかる怒りの気迫に、かろうじて耐えられたのは、すでに痺れかけている左腕の支えのおかげだった。

いつまで保つのか、一抹の不安がよぎるが、痛みがあるうちは大丈夫だ。感覚が消えずにいるかぎり、パトリックたちとのつながりは断たれていないと信じられる。

そして理解した。

この子をかたくなにしているのは、おれのほうだ。救い手の存在を信じきれないおれの依怙地《いこじ》さが、刻々と共鳴を強めた少年にも影響を与えているのだ。

と同時に流れこんでくるのは、助けを待って、待って、それでも応じる者がないままに命を落とした少年の絶望だ。

彼は自覚的な殺意でもって、一族を取り殺そうとしていたのではない。ただその苦しみを知らせるために、すがりつこうとしただけだ。ニューカッスルの墓地に縛りつけられていた、あの少年のように。

ならばおれがなすべきことはひとつだけだ。

いま一度おれは右手をさしのべた。

「おれを信じろ」

なぜならきみはおれだからだ。

「勇気をだせ。一緒に自由になろう」


気がついたときには、地下室の出口に仰向けに倒れこんでいた。

「うう……」

うめき声にふりむけば、パトリックたちもまた雪崩《なだれ》を打ったように、狭い通路に折りかさなっている。そこにはいつのまにかクレイグの姿まで加わっていた。

「おい。大丈夫か？」

のびたままの三人に呼びかけると、一番に正気づいたパトリックが、つかみかかる勢いでまくしたてた。

「大丈夫かだって？　きみという男は、いったいどれだけこのぼくをやきもきさせれば気がすむんだ。このおとぼけ！」

「おとぼけって……」

子どもじみた悪態に唖然とさせられる。

そこにファーガソン氏がかけつけてきた。

「おお！　無事に生還したのだね。なかなか動きがないものだから、わたしもずいぶんと肝を冷やしたよ」

「お気を揉ませてすみません。おれはほんの数分だとばかり」

あまりに必死だったために、体感よりも長くかかっていたのかもしれない。だが現実は予想をはるかに超えていた。

「数分だなんてとんでもない。じきに夜が明けるところだよ」

おれは今度こそ仰天した。

「そんな馬鹿な」

「きみの学友たちは、ずっとそこを離れずにいたんだよ。きみを信じて待つべきだと、腹をくくってね」

だとしたら待機しているあいだは、さぞや気が気ではなかったことだろう。誰かが途中で根をあげたり、あるいは辛抱できずに強引に連れ戻そうとしていたら、すべてが台無しになっていたかもしれない。

疲労困憊《こんぱい》の三人に、おれはあらためて視線をめぐらせた。いざとなると、かける言葉がみつからない。口をついてでたのは、結局もっとも飾らないひとことだった。

「ありがとう。助かったよ」

聞けばおれの手首から先は完全に煙に呑みこまれ、パトリックがいくら呼びかけても念を送っても手応えはなく、それでいてときどき急にひきずりこまれそうになるため、気が抜けなかったという。我ながら無謀なことをしていたのだと、おれはいまさらながらぞわぞわと悪寒《おかん》に襲われる。

「あの子はどうなった？」

なんとかそれだけをたずねると、パトリックが目許をやわらげた。

「きみと一緒に飛びだしてきたところを兄さんがつかまえて、しかるべきところに連れていってくれたよ」

「……そうか。なら安心だな」

おれたちは光の奔流《ほんりゆう》とともに地下室から吐きだされ、それと同時に屋敷に充満していた煙も、疾風《しつぷう》のごとく消え去ったらしい。

避難させた住人たちは、捻挫《ねんざ》や打撲などの軽い怪我のみですんだようだ。

一同もこわばる身体をほぐしながら、よろよろと裏口に向かって歩きだす。

おれはいま一度ふりかえり、蜘蛛《くも》の巣と埃《ほこり》でくすんだ地下室をながめやった。長すぎる悪夢の痕跡を伝えるのは、蝶番《ちようつがい》の弾け飛んだ扉だけである。

そこにはもはや誰もいない。誰かがいた記憶も留めていない。

安堵と空虚をひきずるように、おれは鈍い足取りで列のうしろに続いた。

うつむいたまま裏口を抜け、たちまち硝子片が降りしきるような冷気に身震いして顔をあげると――。

世界が蒼く発光していた。

雪はすでにやんでいる。そのまっさらな雪野原を、一日の始まりを告げる黎明《れいめい》がほのかにきらめかせているのだ。

ふりむいたパトリックを視界の隅にとらえながら、おれはつぶやいた。

「さあ――笛を吹き鳴らせ」

パトリックが応じる。

「鳥は歓喜し、昼も夜も」

「小夜啼鳥《さよなきどり》は谷に、雲雀《ひばり》は空に」

「楽しく楽しく、新しい年《春》を迎えるために」

ブレイクの詩集『無垢《むく》の歌』に収められた「春」の一節だ。

「あの子の手を握りかえしたときに、一瞬だけ視えたんだ。親しい誰か……たぶん母親に手をひかれて、降り注ぐ陽の許を歩いてる光景が」

「あの子の記憶かい？」

「たぶんな」

彼は屋敷に閉じこめられるまえの、外の世界を憶《おぼ》えていた。

おそらくは物心がついてまもなく母親が亡くなり、ダンフォード家に連れられてきたのかもしれない。乳幼児なら養育院などに預けることもできたが、すでに一族の面影が見て取れるほどに成長しては、野放しにもしがたかったのだろう。

「いまさらやりなおすことはできないだろうが」

「夜明けの光に還ろうとしたのかもね」

「それなら今夜の苦労も報われるな」

「そういえば人形はどうしてる？」

「あ」

すっかり失念していたおれは、急いで外套からひっぱりだした。ひとことでは表現しがたいが、どことなく古ぼけた印象が増しているようでもある。

パトリックはしばしその息遣いに耳を澄ませていたが、

「うん。もう抜け殻だね」

やがて納得顔でシリルにさしだした。

「この子はきみに。埋葬するなり、手許に残すなり、気の済むようにするといい。ぼくとしては人形らしく、飾ったり遊んだりしてもらいたいところだけれど」

「大切にするよ」

あれだけ怯えていたはずの人形を、シリルは真摯《しんし》な面持ちで受けとめる。

ファーガソン氏もさりげなくきりだした。

「お譲りいただいたドールズ・ハウスだが、あれもやはりダンフォード一族が受け継いでゆくべきものではないだろうか？」

「ですが……」

シリルはわずかに躊躇したが、ほどなく素直にうなずいた。

「そうですね。では後日あらためて父とうかがっても？」

「ああ。それまで責任を持って預からせていただくよ」

ファーガソン氏はねぎらいの笑みをかえし、あらためて一同に向きなおった。

「さて。わたしにはきみたちを学校まで送り届けるという責任もあるわけだが、そろそろかまわないかね？」

夜の余韻は、一瞬にして吹き飛ばされた。いまから雪道を急いでも、起床までに学寮に忍びこむのは絶望的ではないだろうか。

「まずい。おれたち無断外出どころか、無断外泊じゃないか！」

クレイグが悲鳴をあげると、シリルはとっくに覚悟を決めていたように伝えた。

「処罰を与えるならぼくだけにと、強く訴えておくよ。きみたちはぼくの身を案じて、夜を徹して捜索を続けてくれただけだとね」

「わたしからも口添えをしよう」

ファーガソン氏も励ますが、クレイグは虚ろなまなざしでよろめいた。

「奨学金がますます遠のいていく……」

「だから警告しただろう？　おれとつきあうと、ろくなことにはならないって」

おれは無情な追い討ちをかけてやる。

たしかに深夜の追走劇は刺激的だった。それでも夜は明け、帰路についたおれたちには甘くはない現実が待っている。

「パトリック」

やわらかな雪に足を取られながら、おれは呼びかけた。

あいかわらず寒そうに丸めた背に追いつき、告げる。

「近いうちに次兄の誘いに応じてみるよ」

「そう」

「驚かないんだな」

パトリックは肩をすくめた。

「どのみちきみはそうするものと、わかっていたからね」

だからみずから背を押した。去られるよりは、送りだすほうがましだから。

あるいはパトリックにそうさせたのは、おれの甘えなのかもしれない。惜しまれたいと望みつつ、自分の将来をなにより優先することにうしろめたさを感じていたのは、こちらのほうだ。

おまけにクレイグと親しくなれば、パトリックの学校生活がこれまでよりもましなものになるだろうことを認めていながら、誰にも自分の代わりなど務まらないことを期待しているもいる。

そんな身の裡の不協和音にも、レディントン家にだけ怒りを向けていれば、耳を塞《ふさ》いでいることができたのだ。

「ともかくも相手の腹を見定めてから考えるよ。手を結べるものなら、せいぜい利用してやることにする」

「その意気だ。芸術家たるもの、いざというときは強《した》かに立ちまわらないとね」

「これからの信条にさせてもらうよ」

いつになく清々しい気分で、おれは声をたてずに笑った。

近く実現する次兄とのやりとりがどんな結果になろうとも、おれはもう、自分を諦めることをしないだろう。光をめざして去ったあの少年が、おれとおれの半身に祝福を与えてくれたように感じられてならなかった。

パトリックがおもむろに雪を掬いあげ、暁の空に放り投げる。

「一粒の砂に世界をみつめ」

「一輪の野の花に天国を望む」

「きみの掌のうちに無限をつかみ」

「ひとときのうちに永遠をとらえる」

ブレイクの詠う予兆が、おれの耳に幻の音楽を響かせる。

草木や鳥や、目にもとまらぬ何百億もの命の息吹が、輝く七色に調和して、過去と未来がめぐりあう無限フーガを奏でている。

あまたの喜びと苦しみと——美しい再生の音律に、おれは耳をかたむけ続けた。

四重奏《カルテット》には用心を

それは悪寒から始まった。

ぞくぞくと戦慄《せんりつ》が背をかけのぼり、かちかちと歯が鳴り、根こそぎ精気を奪われるようなけだるさに見舞われて、ついには意識すら朦朧《もうろう》としてきた。

おれだけではない。

気がつけばパトリックも、それにクレイグやシリルまでもが、そっくりの症状にさいなまれている。

おれたちはひとり、またひとりとなすすべもなくあちらがわのものの餌食《えじき》に……されたわけではなく、つまるところひどい風邪をひいたのである。

どうやら四人そろって、雪の夜歩きがたたったらしい。

おかげでしばらくの自室軟禁という謹慎処分に、自主的に甘んじるはめになった。

「当然だね。あんな命知らずな真似をして、凍死をまぬがれただけでも奇跡だもの」

恨めしげなパトリックは、毛を逆《さか》だてた仔猫のようにふうふうと唸《うな》っていたが、学寮にひきこもって三日めを迎えたころには、おたがいに山を越えたようだった。

だが熱がひき、気分が上向くにつれて、無性に空き腹が意識されてくる。なにしろ与えられた療養食は、牛乳で煮た麦粥《ポリッジ》とココアだけなのだ。滋養があり、胃にも優しいというが、育ちざかりの学生には充分とはいえない。

くたびれた枕に肘をつき、おれはぼやいた。

「仔羊《ラム》の骨《ラック》つき肉を煮込んだアイリッシュ・シチューが恋しいよ」

「甘い栗のクリームスープに、とろける長葱《リーク》と若鶏のスープもね」

もそもそと続けたのは、毛布から顔をのぞかせたパトリックである。どれもダブリンで堪能したばかりの絶品料理だ。記憶がよみがえるとともに、じわりと唾液があふれ、おれは夢見心地で洩らした。

「ぷりぷりの海老《えび》と鮃《ひらめ》を詰めた漁師のパイ《フイッシャーマンズ・パイ》もいいな」

「黄金のバターと蜂蜜が滴るクランペット」

「熱々の林檎のクランブル」

もはやとまらなくなり、競うようにご馳走を挙げていたときである。

部屋の外から足音が近づいてくるのに気がつき、おれたちは口をつぐんだ。まさか寮監がさっそく叱りつけにやってきたのだろうか。

だがとっさの警戒は杞憂《きゆう》に終わった。

「楽しそうだな。おれたちも混ぜてくれよ」

遠慮なく部屋に踏みこんできたのは、寝間着姿のクレイグとシリルだった。ふたりともそれぞれの部屋で暇をもてあまし、そろって押しかけてきたらしい。

あえて追い払う理由もなく、おれたちは寝台の隅を空けてやる。

「まさに堕落した学生の巣窟《そうくつ》だな。寮監にみつかってもかまわないのか？」

そうからかってみせると、クレイグはおれの寝台に胡坐《あぐら》をかきながら、抜かりない笑みをかえした。

「ランサム先生なら今日は受け持ちの授業があるから、わざわざここまで様子をうかがいにきたりしないさ。このところの寒さで膝の調子が悪いらしいし」

「それはおいたわしいな」

四十がらみのランサム助祭は痩《や》せぎすの長身で、あたかも幽鬼のような風貌だ。陰気なまなざしが、近ごろ輪をかけてどんよりしていたのはそのせいか。

上級生と下級生それぞれの日常生活を取りしきる寮監は、寮棟の一階に設けられた私室で夜をすごすが、それ以外の職務は他の教官と変わらない。昼の休憩まではしばらくあるので、そうびくつくこともないだろう。

「きみももう動きまわって平気なのかい？」

少々ふらついたシリルを、パトリックが気遣う。

シリルは喉が痛むのか、襟巻きの裏でこくりとうなずいた。

「なんとかね。熱もましになってきたし、ただ横になっているより、なにかしているほうが気がまぎれるから」

「よかったらこれを支えにしてくれたまえ」

「ありがとう。そうさせてもらうよ」

パトリックがさしだした枕を、シリルは素直に受け取った。

まだぎこちなさはあるが、学友らしいやりとりにもなじんできた。シリルには不本意なりゆきながら、生家のうしろ暗い秘密をさらけだしたことで、おのずと異端者に対する壁も崩れ去ったといえるかもしれない。

「さっきはなにを盛りあがっていたんだ？」

いそいそとクレイグに訊かれ、おれは苦笑いした。

「くだらないことさ。いま一番に食べたいのはどんな料理かとか」

「……それってきつくないか？」

「きつくなってきたところだよ」

いくら想像をたくましくしたところで、魅惑の一皿が魔法のように出現することはないのだ。むしろひもじさがつのり、いまにも胃がきゅうと悲鳴をあげそうである。

「ならこういう趣向はどうかな？」

おもむろにパトリックがきりだした。

「ひとりずつ順繰りに、とっておきの怖い話や摩訶不思議な話を披露するんだ。クリスマスはすぎてしまったけれど、お誂《あつら》え向きに頭数もそろっていることだし」

たしかに怪談といえば、クリスマスに暖炉をかこんで語りあうのが伝統だが、人数にもなにか意味があるのだろうか。

おれたちがぴんとこないでいると、パトリックはくすりと笑った。

「ブレーメンの音楽隊よろしく、恐怖の四重奏を奏でるのさ。あれは腹を空かせた四匹の動物たちが、協力して不気味なおばけを演じる物語だろう？」

「おれたちが驢馬《ろば》とか犬になるのか？」

「ぼくは猫がいいなあ」

「お似あいだよ」

残る仲間は鶏だったか。

それぞれの事情で故郷を離れなければならなくなった彼らは、高名な音楽隊に加わって身をたてるために、ブレーメンの町をめざそうとする。その道すがら、森の隠れ家でくつろぐ泥棒一味を奇策で追いだし、めでたく安住の地を得られたという昔話《メルヒエン》だ。

驢馬の背に犬が、その背に猫が、そのまた背に鶏が乗ったキマイラの影と咆哮《ほうこう》が、むくつけき悪党どもをふるえあがらせるという、滑稽《こっけい》ながら鮮やかな展開が子ども心にも楽しくて、数あるグリム童話のなかでも印象的な一篇である。

パトリックもどこまで本気なのか、

「うまくいけばぼくたちもご馳走にありつけるかもしれないよ」

嬉々として主張されては、こちらも苦笑いするしかない。

乗り気になったクレイグが、

「おれは賛成だな。ご馳走は期待薄だがおもしろそうだ」

こだわりなく同意し、おれもうなずく。おかげさまでもはや奇怪な現象にも慣れたものだし、切羽詰まった打ち明け話でないだけ気が楽である。

残るシリルを、パトリックがうかがった。

「もちろんきみは大変な経験をしたばかりなのだから、無理強いはしないけれど」

「ぼくならかまわないよ。むしろあんなふうに、この世ならぬものが現実に影響を及ぼすことがよくあるのなら、詳しく知りたいくらいだから」

「そういうことなら——」

ゆうらりと視線をめぐらせ、パトリックはいざ語りだす。

「まずはダラムの町の、尋常ならざる死者の噂から始めるとしようか。実際にその遺体を埋葬したという、墓守の老人がぼくに教えてくれたことだ」

「老トマスが?」

念のために訊くと、パトリックは神妙にうなずいた。

長年ダラムの共同墓地を管理している老トマスは、日々の実直な仕事ぶりで墓地の平穏を守ってきた御仁だ。

新鮮なる怪を求め、しばしば墓地まで出向いていたパトリックとはすでに数年来の知己で、おれもその縁で面識がある。

「かれこれ十年ばかりまえのことだそうだ。ダラムのような学生の町ではありがちな、短い恋の顚末《てんまつ》がそもそもの発端らしい。つまりダラム大学の学生が、町で出会った女の子と親しくなって……」

その先を察したのだろう、すかさずクレイグが顔をしかめた。

「はなから遊びのつもりでいた男のほうが、あっさり恋人を捨てたわけか」

「そういうことだね。相手は身寄りもない、住みこみのハウスメイドだったそうだから」

ふたりの将来を考えるには、身分からして釣りあわない。

それを理解しているはずの学生が、あえて気を持たせて娘の身も心も弄《もてあそ》んだのだとしたら、恨まれても当然だろう。

「ひょっとして彼女は、許されない死を選んだのか？」

シリルがためらいがちに自死をほのめかす。

死してなお安らげない魂が、傷心を癒やすべくこの世をさまよい続けているのではないか。

おれも同じ想像をしたが、意外にもパトリックは首を横にふった。

「それが別れ話そのものは、至極すんなりかたづいたそうなんだ。彼女は取り乱しもせずに承知し、おとなしく身を退いた。それきり姿を消して、しつこくつきまとうようなこともなかったらしい」

理不尽なふりかたをした学生には、願ってもない展開だろう。

しかし含みのある沈黙に、おれは嫌な予感をおぼえる。きっとそれで終わりとはならなかったのだ。

はたしてパトリックは続けた。

「ほどなくして青年の身に異変が生じた。それまで頑健そのものだったはずが、みるまにやつれて講義の出席すらままならなくなったんだ。下宿を見舞った学友たちは、床に臥した青年の姿に愕然とさせられた。彼はものの半月たらずで、末期の死病に蝕《むしば》まれた老人のごとく衰弱しきっていたそうだ」

固唾を呑むおれたちを見まわし、パトリックは一段と声をひそめる。

「もちろんそれはただの病などではなかった。すぐにも医者を呼ばなければと浮き足だつ友人たちに、青年がふるえる手でさしだしてみせたのは、数本の長い黒髪だった。絹糸のように艶やかなそれが、払っても払ってもどこからともなくまとわりついてきて離れないのだと、すっかり怯えきった様子で訴えたんだ」

　おれの隣でクレイグが肩をこわばらせる。

「それってまさか」

「そう。別れた恋人のものとしか考えられなかった。美しく豊かな黒髪を、彼女は唯一の財産のように愛おしんでいたそうだ」

　あえて現実的な解釈をするなら、かつて彼女をその部屋に連れこんだときに抜け落ちた髪が、寝具にも残されていたということになるのだろうが……。

「無数の髪の毛が、じわじわと自分を死に至らしめようとしている。その恐怖にさいなまれた青年は、呪いの成就を回避するべく友人に頼みこんだ。いまさらながら、捨てた恋人に対して償いの意志があることを伝えてほしいとね。ところがいざ勤め先をたずねてみると、その邸宅に彼女の姿はなかった。それどころか、若い黒髪のメイドが出入りしていたことすらないというんだ」

　意外な流れに、おれは不穏なとまどいをおぼえる。

「つまり彼女は身許を偽っていたのか？」

「あるいは」

　パトリックは意味深にささやいた。

「もとより隠すだけの身許すらなかったのかもしれない」

「え?」

とっさには理解が及ばないおれたちをよそに、パトリックはまっしぐらに不吉な結末をめざした。

「それきり彼女の行方は杳《よう》として知れなかった。医者に診せても打つ手はなく、彼は枯れ枝のごとき十本の指で胸をかきむしりながら息絶えた。その腕にも、いましがた梳《くしけず》られたかのような、しなやかな黒髪がからみついていたそうだ」

「う……」

シリルは呻《うめ》き、おずおずとパトリックをうかがった。

「その気味の悪い髪の毛のせいで、彼は命を落としたのかい？」

「もちろん訃報にかけつけた遺族は、学友らの訴える戯言《たわごと》には耳を貸さなかった。むしろ不自然な死にざまから毒殺の可能性を疑い、遺体は検視にまわされたそうだ。なにしろ彼と交際していた娘は、消息を絶ってもいるのだからね」

不実な恋人の仕打ちを恨んだ娘が、復讐をもくろみ、ひそかに毒を盛った。

順当に考えれば、たしかにそういうことになるのだろう。彼女の素性がはっきりしないところが、ますます怪しくもある。

おれは急いて身を乗りだした。

「それで検視の結果は？」

「いざ検視に立ち会った親族は、遺骸を故郷に連れ帰ることを拒否したそうだ。まともな葬儀もなくダラムの共同墓地に埋葬し、逃げるように去ったきり、二度とおとずれた様子もないらしい」

あまりに異様な反応に、じわりと悪寒がこみあげる。

「どうしてまた……」

「その目で見てしまったからさ」

パトリックの視線がおれをとらえた。

「外科刀《メス》で解剖《かいぼう》された心臓の内壁に、血にまみれた無数の黒髪が、みっしりとへばりついているのをね」

ひ――と声にならない悲鳴をあげたのは誰だろう。

呼吸《いき》をも忘れて凍りついたおれに、それを確かめる余裕はなかった。

「いったいどのように忍びこんだのか、血管を切り裂いても切り裂いても、そこには長い黒髪がぬらぬらとはびこっていたそうだ。まるで増殖した髪の毛の一本一本が、蛇のように血管を這いまわり、宿主の精気を根こそぎ奪い去ったかのようにね」

「…………」

おぞましい光景が、たちどころに脳裡を埋めつくす。

とともにおのれの四肢の先でなにかがうごめき、刻々と心臓をめざしているような錯覚にとらわれて、身じろがずにいられない。

黙りこくったままのクレイグとシリルも、どうやら同様の悪夢にさいなまれているようだ。

おれはぎこちなくつぶやいた。

「つまり黒い髪の主は、この世のものではなかったわけか」

「そうだろうね。呪具《じゅぐ》や護符に人毛が用いられることはあるけれど、これほどまでに奇怪な威力を持つことはまずないから」

そもそも身許がないというパトリックの示唆が、ようやく腑に落ちる。たしかにこの世ならぬものには、戸籍もあろうはずがない。

おれはそろそろと息を吐きだした。

「その学生も、とんでもない相手をつかまえたものだな。ふたりの仲が続いていたらいたで、どうなっていたことか」

「彼女にしても、そのつもりは微塵もなかったのではないかな」

「裏切った恋人を無惨に呪い殺すほど、執着していたのにか？」

「きみは忘れていないかい？　一方的な別れ話にもかかわらず、彼女が嘆きも怒りもせずにあっさり承諾したことを」

「そういえば……」

激情を押し隠していたともとれるが、パトリックの見解は異なるようだ。

「なぜならそのときすでに、美しき妖魔は望みを遂げていたからさ。口移しか、あるいはぼくらの想像を超えるやりかたでみずからの黒髪を——つまり分身を寄生させ、いずれは意のままに精気をむさぼりつくすという目的をね」

「寄生」

そこに熱い情の交感は存在しない。ただ飢えを満たすための捕食の手管《てくだ》……それでいて冷ややかな官能の愉悦《ゆえつ》がありもしたのだろうか。

「そう考えてみれば、彼女の行動は理にかなっている。活きのいい健康な若者——それも故郷を離れて暮らす気楽な学生なら、私生活に干渉するうるさい身内もいない。誘惑する獲物は物色し放題だし、用が済んだらさっさと立ち去ればいいだけだ」

「目をつけられたのは、死んだ学生のほうだったのかもしれないのか……」

だとしたら憐《あわ》れな娘による復讐という発想そのものが、愚かな男の驕《おご》りでしかなかったことになる。

手妻《てづま》のごとく反転した事件の様相に、おれはしばし呆然とさせられる。

シリルもすっかり怖気づいた面持ちで洩らした。

「その妖魔は、それからどうしているんだろう」

「さてね」

パトリックは肩をすくめ、

「学生の町から町へと移りながら、優雅な狩りを楽しんでいるのではないかな。老トマスによれば、その学生の墓碑《ぼひ》にはいまもときおり、月光にきらめく黒髪がまといついているそうだから」

たちまちクレイグが頬をひきつらせる。

「棺から地表まで、這いだしてきたっていうのか？」

「夜の見廻りがてら角灯の焔で焼き清めるたびに、蒼ざめた燐光《りんこう》を放ちながら跡形もなく消えるそうだよ」

草の根か蔓なら、多少なり燃え残りがでるはずだ。かつて放たれた妖魔の分身が、いまだうごめいているなら、おそらく主も健在なのだろう。

「オクスフォード。ケンブリッジ。ロンドン。エディンバラ」

軽快なナーサリー・ライムのように、パトリックは町の名を挙げていく。

「いずれも学生の面子が入れ替われば、ささやかれる噂も下火になる。そろそろほとぼりも冷めたころだろうと、ダラム市内を徘徊しながら、捕食の機会をうかがっているかもしれないね」

含み笑いで締めくくり、両手のひらを上向けて仕舞いを告げた。

「まずはこんなところかな。さあ、次は誰の番にする？」

「……のっけから飛ばしすぎだろう」

もそもそとこぼすクレイグは、早くも後悔している様子だ。

しかしご機嫌のパトリックは、かまうことなく博識ぶりを披露する。

「知っているかい？　遠く海を越えた日本の都では、新月の夜に粋人が集う秘密倶楽部が流行しているそうでね。参加者が怪談を語るごとに蠟燭《ろうそく》の焰を吹き消し、それを百遍くりかえしてついに闇がおとずれたとき、なんと真の怪が顕現するというんだ。土地は違えど同じ出逢いにありつけるか否か、ぼくたちもぜひ検証してみたいものだよね」

夢みる乙女のような口調は、まんざら冗談でもなさそうだ。

こんな話があと九十九回も続いたら、頭がくらくらして妙な幻覚に襲われそうなものである。その怪談会とやらの内実も、案外そんなところではないだろうか。

しかしどこの国にも物好きはいるものだ。

おれはなかば呆れつつ、どこかパトリックに似ているかもしれない、東洋の風変わりな趣味人たちを想像して、ひそかにおかしさをかみしめる。

パトリックはくるりとシリルをふりむいた。

「きみはダラムの旧家の生まれだろう？　ダンフォード家の領地の近隣で、古くから語り継がれてきたような伝承はないのかい？」

「古い伝承？」

「たとえば沼地をさまよう愚者火《ウイル・オ・ウイスプ》だとか、微睡の窪《スリーピー・ホロウ》の首なし騎士だとか、身の毛もよだつような言い伝えを期待したいところだね」

「首なし……」

たじろぐシリルの代わりに、おれは訊きかえした。

「その首なし騎士って、アーヴィングの本にでてくるやつか？」

「そう。『素描帖《スケッチ・ブック》』で取りあげられている、ニューヨーク近郊の伝説さ」

ワシントン・アーヴィングは、十年ばかりまえに世を去った合衆国出身の作家だ。『素描帖』は英国の見聞記を中心にしたスケッチふうの物語集で、明朗かつ情緒的な筆致にはほっとするような快さがあり、本国のみならず英国でもよく読まれている。

「先の独立戦争で英国政府に雇われ、戦死したドイツ生まれの傭兵——ヘッセ騎兵がその正体だとされているね」

「たしか大砲の弾をもろにくらって、頭が吹き飛ばされたんだよな」

その頭を捜して、あるいは次なる犠牲者を求めて夜な夜な黒い妖馬にまたがり、かつての戦場を徘徊しているのだ。

アーヴィングの短篇小説では、主人公は首なし騎士に襲われて謎の失踪を遂げることになる。もっともその顚末については、人為的なたくらみであった可能性がほのめかされてもいるのだが。

「私見だけれど、あの作品に描かれている首なし騎士は、デュラハンの伝承からも着想を得ているのではないかと思うね」

「デュラハン？」

「アイルランドに古くから伝わる首なし男さ。首はないか、みずからの脇にかかえていることもあるという。そしてコシュタ・バワーと呼ばれる首なし馬を操り、けたたましい音をたてながら漆黒の馬車を走らせる。デュラハンが馬車を停めた家では、近く死者がでるそうだ」

「つまり死を予告するわけか。そこはバン・シーと似ているんだな」

「それだけではないよ」

パトリックはなぜか嬉しそうに声を弾ませる。

「轟音に驚いた家の者が扉を開くと、盥《たらい》いっぱいの血を浴びせかけたり、たまたまその姿をまのあたりにした者の目を、鞭で潰したりもするんだ。どうやら彼は、みずからの姿をまのあたりにされることを嫌うらしいね」

「……泣き叫ぶだけのバン・シーが、だいぶかわいく思えてくるな」

絵面がおどろおどろしいだけでなく、やることまで凶暴とは、金輪際《こんりんざい》めぐりあいたくない相手である。

しかし由緒ある一族に憑いたバン・シーが、たしか子孫の移住先にまで出現したという事例もあったような。とするとあるいは――。

「アイルランド系の移民と一緒に、デュラハンそのものが大西洋を渡った可能性もないとはいえないのか」

「そうなんだよ！　独立戦争といえばたかだか百年まえのことだけれど、デュラハンは年季が違うからね。手狭なアイルランドから、生き残りをかけて新天地をめざしたのかもしれない」

この世の理で解釈するなら、移民とともにデュラハンの記憶も伝播《でんぱ》し、装いを変えつつ新大陸に根付いた――となるのだろうが、いずれにしろ興味深いことではある。

するとここまで無言で耳をかたむけていたシリルが、

「いまのきみの話で思いだしたのだけれど」

襟巻きから顔をあげてきりだした。

とたんにパトリックが喰らいつく。

「まさかダラムの近郊にもデュラハンがあらわれたのかい？」

「そうじゃないよ。ただ子どものころに従兄から、街道の駅馬車にまつわる不気味な噂を吹きこまれたことがあって」

「ぜひ詳しく教えてくれたまえ」

すかさず催促され、シリルは訥々と話しだした。

「憶えているかな。ダラムからうちの屋敷に向かうときに、街道を南に抜けて、その先の十字路を脇道に逸れてきただろう。ロンドンとニューカッスルを鉄道が結ぶまでは、あの街道を行き来する定期の駅馬車《ステージコーチ》が、長距離移動の主な手段だったんだ」

おれはうなずいた。早朝の帰途——異星の海のごとくきらめく雪野原に、黒ずんだ標識がくたびれた十字架のように両腕を広げたさまが、印象に残っている。

「いまでは往来も減ったけれど、ひと昔まえは客も荷もあふれるほどに積みこんだ駅馬車で、ダラムの大聖堂をめざす巡礼者も多かったらしい」

シリルはひとつ咳払いをした。

「もっとも街道の旅には危険がつきものだ。悪天候で馬車が立往生したり、あっというまに陽が暮れて、予期せぬものに遭遇したりする。つまり……でるそうなんだ、あの十字路には。領地でも長生きの老人たちが、しばしばその姿を目撃してきたらしい」

一同はちらと視線をかわしあう。いよいよ怪談らしくなってきた。

我慢しきれないように、パトリックが先を急かす。

「いったいなにがでるというんだい？」

「聖セシリアの亡霊さ」

「はあ？」

意外すぎる主演の正体に、おれたちはそろってぽかんとする。

「毎年初冬の宵になると、あの古びた道標から浸みだすように、たびたび黒衣の修道女があらわれて、ダラム方面に向かう駅馬車をひきとめていたそうなんだ。大聖堂に詣でたいけれど、あいにく持ちあわせがない。だからせめてこの首だけでも連れていってはくれないか。そう訴えて喉許の布をほどいたとたん、真横に裂かれた無惨な創《きず》からぐらりと首がかたむいて……」

「それで聖セシリアなのか」

クレイグが納得の声をあげる。

たしかに聖セシリアは、首を斬《き》られて殉教《じゅんきょう》した聖女である。音楽家の守護聖人で、どんな楽器も巧みに操り、天使の歌声さえ耳にできたというあたり、親しみをおぼえないでもないが、なにせ三世紀のローマに生き、彼の地に埋葬されたとされる女人だ。

その聖セシリアが、なぜわざわざ縁のなさそうなダラムをめざし、駅馬車を呼びとめなければならないのだ。しかもひとけのない夕暮れの道端で。

おれは腑に落ちない気分のままシリルに問うた。

「声をかけられた馭者はどうするんだ？」

「もちろん恐れをなして逃げだすのさ」

「聖女の頼みを拒否して？」

「だって全速力で馬たちを駆けさせても、野太い哄笑《こうしょう》がどこまでも追いかけてくるというんだよ？」

「……それは聖セシリアじゃない気がするんだが」

「同感だよ。だからよけいに気味が悪いのさ」

「だったらいったい何者なんだ？」

「従兄が云うには、十字路に埋められた魔女の怨霊だろうって」

「魔女」

おれとクレイグはそろって目を丸くする。

するとパトリックが冷静に補足した。

「正確を期すなら、かつて魔女とみなされて迫害された女性——という理解になるだろうね。自殺者や罪人のような、教区墓地に葬ることが許されない死者は、十字路のかたわらに埋められることも多かったそうだから」

おれは眉を寄せ、おぼろな記憶をたぐりよせる。

「たしか理由があるんだよな。救われない魂がどの道を進むべきか、方角を見失ってさまよいださないようにするとか」

「そうだね。そもそも古から、十字路は異界との接点だったんだ。古代ギリシアでは冥界《めいかい》の女神ヘカテに捧げられていたし、この世ならぬものに対する漠《ばく》とした恐れが、あちこちの十字路に聖像や祠《ほこら》を建てさせてきたのだろうね」

「あの十字路にその手のものはなかったよな」

おれが視線を投げると、シリルはうなずいてみせた。

「だから封じるものがないままに、それは姿をみせたのだろうって」

「だとすると巡礼は口実にすぎなくて、彼女はただ故郷の町に帰りたがっているだけなのかもしれないのか」

「あるいはすでに、解き放てば災いをもたらす存在になりはてているのかも。彼女はいまも冬の暗い夕暮れになると、来ない駅馬車を待ち続けているそうだ。馭者の誰かが願いを承知していたら、どうなっていたことか……。まあ、証言もあやふやな怪談にすぎないのだけれどね」

しかしパトリックは思案げに首をひねる。

「なぜ彼女は初冬の宵になるとあらわれるのだろう。ぼくが気になるのはそこなんだ」

おれは考えこむパトリックをうかがった。

「時期が決まっていることに、なにか意味があるのか？」

「おそらくはね。その点をふまえれば、一連の奇々怪々な現象も、いささか異なる様相を帯びてくるはずだ」

「それはいったい……」

とまどうおれたちを、パトリックはあらためて見渡した。

「知ってのとおり、駅馬車に夜の便はない。長距離の旅客は、定時に発着する町の駅逓《えきてい》で宿泊しながら、目的地をめざすものだった。だから聖セシリアもどきが呼びとめるという宵の駅馬車は、ダラム行きの最終便だと考えられる。ここまではいいかい？」

たしかにそういうことになりそうだ。

理詰めの分析に、どこか座りの悪さをおぼえつつ、一同はおとなしく拝聴する。

「夏なら明るい時刻でも、初冬ともなれば日に日に夕暮れは早まり、人家も遠い草野原にはみるまに夜の帳《とばり》が垂れこめる。そうなれば無防備な駅馬車には、現実的な危険が待っていたはずだ」

おれははっとした。

「強盗に狙われるのか」

「ご明察。駅馬車とは常に、決められた路線を決められた時刻に運行するものだ。だから待ち伏せがしやすい。しかも車両の屋根に荷を積んでいて、早足並みの歩みだから、車外の座席に乗客がいなければひそかに飛び乗り、めぼしい財をみつくろって持ち去ることもできるだろうね」

ダラムの冬なら、支払いが少々かさんでも、車内の座席を選ぶ客が大半のはずだ。

クレイグがおれの隣で目をみはった。

「それなら道標のそばにたたずんでいたのは……」

「暗がりにまぎれて標的を待ちかまえる追い剝ぎ《フットパッド》だろうね。単独犯か、一味だったのかはわからないけれど、街道の近くでいくらかでも身を隠せそうなものといえば、あれ以外にないから」

そして狩りが難しそうなら見送って、また出直せばいいというわけか。

いざ真冬になれば雪が降り、待機するのも難儀なら、逃げるのもひと苦労だ。そう考えれば、人影があらわれる時期にも納得がいく。

追い剝ぎはただの黒衣か、あるいはいざというときに怪しまれにくいよう、修道服をまとっていたのかもしれない。

そこでおれは気がついた。

「つまり道標の人影は男だったのか」

「野太い哄笑を浴びせかけたそうだからね。怪しい人影にびくついた馭者を、からかおうとでもしたのかもしれない」

「聖セシリアの出処は、修道女めいた装いからの連想にすぎなかったんだな」

「あるいは……」

パトリックはなぜか躊躇し、やや声を落とした。

「そもそもなぜダラム行きの車両が狙われたのか。それはやはり大聖堂をめざす巡礼者が多くいたからではないかな。俗世の信徒だけでなく、遠地の聖職者もね」

パトリックがなにを示唆しているのか、おれは首をかしげた。

「そういう巡礼の修道女と、なにかつながりがあるっていうのか？」

「想像だけれど、厳しい修道生活に慣れた身なら、冷える屋根の座席も厭わない気がするんだ。浮いた小銭もまた寄進にまわせるとなれば、なおさらね」

おれの脳裡におぼろな光景が浮かびあがる。

仄暗《ほのぐら》い街道を、ごとごとと近づいてくる駅馬車。

車外には寒さに肩をすぼめた馭者と、屋根の座席に修道女がただひとり。

彼女がその手に握りしめた鞄には、大切な財産がしまわれているに違いない。

舌なめずりをした追い剝ぎは、ひらりと車両に飛び移り、驚く修道女の口を塞いでひと息に喉を掻き切った。

悲鳴をあげるまもなく絶命し、転がり落ちた死体はそのまま十字路に取り残され、いつのまにか姿を消した修道女を、誰も気に留めようとはしなかった……。

シリルは蒼ざめ、すがるように襟巻きの端をつかんでいる。

「乗客がひとりいなくなったのに、誰も怪しまないなんて、そんなことが本当にありえるのか？」

「さすがに馭者は状況を察しただろうね。それに遺骸を発見したきみのところの領民たちも。けれどどちらも面倒を恐れて、深追いは避けたんだ」

「そんな身勝手な。だって人が死んでいるのに」

「たしかに褒められたことではないけれど、駅馬車の定路で死者がでたことが公になれば大打撃だし、領民にとっても厄介な問題だ。行き倒れならともかく殺しだからね。しかも手荷物は消えている。巡礼の財産めあての強盗殺人なら、彼らにも動機はあると疑われたあげくに、適当な裁判で罪をなすりつけられ、吊るし首になるかもしれない。そんな危険は冒せないと考えたのではないかな。だからひそかに彼女を十字路に埋葬した」

「そうか……そうだろうな……」

予想だにしない顚末を、シリルはなんとか呑みくだそうとしているようだ。

パトリックが哀歌《エレジー》のようにささやく。

「それでも消えはしない一抹のうしろめたさが、やがて首のぐらついた聖セシリアの怪談を生みだすことになったのかもしれないね。敬虔な修道女に対するせめてもの償いとしては、悪くない手向けではないかな」

すると我にかえったクレイグが声をあげた。

「待ってくれ。だったら十字路で目撃されてきたのは、生身の追い剝ぎでも聖セシリアでもなくて、墓標もなしに埋められた修道女の亡霊なのか？」

「おまけにかつて理不尽な死を与えられた魔女や、それ以外の何者かもいくらか加わっているかもね」

「う……」

考えてみれば追い剝ぎだって馬鹿ではない。同じ土地でくりかえし同じ手を使い続けるはずがないのだ。本格的な対策に乗りだされるまえに、さっさとダラム近郊には見切りをつけていたに違いない。

実在した追い剝ぎと、犠牲者のいでたちが皮肉にからみあい、巡礼都市ならではの奇譚《きたん》が醸成された。

だがその真の輪郭は、黒い羽虫の群れのようにとらえきれない。

「なにしろ十字路は、橋と同じくこの世とあの世の境界だから。塵《ちり》のようにあちこちから吹き溜まったなにかが、妖しいキマイラを育んでいたとしても不思議はない。かのファウスト博士の伝説でも、悪魔を呼びだしていたのは森の十字路だろう？」

そうして召喚された悪魔のように、パトリックはずずいとシリルに迫る。

「もしも十字路を掘りかえして仔細《しさい》を追求するつもりがあるなら、ぼくたちも喜んで協力するよ」

「う……うん。考えておくよ」

シリルはあからさまに目を泳がせている。

クレイグもびくついたように首をすくめ、

「まさかその人数におれも含まれているのか？」

「おや。ご不満かな？」

パトリックはいたずらっぽく片眉をあげる。

「未来の考古学者なら、人骨を掘りかえすのもお手のものではないのかい？」

「遺跡の発掘とはまた違うだろう」

「どちらも土に埋もれた過去に光をあてる作業だ」

「それはそうだろうが……」

たじたじとなるクレイグを、シリルが意外そうにうかがう。

「きみは考古学者をめざしているのか？」

「ん？　まあな。いまのところはただの憧れさ」

クレイグは照れたように、寝癖のついた髪をもてあそんだ。

「いつか古代遺跡の調査に参加してみたいんだ。じっくり現地に腰を据えて」

「それはやりがいがありそうだね」

「そうなんだよ。定説がくつがえるような発見に立ち会えたら、どんなにかわくわくするだろうってさ」

「たしかナポレオンのエジプト遠征をきっかけに、ロゼッタの石碑から古代の文字が解読されたとか……」

「ヒエログリフだな。ロンドンまで出向く機会があれば、なにはさておきロゼッタの石柱を拝みたいところだよ」

熱っぽく語るクレイグに、おれは顔を向けた。

「それって大英博物館に展示してある、あの巨大な石のことだよな」

「まさかじかに目にしたことがあるのか？」

「ああ。いつも混雑してるから、長居はできないけど」

「くそう。つくづく羨《うらや》ましい奴め」

クレイグはひとしきり身悶《みもだ》えすると、

「それでどんな印象だった？」

爛々とした目つきでにじり寄ってきた。

雑に受け流すのもためらわれ、おれはしばし宙をながめる。

「そうだな……まずは石柱の存在感に圧倒されて、みっしり刻まれた無数の文字そのものが、魔力をはらんだ呪文の連なりみたいに感じられたかな。硝子板の壁がなければ、吸いつけられるように耳を寄せずにいられなかったかもしれない」

「耳を？　手でふれるんじゃなくてか？」

「石のささやきみたいなものが、伝わってきそうな気がしたんだよ」

もっとも解読された文章は、プトレマイオス五世の勅令が三種の文字で綴《つづ》られたものだそうで、呪術的な要素はまるでないのだが。

パトリックが口許をゆるめる。

「じつにオーランドらしいね。石の呼び声に惹かれるなんて」

「ただの想像だよ。初対面は子ども時代のことだし」

「けれどその碑文は、腕利きの石工が丹念に鑿《のみ》をふるって刻みこんだものだろう？　石に浸透したはるかなる鑿の音の記憶を、きみは耳を超えた感覚で聴き取ったのかもしれないよ」

「二千年もまえの木霊をか？」

「太古の昔から存在する鉱石にしてみれば、ほんのつかのまのことだろうさ」

「太古の昔ね……」

近年の地質学や古生物学などの興隆により、聖書の教えに基づいた世界の認識はいまや大きく揺らいでいる。地球もさまざまな生命も、神の創造より古くから存在していたとしか考えられない研究成果が、続々と発表されているのだ。去年のパリ万博でも、先史時代の遺物が大々的に展示されて、話題を呼んでいた。

おれはふとつぶやいた。

「そういえばしばらくまえに新聞で見かけたな。南フランスのどこかで、かなり古い人骨が発見されたとか」

「知ってる！」

すかさずクレイグが反応した。

「それクロマニョン洞窟の記事だろう？　ベーゼル河沿いで鉄道工事をしていたら、五体もの化石人骨が掘りだされたっていう。古生物の研究者が検証するに、一万年以上まえのものなのは確実らしいな。発掘が進めば、他の出土品から当時の暮らしぶりがうかがえるかもしれないから、続報が待ち遠しくてならないよ」

饒舌《じょうぜつ》なクレイグはいかにも楽しげだ。

パトリックは興味深そうにたずねる。

「彼らは人類の祖先と呼べる存在なのかい？」

「そうみたいだな。どうやら同系統らしいラ・マドレーヌの遺跡では、石や骨を加工した道具以外に、動物の姿をかたどった彫りものなんかも出土している。だから芸術的な感性を持ちあわせていたはずだし、埋葬の文化もあったようだ」

「死者を弔う心があるとしたら、霊や神の概念は？　それに音楽はどうだろう？　この世ならぬものと交流を持とうとしたら、祈りを捧げる声は歌に通ずるものがあるのではないかな？」

次々とたたみかけられたクレイグは、苦笑しながら肩をすくめた。

「それはおれに訊かれても困るよ。さらなる研究を待ってもらわないと」

「ふむ」

パトリックは顎に手をあてて考えこむ。

「そのような先史の時代から連綿と、超自然的なものに対する感性が、ぼくらにまで受け継がれてきたのだろうか。鋭敏な感覚を持ちあわせた者ほど、生き残りに長けていたのだとしたら、やがて築かれた高度な社会生活に順応することによって、現代ではむしろ退化の一途をたどっているとも考えられるのか……」

「自然選択説かい？」

シリルに声をかけられ、パトリックは我にかえって顔をあげる。そしてやや気まずげに問いかえした。

「きみは『進化論《しんかろん》』は受けつけない性質かな？」

「じつは自力で読みとおしたことはないんだ。聞きかじりでなんとなく把握しているだけで」

「むしろそれが普通だよ。うちの学校で読みふけっていたら、またたくまに異端児扱いされるだろうからね。このぼくのように」

「……それはご愁傷さま」

頭の固いヴァチカンは、生物が神の法ではなく自然に支配されているという考えを非難している。神の御業による創造の方法が理解されたとし、みずから豆の形質の遺伝について論文を発表した聖職者などもいるというが、あくまで少数派だ。

シリルが考えをまとめるように語りだす。

「ぼくはその、これだけ多種多様な生きものが、さかのぼればひとつの祖先に集約するというあたりの仮説が、どうにも納得しづらくて……。でもあちこちの化石が神に用意されていたなんていう反論は、さすがに信じないよ。あまりにナンセンスだからね。それよりも気になるのは、かつて絶滅したらしい太古の生きものが、この国の伝説に爪痕を残しているように感じられるところなんだ。だって二本足の巨大な翼竜なんて、まさにドラゴンやワイヴァンみたいなものだろう？」

おれもかつてロンドンの展示会で、さまざまな絶滅動物の模型を観たときに、似た印象を受けた経験がある。

マンモス。プレシオサウルス。プテロダクティルス。

どれも原寸大で、彩色は地味だったが、骨格標本とは異なる迫力に目を奪われずにいられなかった。

クレイグが心惹かれたように身を乗りだす。

「紋章なんかに描かれるワイヴァンは、尖《とが》った蝙蝠《こうもり》の翼に、鷲《わし》の脚と蛇の尾を持ちあわせているんだよな。炎さえ吐かなければ、たしかにほとんど翼竜そのものだ」

「うん。彼らは人類の祖先よりもはるか昔に絶滅していたはずなのに、まるで実際に遭遇したことがあるみたいに、そっくりの怪物の伝承があちこちで語り継がれている。それがおもしろいなって」

パトリックも好奇心を刺激された面持ちで、

「オーランド。きみはファーガソン氏ご自慢の〝悪魔の足の爪《devil's toenail》〟を憶えているかい？」

「そういえばそんな珍品もあったな」

それは件の《驚異の部屋》の蒐集品で、おれがファーガソン一家と知りあってまもない時期に、いそいそと披露された指の長さほどの石塊だ。ゆるやかに窪んだ花弁状で、巨大な獣の鉤爪のように見えなくもない。

「だけどあれってたしか、大昔の牡蠣《かき》の化石なんだろう？」

「グリフェアだね。持ち歩くとリュウマチの症状が軽減するとの言い伝えで、お守り代わりに扱われてきたそうだけれど――」

「ただの貝殻に魔力が宿ってるわけがないよな」

「とはいえ現代のような科学的な知識がなければ、あの形状から超自然的な存在を連想したとしても不思議はないだろうね」

おれはパトリックが云わんとするところを察した。

「つまりこんなふうに発掘や研究が盛んになるまえから、大小の恐竜の化石が土に埋もれていることは知られていて、その得体の知れなさが火を吹く異界の怪獣を生んだのかもしれないわけか」

パトリックはこくりとうなずき、思索にふけるように独りごちる。

「あるいは……ぼくたち人類の祖先が、猿でも哺乳類ですらなく、もっとちっぽけな存在であった時代のかすかな記憶……恐ろしい捕食者の影が、そうした空想に結実したのかもしれないな」

おれは目をまたたかせた。

「原始の記憶の欠片が、人類にまで遺伝しているっていうのか？」

「遺伝。そうとも！」

パトリックは熱っぽく語気を強める。

「きみたちもかつて悪夢のなかで、不気味な何者かに捕まえられる恐怖を味わったことはないかい？　目覚めているときにはまるで味わったことがないような、独特のおぞましさをともなう感覚だ」

おれたちはとまどい気味の視線をかわしあい、まずはクレイグが同意した。

「逃げたくても逃げられなくて、死ぬほど焦ったことはあるな。必死で足を動かそうとしてもひたすら宙をかくようだったり、喉が潰れたように声がでなかったり」

「ぼくも高熱で寝こんだときなんかに、そんな夢をみるよ」

シリルもそう打ち明けると、パトリックは衝かれたようにささやいた。

「誰もがあの異様に生々しい感覚を共有しているのだとしたら、それは過酷な生存競争にさらされてきた無数の生命の、外敵に追いつめられる戦慄の記憶が、意識の壁のゆるんだ夢の領域において呼び覚まされているとは考えられないかな？　もしくはそんな悪夢そのものも、かつて体験されたおびただしい悪夢の断片の集積なのかもしれない」

一気に告げ、喘ぐように肩を上下させる。

おれはなかば圧倒されながらつぶやいた。

「悪夢は太古からの呼び声なのか」

「なんだか気が遠くなるな……」

シリルも呆然とため息をつき、それぞれがはるかなる古代に心を飛ばすように、しばしの沈黙がおとずれる。

「ひとつ考えたことがあるんだ」

やがて口を開いたのはクレイグだった。

「かすかな恐竜の記憶だとか、掘りだされた化石の印象だとかが、伝説の竜の源になっているとしたら、すごくおもしろいし、納得もできるんだ。でももっと単純な仮説もたてられるんじゃないかな」

「どういうことだい？」

パトリックが小首をかしげる。

クレイグはいたずらっぽく声をひそめた。

「つまりどうにかして絶滅を免れた恐竜が、存在したとしたら？」

ひと呼吸おいて、パトリックが片眉をあげる。

「恐竜と人類の祖先が、実際に遭遇していたと？」

「ああ。祖先どころか有史以降……もしかしたらいまもこの世界のどこかで、生き残りがひっそりと暮らしているかもしれない」

シリルは下手な冗談を笑おうとしてか、

「まさか。さすがにそれはないよ」

呟きこみながら訊きかえす。

「そもそもどうやって生き延びたというんだい？」

「だからどうにかしてだよ」

クレイグにしても、荒唐無稽《こうとうむけい》はとうに承知なのだろう。おもしろがるように、つらつらと主張する。

「湖や洞窟で、仮死状態でいるうちに天変地異を乗り越えたとかさ。ほら、爬虫類《はちゅうるい》は環境次第で、長く冬眠することもあるそうじゃないか。恐竜が絶滅した理由だって、まだ解明されてはいないんだ。ありえないと決めつけることもできないだろう？」

「それはそうかもしれないけれど」

あくまでいぶかしげなシリルに対し、パトリックは一理あるとみたらしい。

「たしかに世界の秘境が次々に踏破されている現代でも、深海などはいまだに未知の領域だ。地表に比べれば環境の変動もゆるやかだろうし、太古の種がひそかに生き続けている可能性もないとはいえないね」

「だろう？　というのも――」

なぜか勿体をつけるように、クレイグは声をひそめた。

「でたらしいんだよ。このダラムの地にも」

「でたって？」

「昔々ウェア河の流域を棲み処にしていたという、伝説のあれさ。おれが初級生のころに上級生から吹きこまれた与太話は、じつのところまったくのでたらめでもなくて、人知れず地下水脈に生息していた絶滅種の目撃談から広まったものなのかもしれない」

すかさずパトリックはきらりと双眸を光らせる。

「裏の雑木林にまつわる噂のことだね？」

「きみなら知っていて当然か。シリルはどうだ？」

「ぼくもなんとなくは。でもあれは初級生を怖がらせておもしろがるための、でっちあげなんだろう？　だって古井戸なんて、実際には存在しないそうじゃないか。誰かこっそり探しまわった生徒がいたけれど、それらしいものはどこにもなかったって」

「――あるよ」

ひやりとする一声が投じられた。

シリルはぎこちなく隣を見遣る。

「ひょっとしてその生徒って」

「このぼくさ」

パトリックはあっさり認め、告白する。

「でもなにも発見できなかったふりをした。命知らずの生徒が、お遊び気分で近づかないともかぎらないからね。あの井戸は危ないんだよ――本当に」

実感をこめて吐露するパトリックを、クレイグがまじまじとみつめた。

「危ないって……あの怪談噺《ばなし》が、事実に基づいているなんてことはないよな？」

「けれどそんなきみこそ期待していたのでは？　忘れられた井戸の底に、常識をはるかに超えた存在が潜んでいることを」

「おれはあくまで――」

「ちょっと待ってくれ」

おれはとっさに割りこんだ。

「三人ともいったいなんの話をしてるんだ？」

いつしかおれだけがすっかり取り残されている。

目線で説明を求めると、逆にパトリックが訊いてきた。

「きみはラムトン家のワームの伝説について知っているかい？」

「……ワーム？」

「あるいはドラゴン。リントヴルム。ヨルムンガンドル。オルフェーシュチ。他にもまだまだあるけれど、いずれも大蛇に翼があったりなかったり、肢があったりなかったりする竜型の妖獣の異名だね。かつてのノーサンブリア王国には、そうした竜の伝承がいくつも残っているんだよ。とりわけ有名なのがウェア河の下流──チェスター・ル・ストリートに城をかまえる、ダラム伯爵ラムトン家にまつわる言い伝えでね」

「その地名ならどこかで……」

「鉄道の駅では？」

「それだ！」

ニューカッスル方面の路線で、列車が停まった駅だ。ダラム駅からは十五分ほどだろうか、現代の感覚ではもはやご近所といえよう。

「言い伝えの大筋はこうだ。その昔ラムトン家に、放蕩者《ほうとうもの》の跡取り息子がいた。彼が安息日も守らずに河で釣りをしていると、黒い蛇のような不気味な生きものがかかった。長い顎は尖った歯で埋めつくされ、その左右には九つの孔が並び、ぬらつく瞳をのぞきこめばあまりのおぞましさに耐えきれず、井戸に放りこんでしまう。すぐにも始末をつけるべきだという、老人の忠告を無視してね」

「それがとんでもない結果を招くわけか」

「お祭しのとおり、井戸で成長した竜は、やがて領地の家畜や子どもまで餌食にするようになった。ちなみに竜が暴れた丘の棲み処《ワーム・ヒル》は、下流のノース・ビディックにいまも残っているよ。近くにあるはずの古井戸《ワーム・ウエル》の所在は、どうしてもつきとめられなかったのだけれど、念のために塞いでしまったのかもしれないね」

「わざわざ現地まで突撃したのか……」

「怪異の蒐集家たるもの、それしきの労を惜しんではいられないもの」

「たいした根性だな」

しかし司祭平服《キヤソツク》めいた黒衣の少年がうろついていたら、地元住民にさぞ怪しまれたのではないだろうか。

「ともかくその竜は、多少の傷を負わせたくらいではすぐに快復して、太刀打ちしようがない。いまさらながらおのれの過ちを悔いた跡取り息子は、聖地巡礼の旅に赴くのだけれど、七年経って帰還したときにはますます領地が荒廃していた。そこでブルージフォードの賢女に、竜退治の秘策を授けてもらうことにしたんだ。おかげでめでたく竜を仕留めることができたのだけれど……」

「まだ先があるのか？」

「その秘策には、ひとつの代償が求められていたのさ。竜を退治したあかつきには、次に出会う生きものの命をかならず奪わなければならない。その誓いを破れば、ラムトン家の当主は九代にわたって安らかな死を迎えることはできない。そんな不吉きわまりない代償がね」

おれは嫌な予感をおぼえた。

「つまり誓いは守られなかったんだな」

「なにしろ誰より先に跡取り息子を出迎えたのは、その生還を喜んだ当主だったのだからね。もちろん老いた父親を殺すことはできない。はたしてラムトン家では、近年まで当主の悲劇的な死が続くことになったというわけさ」

「……なんだか後味の悪い話だな」

それに寓話《ぐうわ》として受けとるにしても、解釈にとまどうところがある。

「そもそも竜のふるまいからして、甘やかされた子どもが手に負えなくなったような感じがするけど、絶対に守れないような条件をつけてくるあたりからして、賢女とやらも妙に怪しくないか?」

「注目に値する着眼点だね」

パトリックは嬉々として指をたててみせる。

「あくまで仮説だけれど、その賢女とはケルト神話の女神ブリギッドを指しているのではないか。ぼくはそう考えているよ」

「ブルージの由来がブリギッド？」

「ラムトン城の近くにはブルージフォード教会が現存しているし、聖女ブリギッドは女神ブリギッドとも同一視されてきたから、あながちこじつけでもないんじゃないかな。古来ダラム近郊は、アイルランドと縁の深い土地柄だしね」

たしかにリンディスファーン島の修道士たちが、放浪《ほうろう》の末にたどりついたのがダラムの地だが、そのリンディスファーン修道院を建てたのは、アイルランド出身の聖エイダンである。

「ケルトの伝説での誓約《ゲッシュ》は、恩恵が与えられる代わりに、往々にしてとても厳しい条件が課されるものなんだ。結果として破滅がおとずれる」

「いずれ誓いが破られるのが前提なら、ほとんど呪いみたいなものだな」

怠惰な跡取り息子が育んだ、あらゆる悪徳の暗喩《あんゆ》が竜であるとするなら、概念としての父殺し——真の大人になるための試練を乗り越えられなかった時点で、呪いは発動したのだろうか。

未熟な当主が領地を治めれば、子々孫々まで穏やかな生涯は全うできないだろう。そんな未来を見越していたとしたら、それこそ賢女の慧眼《けいがん》といえるのかもしれない。

「もっとも竜退治の顚末は、デンマークからの侵略の経緯を語っているとみる向きもあるようだけれど」

「そう。彼らは喫水《きっすい》の浅い舟を、櫂《かい》で自在にあやつる技を身につけていた。帆もなく波音もなく、水仙の葉のような舟がすいすいと河をさかのぼるさまは、イングランドの民の目にはどう映っただろうね」

おれは目をみはった。

「まるで河を泳ぐ大蛇か」

「しかも文献によれば、船首に獰猛《どうもう》な蛇や竜の彫りものがほどこされていることもあったらしい」

「なら竜の正体は、ヴァイキングの象徴で決まりじゃないか」

「たしかに説得力はあるけれど、決めつけはいただけないな」

結論に飛びついたおれを、パトリックはさらりとたしなめる。

「なにしろ竜がらみの伝説には、似て非なる数多くの類話が存在するのだからね。井戸に棲みついた竜を、旅の騎士が退治する《ロングウィットンの竜》があれば、北はリンディスファーン島の近くには、醜い竜に姿を変えられたバンバラ城の王女が、騎士の兄に救われる《スピンドルストンの竜》もある。もちろん帝国本土のみならず、ヴァイキングの脅威にさらされなかった大陸の各地にも、竜は出没している。聖ゲオルギウスや、英雄ジークフリートの伝説に竜殺しのくだりがあるのは、当然きみも知っているだろうね」

「そのくらいはさすがにな」

「イヴを誘惑した蛇——悪魔と同一視されているとしても、空想の妖獣がこんなにも幅を利かせているのは、不可解ではないかな？」

「だから竜は実在したっていうのか？」

「いたのではなくいるのさ。ぼくたちのすぐ近くにね」

そう告げたパトリックの目の端が、かすかに窓をとらえる。

結露の紗にけぶる板硝子の向こうには、ささやかな草地を挟み、雑木林が広がっているはずだ。葉の落ちた木々が多いにもかかわらず、奇妙に奥がかすんでいる林には、この世ならぬものもいくらか棲みついているという。

ようやく話がひとめぐりしてきた。

「……あの林の古い井戸に？」

パトリックはつとおれの隣に視線をすべらせる。

「それについてはクレイグに語ってもらおう。三番手はきみだね」

そういえばおれたちは、順にこれぞという奇譚を披露していたのだった。

クレイグはたじろぎながらも、いまさら流れに逆らうことはできないと、腹をくくったらしい。両膝に肘をつき、十の指を組み替えながら語りだす。

「おれが初級生のころ、たまたま最上級生に顔見知りがいたんだ。腹を空かせているだろうからって菓子をくれたり、なにかと気にかけてくれたんだが、あるときまじめな顔つきで忠告されたんだよ」

パトリックが率先して続きをひきとる。

「学寮の裏の雑木林には、みだりに踏みこんではならないと？」

「ああ。怪我や脱走を防ぐために、裏の敷地が立入禁止にされているのは、もちろんおれも知っていた。でも先輩がいうには、あの林では過去にひとり、生徒が消えているそうなんだ。しかもそれが忘れ去られた古い井戸のせいだって」

クレイグはぎこちなく唾を呑みこんだ。

「先輩の、そのまた先輩が在籍していた時期だというから、まだ二十年も経ってはいないだろう。その生徒は聖カスバート校での暮らしになじめず、同級生から孤立していたそうだ。どうやらひどい嫌がらせを受けてもいたらしい」

「それは地獄だな」

おれはおもわず洩らし、はたと気がついた。

「それで雑木林まで、ひとりで息抜きに出向いたのか」

「きっとな」

学寮生活では、昼も夜もどこにも逃げられない。たとえ気味が悪かろうと、近づくのを禁じられていようと、せめて静かにすごせる木蔭に安らぎを求めようとしたなら、それは自然なことだろう。

「彼はしばしば憩いの地に姿をくらませるようになった。やがて行き先に気づいた同級生がひそかにあとを追うと、彼は蔦《つた》のからんだ古い井戸に身を乗りだして、ぶつぶつとなにかをつぶやいていたというんだ。その様子は、まるで朽ちた井戸の底のなにかに話しかけているようだったそうだ」

「だからって竜がいることにはならないだろう？　竜を相手にした空想を、ひとり芝居で楽しんでいただけかもしれないし」

「目撃した生徒のほうも、その時点では身投げでもするつもりかと危ぶんだらしい。幸いそんな展開にはならなかったが、じきに妙なことが続くようになった。しつこく嫌がらせをしていた同級生や、嗜虐的な教官なんかが、次々と災難に見舞われたんだ」

「災難？」

「たとえば階段から転がり落ちたり、割れた硝子片が降り注いできたりして、一生に響く大怪我を負うようなことさ」

「なんだか呪いめいているな」

おれは眉をひそめずにいられない。

クレイグはためらいをふりきるように続けた。

「同時になぜか彼のほうにも、些細な傷が増えていったらしい。手首や腕を浅く裂いたような切り傷を、袖に隠していたんだ。さすがになにかあると勘づいた級生が、意を決して問いただしてみると、彼ははにかむように答えたそうだ。ぼくの竜が対価に血を欲しがるものだからね——と」

「…………」

対価を払う。それが言葉のままの意味なら、おそらく彼は契約をかわしたのだ。

憎い相手を懲らしめてもらう代わりに、我が身を与える。魅惑的な餌にからめとられたのは、はたしてどちらのほうだったのか。

「困惑する級生をよそに、彼はどこか陶然とした面持ちで雑木林の奥に向かい、それきり姿を消したそうだ」

唐突な終幕に、おれはつかのま言葉をなくした。

「井戸に身を潜めた竜……らしきものに喰われたってことか？」

クレイグは無言でうなずき、当時の状況について詳しく説明する。

「実際にそれをまのあたりにした生徒はいないんだ。だが彼がいなくなったのはこんな冬の日で、雪が積もった雑木林にも足跡が残っていたそうだ。その足跡が林の奥で——そのまままっすぐ外の荒れ地に抜けるでもなく、唐突に途絶えていた」

「そこに古井戸があったのか」

「なにもなかったんだよ」

「そこにも、雑木林のどこにも、忘れられた井戸なんてものはな」

「え？」

「だけどパトリックはあるって」

矛盾する主張にとまどい、パトリックに目を向けたおれは、たちまち悟った。

つまりはそういう存在なのか。この世ならぬものが棲みつき、視えたり視えなかったりする、異界との端境なるもの。

おれの理解を見て取ったのだろう、クレイグは息をひそめるように語る。

「じつは捜索に加わった生徒たちのあいだでは、ちらほら古井戸が目撃されていたらしいんだ。おそるおそる覗きこんでみたら、黒い水面にぎらりと鱗の帯のようなものが光ったとかな。でもいざ大人に知らせようとしても、あらためてその井戸にたどりつくことはできない。だから黙殺されるまでもなく、結局そんなものはどこにもない、ただの見誤りということにされておしまいさ」

感覚の鋭い生徒は、異界の残り香を察知できたのだろう。しかし棲み処を暴かれることを、向こうが望まなかったのかもしれない。そして抑圧された真相は、怪談としてひそかに語り継がれることになった。

「遺体もみつからなかったのか？」

「血痕の一滴としてな。もちろん身につけていたはずの制服や靴もない。だから寄宿生活に耐えきれず、衝動的に逃げだしたとみなされて、じきに退学扱いになったらしい。ここの暮らしが向かずにやめていく生徒は、どの学年にもいるものだし、それで納得するしかなかったみたいだな」

そしてなんとも不穏なわだかまりを残しながらも、騒ぎはじきに収束したという。

しかしおれは見逃せない違和感をおぼえた。

「生徒たちはそれでごまかせたとしても、親族は？　その子は荷造りすらしないで、いきなり失踪したことになるんだ。ただいなくなりましたで収まるはずがない」

取りかえしのつかない事故や事件を、学校ぐるみで隠蔽《いんぺい》していると疑われてもおかしくはない。そうでなくとも誘拐などの可能性を考慮して、警察が捜査に乗りだすことになるのではないか。

するとクレイグはなぜか表情をくもらせた。

「それが状況を知らされた親族のほうも、深く追及してはこなかったらしい。警察に訴えでるようなこともな」

「そんなわけないだろう。下町の孤児ならともかく、誰もまともに行方を気にかけようとしないなんてことがあるはず――」

勢いのままに反論したおれは、ようやく理解した。

「ああ……そういうことか」

我知らず頬をゆがめ、吐きだす。

「さすがは怪談だな。胸糞悪い落としどころだ」

消えた生徒は、おそらく親族にとってもいらない子どもだった。だから僻地《へきち》の神学校に送りこまれたのだ。このおれのように。

つまり失踪したらしたでかまわない。警察沙汰にでもなればむしろ外聞が悪い。きっとそんなところだろう。

家でも学校でも疎外感をおぼえずにいられなかった少年を、それはいったいどんな呼び声でおびきよせたのだろうか。

心の地下水脈にするりと溶けこみ、越えるべきではない壁を裡から決壊させる、甘やかなささやき。

「ローレライみたいな呼び声なら、騙されたくもなるかもな」

誰ともなくつぶやいたとたん、クレイグにがしと腕をつかまれた。

「やめておけ。きみのようなふてぶてしい男に、入水自殺は似あわない」

「……どういう忠告だよ」

とぼけた説得に、おれはすっかり毒気を抜かれる。

パトリックは愉快そうに噴きだしながらも、

「まあ、オーランドは不用意に近づかないほうが無難だろうね。ことに音には敏感な性質だろうから」

　やんわり用心をうながしてくる。

　シリルがびくついたようにたずねた。

「ならその妖竜は、いまも井戸の底から、次の獲物を狙っているのか？」

「そう怯えることもないよ。ぼくが試しに井戸を覗いてみたとき、一瞬その光る瞳に幻惑されそうになったのだけれど、とっさに鏡を向けて対抗したら、身をひるがえして退散したからね」

　たちまちクレイグが顔をしかめた。

「試しにって……ひとりでそんなことばかりしてきたのか？　危ない奴だな」

「それはどちらの意味でかな？」

「どちらもだよ、どちらも」

　投げやりなクレイグには、もはや遠慮のかけらもない。だがパトリックはそんな不躾さをも楽しんでいるようだ。

「ともかく本当にまずいことになりそうなら、兄さんがあらかじめ警告してくれるだろうし、対抗する手段もなくはないけれど、完全に封じることまではできない。そもそもぼくにそんな力はないし、井戸をとりまくあの雑木林そのものが、いまやあちらがわとの境界になっているからね」

おれはふと連想した。

「十字路みたいなものか」

「そう。地下水脈を介するように、どこからなにが湧きでてきたとしても、ぼくは驚かないね。水底に向かって聖セシリアに呼びかけてみたら、ぷかりと生首がさしだされてくるかもしれないよ？」

「嫌すぎる……」

虚ろにつぶやくシリルは、なんだか妙に老けこんでいる。まがりなりにも病人に、心労を与えてどうする。

おれが呆れていると、

「さて。お次はオーランドだね」

当のパトリックが、こちらに期待のまなざしを向けた。

たしかに残るは四番手のおれだけだ。

「どうもやりにくいな」

締めを飾るにふさわしい奇譚はなにか。乏しい手持ちの札を脳裡に広げてみても、すぐには決められない。

「そうかまえることはないさ。きみがもっとも恐ろしいと感じるものを選べばいい」

「おれの感覚でかまわないのか？」

「なによりそれが大切だからね」

「だったら……」

おのずと迷いは消える。それでもまずは念を押すところから始めた。

「正直なところ、きみらには怖くもなんともないかもしれない。とりとめがなくて、結末も宙に浮いたままで……ただ当時のおれにとっては、誰にもうまく説明できないその曖昧さこそが、むしろ不気味だったんだ。どこに落とし穴が待ちかまえているか、わからないような気がしてさ」

とたんにパトリックがいろめきたった。

「つまりそれはきみが実際に体験したことなんだね？」

「少なくとも身近な事件ではあった。油断したら自分も同じように連れ去られるんじゃないかって、ひそかに怯えるくらいにはな」

「連れ去られる？」

「ロンドンの街角から、子どもが消えたんだよ。それも一人や二人じゃない。十人以上の子どもたちが次々とな」

「なんだって？」

ぎょっとしたクレイグが身をのけぞらせ、残るふたりも唖然と声をなくしている。ついいましがたの、雑木林で消えた生徒のいきさつが頭に浮かんだのだろう。

おれは急いでつけ加えた。

「といっても、子どもたちは竜に喰われたわけじゃない。生身の人間がからんでいたことは、わかっているんだ」

「けれどそれだけではなかった？」

パトリックがさぐるように問いかける。

おれはうなずき、どこから話を始めるべきか、しばし考えた。

「当時おれは九歳くらいだったかな。ロンドンのコヴェント・ガーデン界隈に住んでいたことがあるんだ。華やかな王立歌劇場に、その観客を狙ってひしめく高級店の群れ。それに青果の卸売市場が隣りあっていて、朝も夜もとにかくにぎやかな地区だ」

生いたちにふれることは避けながら、舞台の背景をかいつまんで伝えていく。

「だから一歩裏道に踏みこめば、かつかつの暮らしの労働者や、夜の街娼や、掏摸《すり》なんかもたむろしていて、物騒なところもあった。ロンドンのあちこちから流れついた孤児たちが、徒党を組んでいたりな」

その境遇をいち早く察したように、クレイグが独りごちた。

「使い走りで駄賃を稼いだり、市場で残飯をくすねたりしていたわけか」

新興の工業都市ニューカッスルで育ったクレイグは、そうした光景にもなじみがあるのだろう。

「そんなところだな。さすがにつきあいらしいつきあいはなかったけど、こっちも稼ぎの邪魔はしなかったから、寄ってたかって痛めつけられるようなこともなかった。おたがい風景の一部みたいに、そこにいてあたりまえの存在になっていたんだろうな。だからこそ見憶えのある面子がちらほら抜け始めていることにも、かろうじて気がついたのかもしれない」

パトリックが怪訝そうに首をかしげる。

「いつのまにかいなくなっていたのかい？　なんの前触れもなく？」

おれは額に指先を押しあてた。あの記憶をよみがえらせるのは、おれにとってもいくらか勇気のいることだった。

「それが……笛の音がしたんだ」

「巡邏《じゅんら》の呼子《よびこ》のこと？」

「そうじゃない。おれが家で留守番をしていた晩に、まるでこの世のものではないような美しい横笛の旋律が、裏道を流れてきたんだ」

「歌劇場のほうから？」

「おれも一瞬はそう考えた。熱心な楽団員が、楽屋口の外で自主練習に励んでいるのかもしれないって。だけどいくら風の力を借りたところで、窓を閉ざした上階にまであれほど鮮明な音が忍びこんでくるはずがないんだ」

子ども心におかしいと感じながらも、誘われるままに窓から身を乗りだした。だが笛の吹き手の姿はどこにもない。

「でも笛の音はどこからともなく聴こえてくる。まるで七色の虹の裾が、夜空の底にたなびいているかのような……。なのにそれがどんな旋律だったのか、まったく記憶にないのも不可解なんだ」

たちまち心を奪われるような楽の音なら、フレーズのひとつくらい耳に刻みついていて当然なのに。

「そのときおれは気がついた。裏道の暗がりにちらほらと、襤褸をまとった孤児たちの姿があることにな。どれも見知った顔だった。一様に雲を踏むような足取りで、一様に夢にまどろむような表情で、市場の方角をめざしていた。どうやらみんなそろって、あの笛の音を追いかけているらしかった」

ときおりすれ違う大人には目もくれず、大人のほうも気にとめず、笛の音は子どもの耳にしか届いていないかのようだった。しかも孤児たちは花の蜜に群がる蜂のように、夜は無人のはずの市場に呼び集められようとしている。

「おれは急にぞくりとした。あれはなにか善くないものなのかもしれない。我にかえって窓から飛びのいたとたんに、音も人影もすべてが消え去ってしまったんだ」

そこにはいつもどおりの、屋根を越える雑踏の余韻が漂っているばかりで、おれはなんとも収まりの悪い気分をもてあますことになったのだ。

「だからなにもかもおれの白昼夢にすぎないのかもしれない。そう疑われても、反論するつもりはないよ」

自分でもいまだによく理解できていないのだ。パトリックと出会わなければ、あらためて考えてみることもなかったかもしれない。

そのパトリックは、姿なき謎の楽師にすっかり心惹かれたらしい。

「けれど現実に、その子たちは街角から消えたのだろう?」

興味津々に続きを急かされ、おれは記憶をたどる。

「そうと気がついたのは、何日か経ってからのことだけどな。それからも何度か、夜更けに笛の音が聴こえてくることがあった。でもおれはもう、窓の外を覗いてみようとはしなかったよ。どうやら大人の耳にはなにも聴こえていないらしいことがわかって、なおさら怖くなったんだ」

ちょうど自宅に居あわせた母にも、おそるおそる訊いてみたが、きょとんとした表情がすでに語っていた。音には敏感なはずの母さえなにも感じないなら、それはもはやこの世のものではないのだ。

そして界隈の孤児の顔ぶれはひとり、またひとりと欠けていった。

シリルがぽつりとつぶやく。

「まるでハーメルンの笛吹き男みたいだな」

とたんにクレイグが腹を殴られたかのようにうめいた。

「う……そうだそれだよ！　だから嫌な感じがしたんだ。おれ、昔からあの伝説が苦手なんだよな」

「なぜだい？」

「だって始まりから終わりまで滑稽なのか残虐なのか、妙にいびつな展開に呑まれているうちに、ぽんと真空に放りだされるようなところがあるじゃないか」

たしかにまだら服の笛吹き男《パイド・パイパー》が、鼠の大群を溺死《できし》させるくだりはいかにも怪しいし、鼠退治を依頼しておきながら、報酬を払おうとしない市民もどうかしている。そんな流れ者に、子どもたちが嬉々としてついていくことも。

しかもそれが史実に基づいているというのだから、不気味さもひとしおではある。

どうやらパトリックも、グリム兄弟の『ドイツ伝説集』の一篇として広く知られている以上に、この伝承の成りたちに詳しいようで、

「鼠退治にまつわるあれこれは、のちのペスト禍を経たうえで組みあわされた要素らしいけれどね」

すらすらと補足する。クレイグは意外そうに、

「そうなのか？　でもハーメルンの町から大勢の子どもたちがいなくなったことは、記録

に残っているんだよな？」

「一二八四年の《ヨハネとパウロの日》——つまりは夏至のことだね。一三〇人もの少年少女が身なりの立派な、銀の笛を吹く男に連れられて東門を抜け、市外の処刑台のほうに向かい、そのまま忽然《こつぜん》と消えた。それがより古い文献で語られている、そもそもの伝承の骨格らしい」

「それだけの子どもたちがどうなったのか、なんの説明もないままなのがなにより怖いんだよ。いかにも隠された真相がありそうじゃないか。笛吹き男の正体は死神だとか、魔法使いだとか、そんな説もあったよな」

そこではたとクレイグがこちらに顔を向けた。

「でもきみが体験したコヴェント・ガーデンの怪には、なにか現実的な種明かしがあるんだろう？」

「証拠はないけどな」

おれは苦い息とともに吐きだした。

「ただ当時しばらくしてから、ある計画について耳にしたんだ。街角の孤児や、救貧院の子どもたちをまとめて帝国各地に送りこんで、職を与える慈善事業だ。行き先はカナダやオーストラリア、ケープ植民地あたりが多かったらしい」

クレイグが胡散臭《うさんくさ》そうに目をすがめる。

「それって本当に慈善事業なのか？」

「大主教も支援していたからな。ロンドンの底辺で搾取され続けているよりは、新天地での成功をめざしたほうが、恵まれない子どもたちのためになる。理念としては耳当たりが好いんだろうが、結局は労働力として斡旋《あっせん》されただけだ」

シリルが信じがたいように眉をひそめた。

「つまりは奴隷貿易も同然だったということかい？」

「ああ。移住先では養子になれるとか、豊かな暮らしができるとか、明るい未来を信じさせておきながら、兄弟姉妹も容赦なくばらばらにされて、雇い主や施設での虐待も横行しているとか。何年かして、そんな営利目的の実態が問題視されているのを知って、おれもぞっとしたんだ」

故郷から遠く離れた土地で、理不尽な扱いから庇ってくれる親族もいなければ、どこに逃げたらよいのかもわからない。まさに生き地獄のような境遇だ。

するとパトリックが神妙にささやいた。

「ハーメルンの子どもたちも、同じ悲劇に見舞われたのかもしれないね」

クレイグはおぞましげに頰をゆがめて、

「どこか他所の土地で売り飛ばされたっていうのか？」

「巧妙な誘い文句で、みずから町を去るよう仕向けたんだよ」

「孤児でもない子どもを相手に、そんな離れ業ができるとは……」

「神の思し召しさ」

「え？」

「清らかなる使徒として、聖地エルサレムを奪還する使命に目覚めさせたんだよ」

おれはひらめいた。

「少年十字軍か」

数ある仮説のひとつに、その可能性も挙げられていたはずだ。

「それくらいの宗教的な熱狂がなければ、年端もいかない子どもたちが喜び勇んで親許を離れたことの説明がつかないからね。そうと仮定してみると、盲目の子と聾唖の子だけが町に戻ってきたという異説にも、納得がいかないかい？」

その理由を察し、おれはたちまち暗澹《あんたん》たる気分になった。

「働き手としてまともな値がつかないから、追いかえされたのか」

十字軍の旅であれば、むしろ足手まといになりそうな者こそ、聖地を巡礼して神の祝福にふれたい、そうすべきであると考えそうなものだ。

とはいえ記録に残された各地の少年十字軍においても、船が難破したり、アレクサンドリアで奴隷商人に捕らわれたりと、その多くが悲惨な結末を迎えたことは知られている。

希望と自由を奪われ、死んだほうがましなような扱いを受けた子どもたちは、かつても現実に存在したのだ。

　クレイグが憤然とうなる。

「子どもの純粋な信仰心につけこんで、この世の地獄にひきずりこむなんて、まさに悪魔の所業だな」

　同感だ。それがどこにでもいる悪党の仕業なのが、なおさら恐ろしい。

　おれは深く息を吸いこんだ。

「だからおれがコヴェント・ガーデンで感じたのは、子どもを喰いものにする悪意の存在だったのかもしれない」

　それが身近に迫っていることを肌でとらえ、笛の音の誘惑に心を奪われる子どもたちの姿として認識した。

　当時はハーメルンの伝承と結びつけて考えることはなかったが、心のどこかで共通する不穏さを嗅ぎとっていたのではないか。

　いまとなってはそんな気がしてならない。

「同じ街角にいながらおれが助かったのは、彼らとは生きる世界が違ったから。ただそれだけの理由だ」

　こちらがわとあちらがわ。多重露出の心霊写真のように、そこにいながらにしていないものとみなしていた。呼吸をするほどになじんだその壁のせいで、おれが見逃したものの意味に、戦慄せずにはいられない。

「けれどこんな解釈もできないかな」

おもむろにパトリックがきりだした。

「きみをも魅了したその笛の音は、むしろ子どもたちを救おうとしていたんだ。たとえば彼らを常若《とこわか》の国に導くことによってね」

「常若の国？」

「ティル・ナ・ノーグ。アイルランドの西の海の果て、あるいは底にあるとされるダーナ神族の楽土さ」

「それってたしかケルト神話の……」

「そう。妖精たちが住まう、永遠の若さと喜びの国。こちらとは時の流れかたが異なっていて、あちらでの一分はこちらの一年にあたるそうだ。かつて妖精の娘に愛され、あちらで三年の年月をすごした若者——オシーンがふたたび故郷をたずねたとき、そこはすでに廃墟と化し、みずからも伝説の存在になっていたという。そして娘との約束を破り、故郷の土に足をつけたオシーンは、みるまに老いさらばえてしまった……」

ゆるやかな語りは、まるで古い謡のようだ。

おれはその余韻にたゆたいながらつぶやく。

「その楽土では、永遠の夢にまどろむように暮らせるわけか」

「この世のあらゆる苦しみや哀しみとは無縁でね」

するとクレイグが不安げに瞳をくもらせた。

「つまりこの世のものではなくなるのか？」

「そういうことになるだろうね」

「だとしたら悪魔に魂を狩られるようなものじゃないか」

「いいじゃないか。悪魔が来りて笛を吹く。ぼくもぜひ常若の国に誘われてみたいものだなあ」

「いやいや。よしてくれよ」

クレイグは露骨にたじろいだ。

「きみがそんなふうに望むと、いまにも呼びにやってきそうだ」

「本当にくるかもしれないよ」

パトリックは意味ありげに瞳をきらめかせ、

「なにせぼくたち四人は、すでに悪魔の眷属のようなものだからね」

「なんだって？」

「きみはスペインの諺を知らないのかい？　一人の仲間は仲間と呼べぬ。二人の仲間は神の仲間。三人の仲間は本当の仲間。四人の仲間は悪魔の仲間ってね」

パトリックはゆるりと口の端をあげた。

「ほら、もう聴こえてきた」

「悪いがそんな見え透いた手には——」

クレイグが唐突に声をとだえさせる。そしてぜんまい人形のように、きりきりと首をめぐらせた。

たしかに扉の向こうからは、妙《たえ》なる笛の音のようなものが流れてくる。

だがおれの耳は、それ以外のなにかが近づいてくるのもとらえていた。

「笛だけじゃないぞ。あれはいったいなんの音だ？」

湿った砂袋をひきずるような、あるいは巨大な蛇のような生きものが、ずるずると床を這いまわるような……。

「どうやらうまくいったようだね」

パトリックがじわりと笑みを深めた。

不吉な予感に、おれはたまらず喉を上下させる。

「な、なにがだよ」

「ブレーメンの音楽隊さ。ぼくらが奏でた恐怖の四重奏が、不気味なおばけを生みだしたんだよ」

「……生みだした？」

「四人それぞれが惜しみなく注いだ想像の力が、唯一無二のキマイラを顕現させたということさ」

「つまりその、おれたちが思い浮かべたものが、捏《こ》ねあげた練り粉みたいにごちゃまぜの姿で、そこに存在しているのか？」

「ふふ。さすがはきみだ、理解が早いね。うごめく黒髪の妖魔に、流血の生首をさしだす巡礼の聖女。そして井戸の底から生き血を欲する竜と、子どもを誘う蠱惑的《こわくてき》な魔笛の呼び声。はてさて、どんな傑作が醸成されているかな」

嬉しそうなパトリックを、クレイグが愕然とみつめる。

「まさか初めからそのつもりで、おれたちに怪談を披露させたのか？」

「成功すればご馳走にありつけるかもしれない。そう伝えておいただろう？」

「こんなものがご馳走だって？」

おののくクレイグに続き、シリルもかすれた悲鳴をあげる。

「ご馳走にされるのはぼくたちのほうじゃないのか？」

「おちついて。怯えれば怯えるほど、あれは力を増してゆくよ。なぜならきみたちの恐怖の念こそを糧《かて》にしているのだからね」

「そんなこと言われたって、どうしたらいいんだ！」

ますます狼狽するシリルに、パトリックは無邪気に笑いかける。

「この目で見定めてしまえばいいのさ。正体がわからないからこそ、想像の恐怖もふくらんでいく。そういうものだろう？」

寝台から降りたパトリックは、扉をめざして歩きだす。

仰天したおれたちが、よせ待てやめろと口々に訴えるも、パトリックはあっさり扉に手をかけた。

もはやこれまでか。おれの脳裡では、大蛇の胴で這いずる絶世の美女が、メデューサのごとき黒髪をたなびかせた流血の生首をさしだしている。

パトリックが勢いよく把手をひいた。

「――っ！」

おれはとっさに顔をそむけ……だがむせかえるような笛の旋律が消えていることに気がついた。おそるおそるふりむけば、パトリックの肩越しにそびえる長躯は、よく見知ったものである。

寮監のランサム助祭だ。

あいかわらず死神のごときたたずまいの寮監は、じめついたまなざしで室内をひと睨みすると、踵をかえして去っていった。

足音が完全に消えるやいなや、クレイグが腹の底から息をつく。

「寮監の見廻りじゃないか。なんだよもう、まぎらわしいな」

「本気で心臓がとまりかけたよ……」

シリルも胸許をさすりながら洩らしている。

おれも安堵しかけたが、なにかがそれをためらわせた。

違和感の源はパトリックだ。誰より落胆しそうなのに平然と……むしろご機嫌に笑みをかみ殺しているのだ。つまり寮監がやってくるのを見越して、おれたちに悪戯をしかけたのか？　それとも――。

「なあ。あれは本当に寮監だったのか？」

わずかな疑惑は、またたくまにふくれあがる。

「だっていまは受け持ちの講義があるはずなんだろう？　それに寮監がこの部屋の騒ぎを叱りにきたなら、きみらを自室に追いかえすのが道理じゃないか？　これでもおれたちは謹慎処分をくらってるんだから」

反省の色もなく、退屈しのぎに怪談に興じているなんて、言語道断だろう。なのに嫌味のひとつもぶつけずに立ち去ったのは、どう考えてもおかしい。

クレイグとシリルは、びくついた視線をかわしあう。

「それならいったい」

「あれはなんだったんだ」

パトリックがふわりと笑んだ。

「もちろんぼくが説明したとおりのものだよ。つまりあれの姿は、いまのきみたちが内心なにより恐れている存在を、なぞっていることになるね」

しばしの沈黙をおき、クレイグが肩を落とす。

「なんだかどっと疲れた気がするな……」

「……ぼくはそろそろ部屋に戻るよ」

「おれもそうする」

よろよろと暇を告げるふたりを、

「どうぞお大事に」

パトリックは悪びれもせずに見送っている。

おれはげっそりした気分でたずねた。

「さっきの偽寮監は、あのまま放っておいてもいいのか？　本人と遭遇したら、大騒ぎになりそうなものだけど」

おのれの二重身をまのあたりにするのは、死の予兆という伝承がある。あるいは邪悪なたくらみを秘めた悪魔が近づいてきたと、誤解するかもしれない。

「その心配はいらないよ」

「じきに散って消えるものだから？」

「ここに戻ってくるからさ。ほら、もうやってきた」

「なんだって？」

またあのご面相と向きあうのか。

おれはおもわず身がまえるが、ゆうらりと部屋に忍びこんできた黒衣の偽寮監は、先刻よりもやや縮んで……縮んで……パトリックのさしだした片腕に、ちんまりと納まるほどに……。

「ロビン……なのか？」

そこに出現したのは、たしかに大鴉のロビンである。

いまやすっかりおなじみの姿だが、本来はその気になりさえすれば変えられるとのことではなかったか。

「ならさっきのあれも、ロビンが変化《へんげ》してみせたのか？　あらかじめふたりで打ちあわせて？」

「そんなところだね。練習の成果を試すのに、打ってつけの機会だから」

「いつのまにそんなことを……」

「透けない姿を長持ちさせられたら、いざというときに便利だと思って」

おれは不信感に満ち満ちたまなざしを向けた。

「悪用する未来しか想像できないな」

「でもなかなか気の利いた余興にはなっただろう？」

「ううん……」

たしかにごろごろと暇をもてあましているよりは有意義だったかもしれないが、どうも手放しでは認めがたい。

そのときふと気がついた。

「待てよ。それならさっき聴こえた笛の音やなにかは？」

ロビンが寮監に扮していたのなら、あのときたしかにおれたちを竦みあがらせた不気味な存在感は、いったい何者の仕業だったのか。

「さあ。きみの空耳では？」

そっけないくちぶりとは裏腹に、パトリックは瞳に妖しい笑みを漂わせる。

ぴちゃん——と、どこかで水滴がしたたり落ちた気がした。

愛しきものに捧ぐ

1

死相が浮いているのだという。

「寄宿学校からの旧友でね。休暇になれば互いの家に泊まりあうようなつきあいが、長く続いていたんだが」

次兄のヴィンセントは石橋にもたれ、指に挟んだ紙巻き煙草《たばこ》をもてあそんだ。

かぼそい紫煙の行方を追えば、ゆるやかなウェア河の左手に、ダラムの古城と大聖堂がそびえている。河岸の木々は溶け残りの雪をまとい、東洋の水墨画のようなものさびしい風情だ。

ようやく謹慎が解け、次兄からの呼びだしに臨戦態勢で応じたおれは、のっけから出鼻を挫《くじ》かれることになった。

彼の滞在先であるニューカッスルの友人――セオドア・キリングワースが、深刻な病に見舞われていると打ち明けられたのだ。

「あたかも立ち枯れる樹木のように、謎の衰弱にさいなまれているんだ」

先日の不敵さは鳴りをひそめ、うちしおれた面持ちで語られては、つんけんした態度をとるのもためらわれる。おれは欄干《らんかん》に両腕をゆだね、おざなりになりすぎないようにたずねた。

「医者の診たては?」

「原因はまったくもって不明。静養以外の治療法はないと、複数の医師が匙を投げている状況だ。もっとも当人は誰よりおちついたものだが」

「病状を楽観視しているんですか?」

「それどころか、じきに命が尽きることを覚悟しているかのようでね。そもそもわたしの訪問は彼の誘いに応じてのものだが、もとより今生の別れをすませるつもりで招いたのではないかと、そんな気がしてならないんだよ」

長患いの結核患者などなら、諦念とともに死を受け容れることもあるだろうが、昨秋に顔をあわせた折にはいたって元気そうだったという。

そんな青年があっさり人生を手放そうとしているのだとしたら、もどかしさも無念さもひとしおだろう。だが見ず知らずのおれにできることはなにもない。

「そういうことなら、こんなところでおれなんかにかまけてる暇はないんじゃありませんか? そばについて励ますなりなんなりしたほうが――」

「だからこそきみを連れにきたのさ」

「連れに?」

「いまからニューカッスル郊外のキリングワース邸までつきあってくれないか」

「なんだっておれが」

とんでもない頼みに唖然とさせられる。

今日の待ちあわせを承諾したのは、次兄に握られたおれ宛ての書簡を取りかえすためだが、だからといってなんでもかんでも言うなりになるつもりはない。

「そんなものはお断りですよ。おれが顔をだしたって、迷惑なだけでしょうに」

「むしろ喜ぶさ。わたしの異母弟に会いたいと望んだのは、セオドアのほうだ」

おれはぎょっとして欄干から身を退いた。

「おれのことを話したんですか？」

「気心の知れた友人だからな」

「なるほど。下世話な好奇心を隠す必要もないわけですね」

「そう喧嘩腰になるな。彼はわたしと違って心根の優しい男だ。繊細でもの静か、それに詩歌をこよなく愛しているから、きみとも気があうだろう」

「どうでしょうね。同じ羽の鳥は群れる《Birds of a feather flock together》って云《い》いますから」

「きみのそういうところ、わたしは気に入っているんだがね」

ヴィンセントは苦笑するが、誘いを諦めるつもりはないようだった。

「じつはきみをキリングワース邸に伴いたい理由は、それだけではなくてね。セオドアの妹の心痛を、なんとかやわらげてやりたいのさ。ローズはもうすぐ十九歳になる。黒髪の美人だよ」

反応をうかがうまなざしを向けられ、おれは鼻白んだ。

「そんなことはどうでもいいですが。どうしておれが同行する必要があるんです？」

「ローズは元来ほがらかな娘なんだが、かわいそうに、このところはセオドアの病に心を痛めるあまり、いささか情緒不安定に陥っているようでね。きみは神学生だから、うまくなだめられるかもしれないだろう？」

なにやらますます面倒そうな話になってきた。

おれはヴィンセントの無神経さにいらだちながら、

「神に祈れば救われるだなんて、そんな無責任な慰めはできませんよ。そもそもおれが好き好んで神学校なんかにいるわけじゃないのを知ってるくせに、よくもそんなことが言えますね」

「しかしその制服はじつに塡《は》まっているからなあ。悪霊の仕業などではないときみが説けば、彼女もいくらかおちついてくれるのではないかと期待しているのだが」

耳に残ったひとことに、おれはどきりとした。

「……悪霊ですって？」

「ローズは疑っているんだよ。セオドアの衰弱は、彼に取り憑いた悪霊のせいではないかとね」

原因不明の病と、超自然的な存在。

そこに因果を求めようとするのは、いつの世も変わらない人間の性だろう。パトリックと出会うまえのおれなら、まともに取りあわなかったはずだ。だがはたして、ありがちな世迷いごととかたづけてよいものか。

「どうした？」

「いえ……ただ彼女にはそんなふうに考える根拠でもあるのかと」

「興味が湧いてきたかい？　ならばぜひ本人に訊いてみるといい」

「おれはそういうつもりじゃ――」

「気休めでかまわないのさ。わたしがたしなめても頑なになるだけだが、面識のない相手が無心に耳をかたむけてくれれば、存外に気分が楽になるものさ」

「女同士でもないのに、うまくいくはずがないですよ。おれひとりの手に負えることじゃありません」

言葉は選んだが、おれは本音を語った。もしもこれが悪霊がらみの案件なら、それこそおれにはどうしようもない。

「ふむ。では加勢を頼んだらどうだろう」

「加勢？」

「そこで我々の話に耳をそばだてている少年にだよ」

次兄の視線を追い、橋のたもとをふりむいたおれは仰天した。

「パトリックじゃないか」

今日は寒いし、おれとも別行動になるから、外出はしないと聞いていたが。

ヴィンセントはおもしろがるように、おれの耳許でささやいた。

「いざとなれば研いだ爪でわたしを撃退するつもりらしい」

「そんな野良猫みたいなこと」

……パトリックならするかもしれない。

ひとりで次兄と対峙《たいじ》するおれを案じ、首尾をうかがいにきたのだろうか。待ちあわせにこの橋を指定されたことは話していたから、あとからこっそり追いかけてくることもできたはずだ。

「あの様子では、わたしが人知れずきみを始末するのではないかと、危ぶんでいるのかもしれないな。ここでわたしがきみを殴りつけるなりして、意識のないうちに河に放りこんで立ち去れば、自殺にみせかけることもできる」

さすがに偽装殺人の警戒まではしていなかった。

おれがたじろいでいると、パトリックはめずらしくもばつが悪そうな面持ちでこちらに近づいてきた。

「次兄殿ときちんと向きあうよう、きみに勧めたのはぼくだからね。とはいえダブリンでは、故意に相手を泥酔させて溺死に導いた事件もあったし、なにかあったら寝覚めが悪いから、念のためにさ」

パトリックの弁明を耳にしたヴィンセントは、

「なんとも麗《うるわ》しい友情ではないか。愛されているな、我が弟よ」

呵々《かか》と笑っておれの肩に腕をまわした。

「放してくださいよ」

「そう嫌がってくれるな」

おれが身をよじって抵抗しても、ヴィンセントはおかまいなしだ。こちらよりも上背があり、筋骨隆々というわけでもないのに、その膂力《りょりょく》にはかなわないと否応なく悟らされるところが、ますます腹だたしい。

「ふたりとも安心したまえ。これでもわたしは内務省に属しているものでね。仮にこの世から消し去りたい人間がいれば、白昼堂々と橋から突き落とすような杜撰《ずさん》なやりかたはしないさ」

「…………」

それはつまるところ、必要とあらば出生までさかのぼるすべての記録を破棄し、存在の痕跡すら消すこともできると示唆しているのではないか。

おれたちの沈黙を堪能したらしい次兄は、やがてにこやかにきりだした。

「さて。先刻の提案だが、呑んでくれるつもりはあるかな？」

「ぼくでよければ、ぜひお供させていただきたいです」

パトリックはすかさず快諾する。この世ならぬものがからんでいるかもしれないとなれば、放ってはおけないのだろう。

実際のところ、助力を求めるのに誰よりふさわしい相手ではあるのだが。

「本当にかまわないのか？」

おれが念を押すと、

「人助けはぼくの信条だからね」

パトリックはほがらかにのたまった。

2

長い並木道を抜けると、正面に壮麗なカントリー・ハウスがそびえていた。

葱花型《そうかがた》の帽子をかぶった小塔を、左右対称に備えた外観は、テューダー期から維持してきたものだろうか。

ヴィンセントによれば、キリングワース男爵家は地代の収入のみならず、領地における鉱山の開発や、製鉄や造船業への投資によって財を築き、またニューカッスルの繁栄にも貢献してきた一族だという。

「当主夫妻は昨年末からロンドンのタウン・ハウスに移っているから、そうかまえることはないよ」

「べつにかまえちゃいませんが」

まるでこちらが怖気づいているかのような言い草にむっとしつつ、おれは向かいの座席のヴィンセントに訊きかえした。

「彼らは息子の病状を知らされていないんですか？」

「すでにローズが何度も書簡を送っているよ」

「だったらどうして」

「本邸にかけつけてこないのか？」

「ロンドンを離れられない理由でも？」

「どうやら卿は入閣に野心的のようだからね」

おれは冷ややかに目をすがめた。

「つまり社交に余念がないわけですね」

たしかにロンドンでは社交シーズンが始まったばかりだ。政治家として閣僚の席を狙うなら、積極的に根まわしをするのに打ってつけの季節でもある。だが夫婦そろって、病気の嫡男より優先するべきことだろうか。

おれが非難を匂わせると、次兄は肩をすくめた。

「ご夫妻もまったく気にかけていないわけではないだろうが、病名もわからないままでは深刻さが伝わらなくてもしかたがない。セオドアはそもそも頑健とはいえないし、子ども時代には風邪を長びかせて寝こむこともしばしばあったからなおさらね」

ローズとしても、さすがに悪霊のせいだと両親に訴えることはできないだろう。

真相はどうあれ、まともに相談できる親族もおらず、日に日に衰弱する兄をただそばで見守るしかないとしたら、彼女が冷静さをなくすのも無理はない。

「あいにくわたしの休暇も残りわずかだからね。ここを去ってもできるだけのことはするつもりだが」

近くおとずれるかもしれない最悪の未来を想像したのか、ヴィンセントは疼痛《とうつう》をこらえるように独りごちた。

「祓《はら》える悪霊がいるのなら、霊媒にでもすがりたい気分だ」

なんとも反応しがたく、おれとパトリックが視線をかわしあっていると、やがて石柱に支えられた優雅なポーチに馬車が寄せられた。

ヴィンセントは住み慣れた我が家のごとく、おれたちを邸内にうながす。

すると使用人に外套を預けるまもなく、ひとりの娘がかけつけてきた。

「ヴィンセント！　あなたの帰りを待っていたのよ」

親しげな呼びかけから察するに、彼女がローズ・キリングワースだろう。

しなやかな身のこなしに、編んだ黒髪を左右から結いあげた姿は、オペラ座の踊り子のようだ。木目縞《モアレ》が美しい松葉色のドレスは、袖も裾もふくらみが控えめで、長剣のように火掻き棒をたずさえた彼女によく似あっている。

……なぜ火掻き棒を？

「なにかあったのかい、ローズ？」

ヴィンセントが問うと、彼女はもどかしげに訴えた。

「兄さんが林檎園《りんごえん》にでかけたきり戻ってこないの。身体に障るからって、わたしがいくら注意しても、笑って聞き流すだけなんだから」

「またか。まったくどうかしているな」

ヴィンセントは天を仰いでぼやき、

「わかった。すぐに向かおう」

「そうして。お願い」

息をついたローズは、そのときようやくおれたちに目をとめたようだった。ぱちぱちと黒い瞳をまたたかせるさまは驚いた仔兎のようで、深刻に眉根を寄せた面持ちがにわかにかわいらしい印象に様変わりする。

「こちらはどなた？」

「わたしの弟とその学友だよ」

「あら。ダラムの神学校から脱走してきたの？」

不躾すれすれのまなざしが、おれとパトリックを行き来する。

ヴィンセントはくつくつと笑いながら、手短におれたちを紹介した。

「隠し部屋にかくまう必要はないよ。今日はちゃんと外出許可がおりているからね。急ですまないが、もてなしてやってくれないか？」

「あなたの頼みなら断れないわね」

「それは嬉しいな」

「うぬぼれすぎよ」

ローズはすげなくあしらい、あらためてこちらに向きなおった。

「どうぞくつろいで。お茶の用意ができたら知らせるわ」

慇懃にほほえみつつも、どこか心ここにあらずなのは、やはり来客に気をまわすどころではないからだろう。彼女と打ち解け、悪霊の脅威について詳しく語らせるなど、どだい無理な芸当ではなかろうか。

するとおもむろにパトリックが口を開いた。

「ところでひとつうかがいたいのですが」

「なにかしら」

「あなたはいつもその火掻き棒を持ち歩いているのですか？」

「え？」

指摘されて気がついたのか、ローズはあたふたとそれを背に隠した。

「気にしないで。これはたまたまなの」

「袖に塩の粒がついているのも？」

「あ」

つられて目を向ければ、袖口に砂粒のようなものが散っている。

とっさに払い落とそうとしたローズだが、すぐに動きをとめた。

「なぜこれが塩だとわかったの？」

たしかにもっともな疑問だ。塩か砂糖か、あるいはそのどちらでもないものか、舐《な》めずに判断するのは難しい。

だがパトリックは迷いなく告げた。

「鉄に塩。どちらも悪霊が嫌うものですからね」

「あなた……」

目をみはるローズに、パトリックは満面の笑みをかえす。

「悪霊退治をなさるつもりなら、ぼくたちが協力しますよ。幸い祓魔師《エクソシスト》の心得もありますから」

おれはパトリックの耳許でひそひそと抗議した。

「いったいどうするつもりだよ、あんな大法螺《おおぼら》を吹いて」

「まずはローズ嬢の信頼を得るところから始めるべきだろう？」

「悪魔祓いの儀式なんてできないだろうに」

「なるようになるさ」

パトリックは悪びれもせず、雪の残る砂利道をざくざくと踏みしめる。

おれたちは次兄の案内で屋敷の裏手に抜け、セオドアが始終すごしているという林檎園をめざしていた。

硝子張りの温室に、整然と植木を刈りこんだ幾何学式庭園。その奥にはなだらかな丘や池を設計に組みこみ、調和のとれた風景式庭園が広がっている。緑の鮮やかな季節ならさぞ美しい光景を楽しめることだろう。

林檎園は敷地の隅にあり、住みこみの庭師ではなく、領地の農場労働者たちが世話をしにおとずれているという。

「わたしもかつては滞在のたびに、キリングワース家の兄妹と連れだって林檎園に出向いたものだよ」

先を歩くヴィンセントが、学生時代を懐かしむように語る。

「バスケットに軽食を詰めこんで、陽が暮れるまで入り浸ったこともある。ときには剪定や収穫を手伝ったり、子狐が倒木の巣穴から顔をだすのを、草陰に腹ばいになって待ちかまえたりね」

「林檎園には狐がいるんですか？　野生の？」

驚いたおれを、ヴィンセントは得意そうにふりかえった。

「そうとも。幹の洞《うろ》は栗鼠《りす》や梟《ふくろう》の棲み処だし、足許に目をやれば兎や針鼠が巣穴から顔をのぞかせている。もちろん枝先に耳をすませば、数多の小鳥たちが自慢の歌を披露しているよ」

「へえ……」

都会育ちのおれには、まるで絵に描かれた楽園の光景のようだ。

小動物と草木の命が循環する、満ちたりた小宇宙。

パトリックも似た感慨をおぼえたのか、

「まさしくエデンの園ですね。禁断の果実の味はいかがですか？」

そう問いかけると、ヴィンセントは口の端に艶《つや》めいた笑みを漂わせる。

「極上だよ。香りも甘みもね。とりわけ一本の古い樹から採れる果実が、格別の美味だとされているのだが……」

生垣沿いから木戸を抜け、おれたちは林檎園にたどりついた。葉の落ちた木々の群れに視線をめぐらせたヴィンセントは、

「あの樹だよ。幹に腰かけているのがセオドアだ」

いかにも予想どおりというくちぶりだ。

雪と朽葉の絨毯を踏みしめ、隣木に腕をさしのべあうような横枝を避けながら近づいていくと、枝ぶりの美しい老木に黒髪の青年が身をゆだねていた。

林檎の木はおおむね樹高が低く、枝幹に背を預けていても視線の高さはほとんど変わらないため、危なっかしさは感じない。むしろこの世のどこより安らげる、自然の揺り籠に守られているかのようだ。

「セオドア。こんなところで凍え死ぬつもりか」

ヴィンセントが呆れた声を投げると、青年は手許の本から視線をあげる。

どこか遠くをながめるまなざしが、現実に収斂するまでしばらくかかった。

すでに身体を離れつつある魂を、なんとか手繰《たぐ》り寄せるかのようなその長さに、おれは不安をかきたてられる。

「屋敷にいるよりもくつろげるからね」

「それにしたってひどい顔色だ」

「寒さのせいでもないさ」

「ならよけいに悪い」

不満げなヴィンセントを、セオドアはおだやかにあしらう。

遠慮のないやりとりはいつもどおり。その様子がうかがえるだけに、セオドアのやつれようはなおさら痛々しい。どこかを病んでいるというよりは、活力の源を根こそぎ悪霊に奪われているとでも考えたほうがしっくりくる。

いずれにしろセオドアが恐れも嘆きもせず、いかにも泰然とかまえているのは、決して虚勢ではないらしい。

「きみがオーランドだね？」

気がつけば澄んだ黒い瞳がこちらをみつめていた。

「会えて嬉しいよ。貴重な休日にわざわざすまないね」

迷わず声をかけてくるあたり、レディントンの長兄とも面識があるのだろう。それでもあえて似ているとロにしないのは、おれが心底この容姿を呪っているのを察しているからかもしれない。だとしたらそれなりの気遣いをするつもりはあるらしい。

「お気になさらず。断れない事情がありましたから」

「ヴィンセントに脅されでもしたかい？」

「よくおわかりで」

おれが承知しなければ、じきに切り札の手紙をちらつかせてきただろう。そのつもりでいながら、巧みにこちらの善意に訴えてくるところがまた卑怯なのである。

セオドアは気の毒そうに笑んだ。

「ヴィンセントの学生時代からの悪癖だよ。かまってもらいたい相手がいると、嫌がらせをしてふりむかせようとするんだ。それも無駄に口がたつものだから、じつに始末が悪くてね。腐れ縁の旧友として、ぼくが叱っておこう」

「ぜひそうしてください」

次兄は慌てたように口を挟む。

「まさかそのために会いたがったのか？」

「こんな機会はもうないかもしれないからね」

「……そうともかぎらないだろう」

顔をしかめるヴィンセントにはかまわず、セオドアはパトリックに目を移す。

「ようこそ。きみは敵陣に乗りこむ友人を案じての付き添いかな？」

「そんなところです。気がかりはそれだけではありませんが」

「というと？」

「あなたに悪霊が憑いているらしいとうかがったので」

空模様をたずねるようなさりげなさで、パトリックが核心にふれた。

いきなり本人に問いただす奴があるだろうか。往生するおれの向かいで、残るふたりもそれぞれに唖然としていたが、ほどなくセオドアが悩ましげな息をついた。

「ローズだね。妹にも悪気はないのだろうが……」

「身に覚えはないのですか？」

「あるはずがない」

「病の理由にも？」

「残念ながら」

さして気に留めてもいないように、セオドアは淡い笑みをかえした。

「なのに不安を感じられないのですか？」

「それが逃れられない定めなら、受け容れるまでだからね」

ヴィンセントが我慢ならないように割りこんだ。

「きみがそのような態度だからこそ、ローズもなにかせずにはいられないのだろうに」

「気丈なあの子を苦しませるのは、ぼくとしても本意ではないけれど……。いざとなれば
きみが支えになってやってくれるだろう？」

「すでにわたしでは埒が明かないから、弟たちを呼んだのさ」

「なるほど。ではこんなところで時間を無駄にしてはいけないな」

セオドアはさっそく幹から足をおろすが、その拍子に取り落としかけた本をパトリック
が受けとめ、

「どうぞぼくの肩につかまってください」

すかさず横に並んで歩きだした。セオドアの足許を気遣いつつ、彼が読んでいたらしい詩集を糸口に、会話を弾ませているようだ。

取り残されたおれと次兄も、距離をおいてあとを追う。

「きみの友人は変わっているな」

「いまさら追いかえそうとしても手遅れですよ」

「追いかえすつもりはないが……」

ヴィンセントはおれの耳許でささやいた。

「まさか彼は本気で悪霊と対峙しようとしているのかい？」

「祓うべきものが憑いていれば、なにかしら手を打つつもりでしょうね」

もはや取り繕ってもしかたがないだろう。あえて平然とかえしてやると、次兄はしばし黙りこんだ。

「つまり彼はそういう神学生なのか？　常日頃から聖霊と対話をしたり、啓示を受けたりするような……」

どうやらパトリックは、妄想に生きる危ない少年とみなされつつあるらしい。たしかに危ないのは正解だが。

おれはひそかに笑いをかみ殺しながら、

「ですがあなたとしても、むしろこの世ならぬものがからんでいるほうが、希望を持てるんじゃありませんか？」

祓える悪霊がいるのなら、霊媒にでもすがりたいと洩らしていたではないか。

「それは余命幾許《いくばく》もない不治の病に比べれば、対処のしようがあるだけましというものだが。しかしあれはあくまで言葉の綾で……」

ヴィンセントはふと足をとめた。

「まさかきみもそうなのか？」

「なにがです？」

「同じ羽の鳥は群れるときみが……」

おれはふりかえり、片眉を撥ねあげた。

「それをあなたが知ると、なにかが変わるんですか？」

異母弟がこの世ならぬものとの交流を主張するやいなや、友好的な態度をひるがえし、やはり賤《いや》しい血の私生児だと蔑むのか。

そうほのめかすと、次兄は一瞬くちごもった。

「――いや」

「教えますよ。おれ宛ての手紙を渡してくれたらね」

おれは肩越しに口の端をあげる。

ほんのつかのまにすぎないが、いけ好かない次兄をたじろがせてやれたのは、そう悪い気分でもなかった。

3

急ごしらえのご馳走は林檎づくしだった。

林檎のサイダーのパンケーキに、林檎のシナモン煮をたっぷり添え、バニラの香りたつ濃厚な林檎のカードをからめていただく。

ふわふわのパンケーキにはシロップが浸みこみ、ざくりとした果肉となめらかな喉越しのカードが混然一体となった黄金の食感は、素朴ながら飽きがこない。皿に積みあげられたパンケーキの塔は、みるまに低くなっていった。

「よく食べるわね……」

円卓の向かいでは、ローズがしとやかに紅茶に口をつけている。おれたちの旺盛《おうせい》な食欲になかば呆れているようだが、空き腹には抗えない。

おれは首をすくめて弁解する。

「すみません。まともな食事にありつく週に一度の機会なので」

「いいのよ。うちの料理人もきっと喜ぶわ」

ローズはほのかに笑うが、すぐにまなざしを翳らせた。硝子張りのサルーンから屋敷裏の庭をながめやり、嘆息する。

「このところの兄なんて、まともに口にするのは生の林檎くらいだもの」

「あの林檎園の林檎ですか？」

「ええ。採り残しの果実を、自分で捥《も》いできているみたい。そんなものでも食べないよりはましだから、やめさせることもできなくて」

そのセオドアは上階で休み、気を利かせたヴィンセントもすでに席を離れている。

ティーカップを握りしめたローズは、意を決したようにきりだした。

「あなたたち、わたしにお説教を垂れるつもりではないのよね？」

「もちろんです」

パトリックはナプキンで口許を拭い、しかつめらしく請けあった。

「亡霊だの呪いだのと、安易に騒ぎたてるのは褒められたことではありませんが、あなたにはそう主張されるだけの理由があるようですから。ただ——」

ローズの椅子の肘かけに目線を向け、常に手放さずにいるらしい火掻き棒に注意をうながす。

「その剣で薙《な》ぎ払うだけでは、悪いものを一時的に退けることしかできません。塩を投げつけるのもまた然り。兄君になにかが憑いているというのなら、そのつながりを断つことを考えなければ」

「だから一度は姿をくらませても、気配までは消えなかったのね……」

ローズは落胆もあらわに指先で額を支える。

おれは驚いて訊きかえした。

「つまり実際に撃退したんですか？　その悪霊らしきものを？」

「そうよ。暖炉のそばでひとり微睡んでいる兄に、それが覆いかぶさろうとしているのをたまたま目撃したの。だからとっさに火掻き棒をつかんで――」

無我夢中で横薙ぎにしたとたん、人影は煙のごとく消え去ったのだという。

「けれどそれからも、兄の近くでたびたび彼女の存在を感じていたのよ」

「彼女？　ひょっとしてその人影に心当たりが？」

「……あるわ」

わずかな逡巡をかみ殺すように、ローズはうなずいた。

「領地の村の住人よ。わたしと同い年で、去年のこの季節に風邪をこじらせて亡くなったの。子どものころから林檎園の手伝いにきていたわ」

「なら兄君とも顔見知りだったんですか？」

「そうね。兄にとっては」

あいまいな肯定に、おれは首をかしげる。

「彼女にとっては、そうではなかったんですか？」

「それ以上の存在だったのよ。あの子は——アナは兄に恋をしていたの」

ローズは苦しげに眉をひそめ、身をよじるように吐露する。

「もちろん胸に秘めた想いではあったけれど、わたしにはわかったわ。ひそかに兄の姿を追うあの子のまなざしでね」

それがこの世で成就する望みのない恋だということは、彼女も承知していたのかもしれない。夢と憧れのヴェール越しに、ただみつめているだけで胸が高鳴るような恋が、この世ならぬものになったことで、箍《たが》が外れてしまったのだろうか。

パトリックが慎重に状況を吟味する。

「つまり彼女の亡霊が、人知れず募らせた兄君に対する恋情ゆえに、そばを離れずにいるということでしょうか？」

「そばにいるだけではないわ。アナは兄をあの世に連れ去ろうとしているのよ」

ローズは寒気をおぼえたように、みずからの両腕をだきしめる。

「眠りかけの兄に身を伏せた彼女は、まるで死のくちづけで兄の精気を奪おうとしているみたいだったもの」

解き流された髪は霊気を孕み、あたかもゆらめく金糸の繭にセオドアをからめとろうとしているかのようだったという。

そのさまを思い描いたおれの脳裡に、ふとパトリックの語った怪談がよぎる。

しがないメイドをよそおい、良家の学生と懇《ねんご》ろになった美しき妖魔は、相手におのれの黒髪を寄生させ、命を吸い尽くしては次なる捕食に走っていた。

アナも死の接吻《せっぷん》でセオドアを道連れにするつもりなのか。

あるいは知らぬまに彼の衰弱を招いているのだとしても、ローズにしてみれば生者に害をなす悪霊とみなすよりないだろう。

しかしパトリックは腑に落ちないように首をひねる。

「だとしたらなぜいまなのでしょう？　断ちがたい執着があるのなら、彼女が亡くなってすぐに異変が生じるものではありませんか？」

たしかにもっともな矛盾だが、

「きっかけは今年のワセリングよ」

意外にもローズには確信があるようだ。

「ああ！　こちらでは伝統を大切にされているんですね」

パトリックはなぜか嬉しそうに相槌を打っている。

取り残されたおれは、困惑しながらたずねた。

「ワセリングってなんのことだ？」

「十二夜の果樹園で、豊作の祈りを捧げる儀式のことさ。善き林檎の樹よ、善き隣人よ、善き村人よ、ワセリングにおいでませ。偉大なる林檎の樹よ、どうか病をしりぞけ、豊かな恵みをもたらしたまえ——そんなふうに音頭を取って、にぎやかな歌と踊りで林檎の樹を冬の眠りから目覚めさせるんだ」

流れるような解説に誘われて、ローズも語りだす。

「毎年ひとりの女の子が選ばれて、林檎酒に浸したひと切れのパンを、老木の枝に刺すのが決まりなの。林檎園に集う小鳥たちに、恵みのお裾分けをするのよ。わたしも子どものころに一度その務めを果たしたわ。幹によじ登るわたしを兄が支えてくれて、やりとげたときはとても誇らしかったものよ」

「ではアナもかつて同じ経験を？」

おれが訊くと、ローズはぎこちなくうなずいた。

「去年まではワセリングにも欠かさず参加していたわ。そのときに口上役の兄をうかがう様子で、彼女の秘密に気がついたの」

「それからまもなく亡くなられたんですね」

「あの夜は雪もちらついていて、ひどく冷えこんだから……」

それが取りかえしのつかない打撃となったのか、半月ばかりして訃報がもたらされたのだという。

「一昨年の林檎はひどい不作だったの。それが偶然ながら、去年は驚くほどの豊作だったから、今年のワセリングも兄が儀式を取りしきることになったのだけれど」

「その夜に、彼女の魂も眠りから目覚めたというんですか？」

「だって兄が祈りを捧げたのよ。善き村人よ、ワセリングにおいでませって」

それが愛しい者からの呼びかけなら、林檎の樹のみならず、死者までもが目を覚ましてもおかしくはないだろうか。

半信半疑の内心を見透かしたのか、

「事実わたしは視たのだもの。林檎の樹に寄り添うようなアナの姿を」

強いまなざしで告げられ、おれはたじろいだ。

「本当ですか？」

「ええ。そのときはただの気のせいですませてしまったけれど、兄が体調を崩し始めたのもワセリングを終えた翌日からだったのだもの。なんの関係もないはずがないのよ」

たしかにその流れは無視できない。

するとパトリックが思案げに問いかけた。

「兄君は身のまわりの異変を感じていないのですか？」

「本人はそう言っているわね」

「悪霊についての見解は？」

「笑ってとりあわないの」

「相手が顔見知りでも？」

ローズはうしろめたそうに目を伏せた。

「……正体がアナだとは伝えていないの。兄には責任がないことだし、心を煩わせるだけかもしれないから」

そのためになおさら実感がないのだろうか。だがむしろセオドアはなにもかも承知したうえで、従容《しょうよう》と死を待っているかのようでもある。

そんな心持ちこそが、すでにこの世ならぬものに魂をからめとられている証左とみなすこともできるかもしれないが。

いったいどうしたものかと沈黙をもてあましていると、さきほど給仕をしてくれた栗色の髪のパーラーメイド——ネルがやってきた。てきぱきと皿をさげ、替えのティーポットから熱い紅茶を注いでくれる。

フリルで縁どられたお仕着せのエプロンドレスをすらりと着こなし、二十歳そこそこのネルにはローズも気を許しているようで、ふたりのやりとりからは親しげな様子がうかがえた。

アナの亡霊についても、彼女にだけは仔細まで打ち明けているようだった。

幸か不幸か、ネルはそれらしい脅威を感じたことはないそうだが、ローズの主張を否定するつもりもなく、彼女なりに不安をおぼえている様子はうかがえた。

パトリックはさらなる手がかりを得ようとしてか、ティーワゴンを押して去ろうとするネルを呼びとめた。

「お屋敷の使用人のあいだで、気になる噂が広まっているようなことは？」

「いまのところはないようです。わたしの知るかぎりでは」

「今年のワセリングには、あなたも参加したんですか？」

「はい。屋敷の者がそろってお供をするわけではありませんが、わたしはローズお嬢さまにお誘いいただいたので」

「ネルには婚約者避けのためにそばにいてもらったのよ」

ローズが横から補足するが、婚約者とは避けるべきものなのか。

不可解な状況におれたちがとまどっていると、ローズはかたわらのチェストに投げやりな視線を向けた。そこにはシノワズリの花瓶と並び、銀の額縁に収められた数枚の写真が飾られている。

そのなかの一枚に、ローズと見知らぬ青年をふたりきりで写したものがあった。椅子に腰かけたローズの表情は硬く、そばにたたずむ青年はいかにも傲岸《ごうがん》なまなざしをこちらに注いでいる。

「父方の従兄のアーロンよ。一昨年の暮れに正式な婚約が決まって、今年の年明けはうちにしばらく滞在していたの。でもなるべく相手をしたくなかったから、ネルにもあれこれ協力してもらったのよ。力ずくで迫られて、既成事実を作られたりしたら、もう逃げ道がなくなるもの」

「え……と。そうですね」

あけすけなローズの発言に、パトリックは目を白黒させている。

おれは少々ためらいつつ、口を結んだローズをうかがった。

「つまりあなたには不本意な婚約なんですね」

キリングワース家の親族だけあり、アーロンは見栄えのする青年だが、ローズの好意はまるで感じない。

「両親が勝手に決めた婚約よ」

はたしてローズは苦々しいため息をついた。

ネルにしても好印象はないのか、気まずそうに写真から目をそむけている。

「わたしが成人を迎えたら、自分の意志で結婚相手を決められるようになる。だからそれまでに兄に死なれたら困るのよ」

「兄君が亡くなると、あなたの結婚にも影響があるんですか？」

ローズはうつむき、憤りをこらえるようにカップを握りしめる。

「兄が死んだら、父の爵位はアーロンに継承されるの。けれどわたしたちが夫婦になっていれば母は屋敷から追いだされずにすむし、いずれはすべてを直系の孫に残すこともできる。そのための婚約よ」

しかしセオドアのみならず、続けて当主の身にもしものことがあれば、自動的に爵位が転がりこんでくるアーロンには、あえてローズを伴侶《はんりょ》にする利点はなくなる。婚約を解消して自由に相手を――たとえば大富豪の令嬢などを、妻に望むこともできるわけだ。

「いかにもそういうことを考えそうな男なのよ」

「だから父君は結婚を急がせるはずだと？」

「貴族の結婚だもの。めずらしくもないわ」

そんな世界の掟《おきて》に、自分もまた抗いきれずに生きている。

ローズの無念と焦燥が伝わり、こちらまで息苦しくなる。

「上流のやりかたには兄も昔からなじめずにいて、だから一族ではいつも兄だけがわたしの味方をしてくれたわ。表向きはおとなしく婚約に従って両親を安心させながら、二十一になるまで時間稼ぎをすればいいと励ましてくれたのも兄よ。そんな兄だからこそ死んでほしくないの」

嗚咽のようにローズが声をふるわせたときである。

「味方ならわたしもいるのを忘れてはいないか？」

気安い問いかけにふりむけば、いつのまにか次兄がサルーンの扉口にもたれてこちらをうかがっている。どうやらしばらくまえから、おれたちの会話を聴いていたらしい。

ローズは思いつめた表情をわずかにやわらげた。

「ヴィンセント。あなたはキリングワースの一族ではないもの」

「これからそうなる可能性ならあるだろう？」

意味深な笑みをかえされ、ローズは柳眉《りゅうび》をひそめる。

「あなたがわたしの夫になるというの？」

「きみが望むのならば吝《やぶさ》かではない」

「仮面夫婦は願いさげよ。そもそも爵位も財産もない次男との結婚なんて、父が許すわけないわ」

すげなくあしらわれたヴィンセントは、大仰に嘆いてみせる。

「聞いたかい？　憐れな兄に同情してくれるだろうね、弟よ」

「その必要はないわ。ヴィンスはいつも口先だけなんだから」

すかさずローズの忠告が飛び、おれは神妙にうなずいた。

「そうだろうと思いました」

「兄弟愛に水をさすとは、手ひどい裏切りだな」

ヴィンセントになじられても、ローズは気にとめもしない。

「それくらいでへこたれるあなたではないでしょう？」

「きみにはかなわないよ」

気楽なやりとりは、いかにも親密なつきあいを感じさせた。

実際のところ、ふたりがおたがいにどんな感情をいだいているのか興味がないでもないが、訊いたところで正直に白状する男ではないだろう。

「弟たちとの会話は弾んだようだね」

「とてもね。解決策にはまだたどりつけていないけれど」

「……悪霊を祓うためのかい？」

そんなつもりではなかったのだろう。ヴィンセントが当惑を隠せない様子でいると、パトリックがおもむろに口をきった。

「では降霊会を開いてみるのはどうでしょう？」

突拍子もない提案に、一同そろって目を丸くする。

「ローズ嬢のお話をうかがうに、セオドア氏にこの世ならぬものが働きかけをしているのは事実のようです。けれどその正体も目的も、正確には把握できないまま悪影響ばかりが生じているのが現状だとしたら、それを打破するためにまず相手と意思の疎通を図ることが必要なのではないでしょうか」

興味を惹かれたように、ローズが身を乗りだす。

「あえてこちらから亡霊に呼びかけてみるというのね？」

「はい。ぼくたちが対話の姿勢で挑めば、なにがしかの交流が解決の糸口になるかもしれません」

「試してみる価値はありそうね」

ローズはすでに乗り気になっている。

慌てたおれは、小声でパトリックに訴えた。

「だけどきみも批判してたじゃないか。あの手の儀式は詐欺みたいなもので、会いたい霊だけがそう都合好く降りてきたりはしないって」

「それはなんの素質もない参加者たちが、この世を彷徨《さまよ》っているわけでもない亡霊を呼びだそうとしても、うまくはいかないという意味さ」

「素質って、あちらがわのものを見聞きする感覚のことか？」

パトリックはこくりとうなずき、指折り数えるように名を挙げていく。

「ぼくにきみにローズ嬢。加えてすでに怪異に見舞われているセオドア氏がそろっているんだ。なにか伝えたいことがあるのなら、相手にとっても絶好の機会だろう？　もちろん暴走の危険がないとはいわないけれどね」

「ロビンは？」

「これから呼んでみる」

ならばいざというときの対処も任せられるだろうか。

すると腕を組んでなりゆきを見守っていたヴィンセントが、

「つまりセオドアを苛んでいるという……この世ならぬものをなだめ、退散していただくための降霊会というわけかい？」

慎重なくちぶりで趣旨を確認した。

パトリックは冷静なまなざしをあげ、

「そういうことです。たとえまやかしであろうと、説得に応じてそれが消え去ったという結果なら、あなたも望むところなのではありませんか？」

「なるほど。たしかに生きるも死ぬも考えひとつ《Fancy may kill or cure》というからね」

仮に演出だとしても、それで脅威は去ったという安心がもたらされるのなら、降霊の儀に挑む意味はある。パトリックの示唆をそう受け取ったのか、

「いいだろう。ではわたしも立ち会わせてもらおう」

ヴィンセントは納得したように腕を解いた。

「セオドアを呼んでこようか？」

「それはのちほどお願いします。夜のほうが成功しやすいものですし、こちらもいくらか下準備が必要なので」

パトリックはもっともらしく伝えるが、肝心なことを忘れている。

「待てよ。おれたちには門限があるんだから、夜まで長居なんてできないぞ」

「よんどころない事情があれば許されるよ」

パトリックが次兄に視線を投げる。

「そうですよね？」

「すぐに電報を打って知らせるとしよう。なに、理由などどうにでもなるさ」

迷わず請けあい、ヴィンセントはからりと笑う。

両者を見比べたおれは、遅ればせながら気がついてしまった。

目的のためには手段を択ばず、人を煙に巻いて悪びれもしない不遜《ふそん》さ。

このふたり――よくよく似ているのだ。

4

降霊会で召喚する相手を、あらかじめ見極めておきたい。

にわか霊媒師のパトリックがそう主張したため、おれたちはローズの案内で屋敷をひとめぐりし、それから夕暮れの迫る林檎園に足を向けていた。

「結局それらしい手がかりはつかめなかったな」

おれは外套をかきあわせながらつぶやいた。ローズの証言どおり、アナの亡霊が屋敷をさまよっているのなら、なにかしら痕跡を感じられるのではないかと期待したが、目論見は外れてしまった。

「強いて印象に残るものといえば、林檎の香りくらいだね」

襟巻きの裏でささやくパトリックに、おれも同意する。屋敷のどの階にいても、ふいに甘酸っぱいような優しい香りが、気まぐれに鼻先をかすめる気がしたのだ。

ローズによれば、自家製の林檎酒やジャムなどの香りが、厨房や貯蔵庫から漂いだしてくるらしい。

三百年ものの屋敷というだけで、おどろおどろしさに満ちていそうなものだが、内装は軽やかな摂政様式で、意外にも怪しい影に脅かされることはなかった。

おれはふと気がついた。

「ひょっとしてローズ嬢がそばにいたから、亡霊が鳴りをひそめていたのか？」

「ここしばらく火掻き棒をふりまわしていたせいで、先方にも恐れられているのかもしれないね」

その姿を想像し、たまらず噴きだした。

「勇ましいよな。まるで黒髪のヴァルキリーだ」

「対照的な兄妹のようでいて、意志の強いところは似ているのかな」

粛々と死を待つかのような兄と、それになんとか抗おうとする妹。方向性こそ逆だが、その揺るぎなさはたしかに共通している。

かたわらの生垣に手をふれさせながら、おれは独りごちる。

「だけどアナの亡霊を視たのは、ローズ嬢だけなんだよな。追いつめられた彼女が、納得できる理由をみつけようとするあまりに正体を見誤っているのか、そもそも幻でしかない可能性もなくはないのか……」

するとパトリックが思案げにこぼした。

「兄に身分違いの恋をする女の子がいたら、妹としてはどんな心境なんだろうか」

「さあな。手放しで喜んだり、応援したりはできないだろうし……同情とか、もどかしさとか？」

「そういう複雑な気持ちがうしろめたさに転じて、この世に未練を残したまま死んだアナを悪霊にしたてあげているとしたら、辻褄はあうけれど」

「それでも現実にセオドア氏が衰弱しているのは無視できない。だろう？」

「わかっているよ。あの症状がただの病のはずはないんだ」

パトリックは苦々しく吐きだした。

「彼の死でローズ嬢の結婚が早まるのなら、件の婚約者のほうがよほど悪霊みたいなものだよ」

「賭博の悪癖があるなんて最低だしな」

先刻のローズとネルのやりとりから察するに、アーロンの素行は決して褒められたものではないようだ。

どうやらネルのひとつ違いの妹が、アーロンの実家でメイドをしているらしい。ネルの働きぶりを評価したキリングワース夫人が、妹の働き口も世話してやったという縁のようだが、仲の良い姉妹の手紙のやりとりによって、はからずもアーロンの行状がローズの耳まで届くようになったのだ。

学業は落第すれすれ、カードの負けがこんで借金もかさみ、先日この屋敷をたずねてきたのも、じつはセオドアに金を無心するためだったのではないかという。

下世話ながら、おれは小声でパトリックの見解を求める。

「セオドア氏はいくらか融通してやったかな?」

「ありえないよ。いくら角をたてたくないとしても、彼ならいくらでも穏便にあしらえるだろうし」

「だよな」

そんなアーロンには、ネルですらも激しい嫌悪を隠せないようだった。

ともするとローズの婚約者という立場をかさにきて、滞在先の使用人に対しても横暴なふるまいに及んでいるのかもしれない。

おれまで苦々しい気分をもてあましていると、

「ローズ嬢が不幸な結婚から逃れられないなんて、気の毒だ。そのためにもセオドア氏には、なんとしても生き永らえてもらわないと」

パトリックが決意を新たにした。

おれはにやりと笑い、

「気高き騎士道精神だな」

「それはきみの兄君に譲るよ」

「ヴィンセント？　あいつは口先だけの男じゃないか。しかも相手がその気なら結婚してもいいだなんて、女の子に一番嫌われる科白だぞ」

「詳しいね。頬を張られた経験でも？」

「あるわけないだろ」

くだらないやりとりで気を紛らわせているうちに、林檎園までたどりつく。

その入口でパトリックはしばし足をとめた。静謐《せいひつ》な、異なる時の流れに耳をそばだてるかのような沈黙を、おれも息をひそめて待った。

「ひょっとして亡霊の気配がするのか？」

「いや。でもなにかおかしな感じだ」

「どんなふうに？」

「静かすぎるのかな。さっきは気がつかなかったけれど」

「そうか？」

並んで足を進めれば、そこここの梢《こずえ》で小鳥たちがさえずっている。橙のウエストコートを着こんだ駒鳥に、ふわふわの雪玉のような柄長。白い眉が凛々しい野原鶫《のはらつぐみ》たちは、地面に転がる林檎の実を夢中でつついている。

「小鳥の群れのことではないよ。これだけの樹木が呼吸をしていながら、妙に気が暗いというか……どこか病んでいるのかもしれない」

「林檎の伝染病か？」

しかし目視でそうとわかるほどの異変はうかがえない。おれは首をひねりながら、

「だけど去年の秋の収穫は、たしか前年に比べて上々だったんだよな」

「その年のワセリングは、セオドア氏が取りしきったそうだからね」

「それが林檎の出来にも影響するのか？」

「多少の効果はあるんじゃないかな。彼は豊かな恵みを願うだけでなく、林檎園そのものを愛おしみ、その平穏を望んでいるようだから」

「打算を超えた純粋な祈りのほうが、より届きやすいってことか」

「そんなところだね。彼は少年時代から、ひとりになりたいときはいつも林檎園にやってきて、この樹によじのぼっていたそうだよ」

パトリックは立ちどまり、セオドアが腰かけていた樹の幹にふれた。

「ここですごすのがなによりおちつくし、実際にいまも身体が楽になるらしい」

「そういえば彼はここでなにを読んでいたんだ？　テニスンの詩がどうとか聞こえた気がしたけど」

するとパトリックがおもむろに諳《そら》んじた。

「老いたる櫟《いちい》の樹よ。地下に眠れる人の名を、刻める石をいだく樹よ。汝《なんじ》の髭根は夢みぬ頭蓋を覆い――」

「う。それって『イン・メモリアム』じゃないか」

おれはおもわず呻《うめ》いた。かの桂冠《けいかん》詩人アルフレッド・テニスンが、親友にして妹の婚約者でもあったアーサー・ハラムの早すぎる死を悼《いた》み、完成に二十年近い歳月を要した挽歌《ばんか》が『イン・メモリアム』である。

「まさか自分が死んだときには、ヴィンセントの奴に愛惜の念を詩にしてもらいたがっているとか？」

「きみの兄君の詩心は期待していないそうだよ。それよりももしものときは、ここに埋葬されることを望んでいるみたいだったな。朽ちた骨身が土に還り、木々の糧となって再生する未来をね」

「気持ちはわからなくもないけどさ……」

いざその樹に生った林檎を口にするのは、遺された者としてはなかなか抵抗がありはしまいか。

セオドアの髑髏《どくろ》をだきしめるように、無骨な樹の根がうねうねとからむさまを想像してしまったときである。

とある記憶がよみがえり、おれはその不吉さにおもわず息を呑んだ。

「どうしたんだい？」

「いや……それが子どものころにロンドンで、ロセッティ兄妹から聞いた話を思いだしたものだから」

「ロセッティって、まさかあのロセッティ？《ラファエル前派兄弟団《Pre-Raphaelite Brotherhood》》の？」

「ああ。画家のダンテと詩人のクリスティナさ」

「きみ、彼らと知りあいだったのか！」

驚くパトリックの両眼はいまにも飛びだしそうだが、あいにくからかう余裕はない。

「母は交友関係が広かったから、一時期なにかと顔をあわせていただけだよ」

「ひょっとしてモデルを務めたりもしたのかい？」

「スケッチの相手くらいなら何度かな。だけどおれはダンテの奴はあんまり好かないよ。クリスティナは優しかったけど」

「なぜだい？」

「だってあいつときたらとんでもない気分屋なんだ。それにリジーと婚約していたくせにジェインと……そのせいでリジーを死なせたようなものだし……」

おれは我にかえり、絵のモデルをめぐる爛れたいざこざを追い払った。

「それはともかくとして、そのダンテが退屈しのぎに打ち明けたことがあるんだよ。くりかえしみる林檎の谷の夢について」

「林檎の谷の夢？」

「とある涸れ河の両岸に林檎の木々が自生していて、なかでもとりわけ立派な大樹に目をやると、黄金なす髪の美女がセイレーンのように歌いながら、艶やかな紅い林檎をさしだしているらしい」

「ひょっとしてその実を口にした者は……」

おれは息を殺すようにうなずいた。

「もれなく命を落とす」

「おお」

「深い谷の底には、かじった林檎を握りしめた男たちの屍《しかばね》が、無数に折りかさなっているそうだ。そうとわかっていても、いつかかならず自分はその実を受けとるだろう——そんな予感とともに、いつも目を覚ますんだと」

「素敵な夢だなあ。ぼくもそんな夢にさいなまれてみたいものだよ」

「うっとりするなって」

頓珍漢《とんちんかん》な、それでいていかにもパトリックらしい反応に、おれは額を押さえる。

「つまりだな、おれが言いたいのは――」

「わかっているよ。ローズ嬢が目撃したのはアナの亡霊ではなく、林檎の樹の化身のようなものだったのかもしれないというのだろう?」

「植物は金気と相性が悪いものだよな?」

「塩気ともね」

だからローズ嬢は一時的にそれを遠ざけることができたし、以降もあちらから近づいてくることはなかった。そう考えることもできるのではないか。

それでもたしかにあの屋敷には、そこかしこにむせかえるような林檎の香りがあふれていた。

アダムとイヴが楽園《エデン》を追われた禁断の――誘惑の果実の香りが。

いまさらながらぞくりとし、おれは声をひそめた。

「いつだかクリスティナも、自作のお伽噺《とぎばなし》を語り聞かせてくれたんだ。妖魔の谷の、邪悪で奇妙なゴブリンの群れが、姉妹にさまざまな果実を売りつけようとする物語さ。買いにおいで、買いにおいでって」

「もしや『小鬼の市《ゴブリン・マーケット》』のことかい? 何年かまえに、ダンテ・ゲイブリエルの挿絵で初版が刊行された」

「そう。その果実の描写があんまりおいしそうで、逆にどんどん怖くなるんだよ。自分もいざ誘われたら、つい手をだしてしまうんじゃないかってさ」

　蜜の味ながら毒を秘めたその果実を、じきに誘惑に負けた妹はむさぼってしまう。そして一切の食べものを受けつけなくなり、日に日に命の焔が燃え尽きるように、痩せ衰えていくのだ。

「その顛末がセオドア氏と似ているというんだね」

「いまの彼がまともに口にするものといえば、ここの林檎だけなんだろう？」

「うん。ここにくるたびに、手近な林檎を持ち帰っているそうだ。この季節には驚くほど瑞々しくて、実際に身体もいくらか楽になると話していたよ」

「そう感じるだけで、むしろそのせいで衰弱が進んでいるんだとしたら？　いわゆる毒とは違うけど、生身の人間にとってはそうなるたぐいのもので、どんどんあちらがわの存在に近づいているんじゃ……」

「あの世のものを食すると、この世に戻ってこられなくなる。そうした言い伝えはたしかにギリシア神話の時代から存在するね」

　冥府の王ハデスに攫《さら》われたペルセポネは、彼の地の柘榴《ざくろ》の実を口にしてしまったがために、一年のうちの三分の一を冥府ですごす定めとなる。その時期がちょうど地上での冬にあたるという、再生する季節の起源譚だ。

　セオドアはすでに身も心も、あちらがわにからめとられているのではないか。

「そういえばおれたちもかなり腹に詰めこんだよな……」

「どうせならもっと早く気がつけばよかったのに」

「無茶いうなって」

「冗談だよ」

おれは急に胃のあたりが気になりだすが、パトリックはおちついた様子で続ける。

「そう過敏になることもないんじゃないかな。ぼくたちが食べたのは、おそらく貯蔵庫に保存してあった林檎や、その加工品だ。秋の収穫期に採ったものなら、そもそも悪い影響はないと思うよ」

「どうしてわかる？」

「セオドア氏が体調を崩したのは、年明けのワセリングを終えてからだからさ。それ以降にあえて枝から林檎をもいでいたのは、彼だけのはずだ」

「……つまりその儀式をきっかけに、林檎が変貌したってことか？」

パトリックが感じたという、そこはかとない気の暗さは、その影響なのか。おれが理解を追いつかせると、パトリックはあいまいな同意をかえした。

「かもしれない」

「そうじゃないなら？」

「彼がなにかを目覚めさせたとか」

「それがわかれば苦労はないけれど」

パトリックはおもむろに儀式の文句をくちずさんだ。

「善き林檎の樹よ、善き隣人よ、善き村人よ、ワセリングにおいでませ」

「善き隣人？」

わずかなひっかかりから、ひと呼吸おいて目をみはる。

「待てよ。それってたしか、ただのお隣さんのことじゃなくて……」

「そう。精霊や妖精や、あちらがわのものに対する婉曲表現だね。伝統として口にされるものではあるけれど、彼はなにか好ましからぬものまで呼びこんだのかもしれない」

おれはごくりと唾を呑みこんだ。

「ゴブリンの群れとか？」

「あるいはもっと……」

パトリックは言葉を濁したまま考えこむ。

おれは急に心許ない気分になり、こちらを取りかこむ木々をおずおずと見渡した。

夕空にはすでに藍鉄《あいてつ》の紗が垂れこめ、ざわめく梢や節くれだつ木肌から、いまにもこの世ならぬものの姿が浮かびあがってきそうだ。

おれは我知らず腕をさすりながらつぶやいた。

「ローズ嬢はワセリングの夜に、ここでアナの亡霊を視たそうだけど」

「いまは感じないな」

「残り香みたいなものも？」

「わからないよ。そうなんでもかんでも訊かれてもね」

そっけない口調にいらだちが混ざり、おれははっとする。

怪異の追求を単純に楽しんでいるかのようなパトリックだが、今回は現実に命の危機に直面している相手がいる。はからずもその解決を期待されながら、ろくに手がかりもないという状況に、重圧を感じないはずがない。

呑気に傍観しているのは、むしろおれのほうだ。いまさら見ず知らずの仲とはいえないヴィンセントが、あれでいて親友の身を案じているのに……いや、だからこそおれは意識しないままに、あえて冷めたふるまいを選んでいるのだろうか。

なんだか自己嫌悪に襲われて、おれはうなだれる。

「悪かったよ。きみを責めるようなつもりはなかったんだ」

「かまわないさ。ぼくだっていざとなれば、兄さんをあてにしてばかりだもの」

幸いにもパトリックは、不機嫌を募らせはしなかった。代わりにきょろきょろと左右をうかがい、ほどなくなにかに目をとめてそちらに向かおうとする彼に、おれも急いで肩を並べる。

「ロビンなら、きみに頼りにされても嫌がったりしないだろう」

「ならいいのだけれど」

「疑うのか？」

パトリックは肩をすくめ、淡々と歩き続ける。

「兄弟にしろ親友にしろ、いつまでもそばにいて、呼べばかけつけるのがあたりまえとはかぎらないよ」

「親兄弟と友だちでは事情が違うんじゃないか？」

「きみがそう思うのならそうなのだろうね」

「なんだよそれ」

「なんでもないよ」

パトリックは投げやりにきりあげる。声音こそ平静だが、やはり気分を害しているのではないか。おれが当惑しているうちに、パトリックは足をとめた。樹の陰からあらわれたのは、蔦の絡みついた石積みの古井戸だった。

「ここから兄さんを呼ぼうと思って」

「え……これって実在してるよな？」

「しているよ」

そのときおれの脳裡をよぎったのは、聖カスバート校の雑木林に出現したり消失したりするらしい、この世ならざる井戸のことだ。それはあちらがわのものが出入りする、異界との接点になっているというが。

「太古からの地下水脈も、善き隣人にとっては居心地の好いものだからね」

「霊道みたいに、水脈を伝って行き来したりするってことか？」

「そんなところだね。キリングワース家の先祖がこの地に所領を賜ったときから、現役で水を汲んでいるそうだから、年季は保証済みだよ」

「それはそれは」

パトリックは木蓋をどけ、苔生《こけむ》した石縁から身を乗りだして、なにやらささやきかけている。

おれも肩越しにのぞきこんでみるが、幽々たる奈落のどこが水面なのかも、ここからではっきりしない。その水面がうねるかのごとく、ふいに鼓動が波打って、おれは冷えた石縁にすがりついた。

「なあ。もしもこの先に、あちらがわのものが屯《たむろ》しているとしたら」

「うん。ここからなにを呼びこんでいたとしても、不思議はないね」

5

「準備はよろしいですか？」

パトリックはおごそかに一同を見渡した。

降霊の儀のために選ばれたのは一階の蔵書室だった。

普段から静けさに満ち、屋敷裏の庭に面してもいるので、外から来たるものも誘いこみやすいのではないかと考えてのことらしい。

開いた窓から冷気が忍びこむなか、暖炉の照りかえしが壁一面の書物の群れをゆらゆらと浮かびあがらせている。

円卓の席についたのは、パトリックから時計まわりにおれと次兄のヴィンセント、続いてローズとセオドアの兄妹である。

念のためにネルだけが、扉を背に待機している。

はからずも二組の兄弟が顔をそろえていることに気がついたヴィンセントは、なにやら感慨深そうだ。

「もしも儀式が成功したら、次は我々の父上を呼びだしてもらおうか？　余はおまえの亡き父の霊である。定めのときまでは夜の闇をさまよい歩くのだ……」

「ハムレット気取りならひとりでどうぞ」

ヴィンセントがおどろおどろしくシェイクスピアを引用してみせるが、おれは冷ややかにあしらった。

とはいえそんな次兄の悪ふざけも、ローズの緊張をやわらげようとしてのことかもしれない。じきにアナの亡霊と対峙することを覚悟してか、ローズはひどく蒼ざめ、こわばる指先でハンカチーフを握りしめている。

対するセオドアは、あいかわらず血の気をなくしたくちびるに、そこはかとない好奇心をまとわせていた。親友の異母弟の、そのまた連れの奇妙奇天烈な提案を、楽しんでいるかのようだ。

降霊会などお遊びだとみなしているにしても、あまりに泰然としたたたずまいに、おれは不安をかきたてられる。

……ともするとセオドアは、彼を衰弱せしめているものの正体を知っていながら、その顕現を望んでいるのではなかろうか。

結果として命の残り火をここで吹き消されることになるとしても、相手の説得も退治も求めるつもりがないのでは?

だとしたら当人にその気がないものを、おれたちの働きかけごときでこの世に留めておくことなどできるのだろうか。

不吉な予感をパトリックに訴えようとしたときである。

「ローズ嬢。お願いしたものをお持ちですか？」

彼がローズに声をかけ、おれは機会を逸してしまった。

ローズはハンカチーフを開き、くすんだ銀の指輪をさしだす。

「こんなものでいいかしら？　ご希望どおり、なるべく古くて飾り気のないものを選んだのだけれど」

「充分です」

パトリックはにこやかに指輪を頂戴すると、

「見よう見まねですが、意思疎通のためにこんなものを用意してみました」

円卓に広げた紙について説明した。そこには二十六文字すべてのアルファベットと、〇から九までの数字、そして選択肢としての【はい《YES》】と【いいえ《NO》】が数段に並んで書きつけてある。

「この紙に指輪をすべらせて、この世ならぬものの意思を可視化するんです。誰かひとりだけが——あるいは各々がかすかに受信した訴えかけでも、みなさんの指先で指輪を支えていれば、共有することができます」

パトリックが指輪を紙に載せ、AからZへと移動させてみせる。

ヴィンセントも興味深そうに文字列をのぞきこみ、

「なるほど。我々としては、できるだけ相手が【はい】か【いいえ】で答えやすい問いを投げればいいわけだね」

「はい。まずは霊媒役としてぼくが呼びかけますが、その流れでなにか追及したいことなどがでてきたら、臨機応変に対処していただいてかまいません。ただし指輪からは不用意に手を離さないこと」

セオドアがかすかに首をかしげる。

「それはなぜかな」

「呼びだしたものを、ここに留めておこうとする力が急に崩れることによって、予期せぬ暴走を招くかもしれないからです」

「そういうことか。ならば気をつけよう」

どんな状況を想像したのか、神妙にうなずくセオドアに、残るふたりも続いた。

「では始めましょうか」

パトリックが扉口に目線をやると、心得たネルがランプの灯りを消していく。蔵書室は一段と暗くなり、卓の向かいに座るセオドアの顔は、なかば薄闇に沈んでいた。

「みなさん指輪に右手のひとさし指を添えて、心をおちつかせてください」

パトリックの指示で、おれたちは指輪に手をのばした。

指輪は【はい】と【いいえ】のちょうど中間に位置している。

視界がおぼろになったとたん、林檎の香りがとろりと肌をなでたように感じて、おれはおもわず息を詰める。

パトリックはひとつ深呼吸をしてから、虚空に語りかけた。

「あなたがそこにいるのを感じます。ぼくたちはあなたとの対話を望み、こうしてここに集いました。どうか応えていただけませんか？」

しばらく待つがなにも変化はない。

パトリックがかさねて訴える。

「もしも応えていただけるなら、この指輪を動かしてそうと知らせてください。あなたにはぼくの声が聴こえていますか？」

あらためて問いかけたそのときである。おれは指先にわずかな振動を感じた。

す――と走りだすかにみえた指輪だが、すぐに逆方向からの抵抗を受けるように動きが鈍る。指を離してはならないと意識するあまり、各々に力みが生じているのか。ほどなく加減をつかんだように、それはじりじりと一方向をめざし始めた。やがてたどりついたのは【はい】だ。

「やはり聴こえているんですね」

安堵と確信をこめて、パトリックがささやく。

しかし左隣のヴィンセントに驚いた様子はない。ここまでの流れも含め、すべてが茶番だと思いこんでいるのかもしれない。だがそうではないのだ。

おれは固唾を呑んで、パトリックの声に意識を集中させた。

「教えてください。あなたはかつて人としてこの世に生を享《う》けたものですか？」

その問いに対する迷いはなかった。指輪はさきほどの動線をなぞるようにひきかえし、そのままに【いいえ】に向かう。

とたんに狼狽したのはローズである。

「そんな。だってわたしははっきりと――」

いまにも指輪を放りだしそうなローズの右腕に、ヴィンセントはおのれの左手をさりげなく添えた。

「ひとまずはこのまま任せてみよう。問いただしたいことがあるなら、あとでこちらから訊けばいい」

小声でなだめられ、ローズはなんとか乱れた息をおちつかせる。

パトリックは続けた。

「あなたはセオドア・キリングワース氏のそばにいるのですか？」

指輪はするりと【はい】に移る。

「それは今年のワセリングからですか？」

指輪は【はい】をさしたままだ。

「彼に執着をする理由があるのですね？」

指輪は沈黙で肯定を伝える。

「あなたは彼の命を奪うつもりなのですか？」

とたんに指輪は奇妙な反応をみせた。一度は【はい】を離れたものの、ぎこちない迷走のあげくに【いいえ】までたどりつくこともなく、双方のはざまで動きをとめたのだ。

これはいったいどういうことだろう。現実に命を奪いかけているにもかかわらず、そうと認めたくないのか。

あるいは――。

「そうしたくはないのに、そうしてしまうということですか？」

パトリックが慎重にたずねると、指輪は【はい】を選んだ。

「それでもそばにいなければならない？」

指輪はかたくなに動かない。

「その理由は？　言葉で伝えることはできますか？」

すかさずパトリックがたたみかける。

すると指輪はおぼつかない軌跡を描きながら文字列をさまよい、やがて拾いあげるべき言葉をみつけたように、ひとつずつ文字を追い始めた。

P……O……I……S……O……N。

「毒ですって？」

ローズが慄きに声をふるわせる。

パトリックは身を乗りだすように呼びかけた。

「セオドア氏が毒に侵されているという意味ですか？」

指輪は肯定も否定もしないままに、ふたたび文字列を走りだす。

もはや誰もが息を殺して見守るなか、ほどなくあらたな綴りが浮かびあがった。

W……A……T……E……R。

毒と水か。だがそれらにどんなつながりがあるというのだろう。とっさには解釈しあぐねていると、ヴィンセントが冷静な声を投じた。

「つまりセオドアの不調は、水に混入された毒のせいということかな」

いとも現実的な疑惑に、おれはぎくりとさせられる。

「いまさらそんなこと。そもそも医者が病の原因を特定できなかったから、こんな状況を招いているんじゃないですか」

「それはそうだが、現代の科学では検知できないたぐいの毒が存在しても、不思議はないだろう？　無味無臭にして、一切の痕跡を残さないようなね」

そういう怖いことを、内務省の人間が平然と口にしないでほしい。

不覚にもおれがたじろいだときだった。

「違うわ！」

悲鳴のように叫んだのはローズではない。

はっとしてふりむけば、がくりと膝をついたネルが壁際にうずくまっていた。

耐えがたい現実を締めだすかのように、左右に激しく首をふりながら訴える。

「それはわたしじゃない。わたしじゃないんです！」

あまりの剣幕に、ローズが怯えたように顔をこわばらせた。

「ネル……いったいどうしたというの？　あなたじゃないってなんのこと？」

「それはぼくも知りたいね」

ヴィンセントがおだやかな口調で追い打ちをかける。

「きみのその不審な態度は、あたかもセオドアに毒を盛ろうとしていたかのようだ。よんどころない事情でもあるならば、いまこそが釈明の機会だよ」

ネルは死刑宣告を受けたかのように凍りついている。

おれはヴィンセントの耳許でささやいた。

「まさかこれを予期して、わざと指輪を動かしたんですか？」

「とんでもない。わたしも純粋に驚いているよ」

本当だろうか。一抹の疑いをいだきつつ、おれはネルの告白に耳をかたむける。

「ローズお嬢さまの婚約者に脅迫されたんです。怪しい粉薬を押しつけられて、若さまの口になさるものにそれを混ぜろと」

これにはさすがにセオドアも驚きをあらわにした。

「アーロンに？　まさかわたしが借金を断った腹いせかい？」

「それだけではなく……おそらくは爵位のためです」

「そうか。ならば死に至る毒薬なのだろうね」

苦くつぶやくセオドアは、アーロンがそうした悪行に手を染めて憚らない男であることを、とうに承知しているようだ。

「従わなければ妹を女衒《ぜげん》に売り払って、移民船に乗せてやると」

「たしかきみの妹はアーロンの邸宅に勤めていたね」

「はい」

ネルは涙ながらに語る。

「妹に知らせようにも、彼の指示で手紙を押さえられてしまえばどうしようもありませんし、ローズお嬢さまに訴えでるようなことをすれば、姉妹そろって船底に放りこむまでだと脅されて……」

妹はすでに人質にとられているも同然で、助けを求めることもできないとは、まさしく八方ふさがりだ。

「けれどあなたにはできなかったのよね？　そうでしょう？」

すがるようなローズの問いかけに、ネルは勢いよくうなずく。

「もちろんです。お嬢さまや若さまを裏切ることなんてできません。なのに……それなのにあの男に薬を押しつけられてから、若さまのご様子がどんどんおかしくなって。ですが誓って薬には手をふれてもいないんです」

「信じるわ。もっと早くに打ち明けてくれていたらとは思うけれど」

「それはできませんでした。だってわたしの影が、若さまを苦しめているのかもしれないんですから」

「あなたの影ですって？」

「妹を案じるあまり、知らず知らずわたしの魂だけが脱けだして、目的を遂げようとしていたらどうしようと……」

たまらずしゃくりあげたネルに、パトリックが声をかける。

「つまりはあなたの生霊のしわざかもしれないと、疑ったのですね」

ネルはますます打ちひしがれ、ローズがはっとしたように口許を押さえた。

「わたしが悪霊を視たと騒いだから、そのせいで？」

「お嬢さまのせいではありません。わたしにやましいところがあったから、お嬢さまが霊の正体を見誤っているだけではないかと、怯えずにいられなかったんです」

悪霊退治に燃えるローズに寄り添いながらも、ネルとしては生きた心地がしなかったというところか。

いたたまれない沈黙に身を浸していると、やがてヴィンセントが気を取りなおすように口を開いた。

「では先刻のあの単語は、どう解釈したものだろうか。ローズの婚約者による邪悪な企みを、ありがたくも警告してくれているとみるべきかな？」

「アナは兄さまを護ろうとしていたのかもしれないわ」

呆然とつぶやくローズを、セオドアがうかがう。

「ローズ。そのアナというのはたしか……」

「林檎園に働きにきていた女の子よ。ちょうど去年のこの時期に亡くなったの」

「ああ……あの気の毒な娘《こ》か。けれどなぜわざわざぼくのところに？　ぼくが領主の息子だから、恩を感じているのだろうか？」

意外そうな兄の隣で、ローズは泣き笑いのように目許をゆがませる。

パトリックはそんなキリングワース兄妹に向きなおり、

「おふたりにうかがいたいのですが、その娘さんが亡くなったのは、本当に風邪をこじらせてのことなのでしょうか？」

いとも真剣な面持ちでたずねた。

兄妹は困惑したように視線をかわしあう。

「ぼくは葬儀の報せを受けて、父の代理で見舞金をだしただけだから、詳しい病状についてまでは……」

「わたしにもそれ以上のことはわからないわ。しばらくしてお墓に花を手向けにでかけたけれど、家族と言葉をかわす機会はなかったから」

「では彼女の死因が、悪性の風邪ではなかった可能性もあるわけですね」

「きみはいったいなにを……」

　パトリックの示唆をつかみかね、セオドアが双眸に不安をにじませる。

「お気づきではありませんか？　風邪という因子さえ取り払えば、ワセリングの儀式を境に体調を崩し、ひと月たらずで衰弱死に至るかもしれないというあなたの状況は、昨年の彼女と酷似しているんです」

　たちまちローズが肩をこわばらせた。

「アナの身にも兄さまと同じ異変が生じていたというの？　なぜ？」

「それをいまから見定めに行きます」

　パトリックはおもむろに立ちあがる。

　当然ながら、その指先は指輪にふれていない。おれは慌てるが、さきほどの騒動のためか、すでに五人の手は残らず指輪から離れていた。

　その指輪をつかみとり、パトリックは決然と告げた。

「ぼくとオーランドはこれから林檎園に向かいます。あなたがたもどうか焦らずに、あとから追いかけてきてください。決着はぼくがつけられるものではありませんから」


おれたちは外套をはためかせて夜の庭をひた走る。

くすんだ夜空の星は暗く、掲げたランプの光だけが頼りだ。

「きみの呼びかけに応えていたのは、結局アナの亡霊だったのか？」

「違うよ。人としてこの世に生を享けたものかとたずねたら、否と答えていたのを忘れたのかい？」

「あ。そうだった」

めまぐるしく錯綜する状況に、もはやすっかり頭が混乱している。

「なら正体はいったい……」

「きみもとうに察しているはずだよ」

「林檎の香りなら感じたけど」

「それが正解さ」

あっさり認められても、とまどいは深まるばかりだ。

「だけどローズ嬢は、実際にアナの亡霊を視ているじゃないか」

「それは同じものを異なるかたちで捉えていただけのことだからね」

「同じもの？」

「セオドア氏を愛おしく想う念——かな。あの林檎園を愛してやまない彼のことを、木々たちもまた慕っていたんだよ。そこにアナの純粋な恋心と響きあうものを感じたローズ嬢が、儚《はかな》くなったアナの姿を投影したのさ」

おれはようやく理解する。

「アナの秘密を知っていたのは、ローズ嬢だけだから」

「仮に屋敷の面々が、林檎の息吹を身近に感じたとしても、それを亡霊としては認識しなかった。そういうことだろうね」

降霊会での緊迫したやりとりを、おれはあらためて反芻する。

「つまりダンテの夢にでてきた妖魔みたいに、セオドア氏の命を獲ることが目的ではないんだな。なのに彼のそばにいるだけで、悪い影響を与えていることになる……そこに葛藤があるわけか？」

「逆だよ。季節はずれの果実に注ぎこんだおのれの精気を、セオドア氏に与え続けていることが——それだけがいまの彼の生命をつないでいるようなものなのだから」

「季節はずれのって、セオドア氏が枝からもいでくる林檎のことか？」

「毎日それとなく目について、口にしたい気分になるそうだよ」

「林檎の樹がそうさせている？」

「そのようだね」

林檎園にやってきたおれたちは、歩みをゆるめ、しばし荒い息をととのえた。

暗がりにまぎれる木々の群れは沈黙し、よそよそしくも禍々《まがまが》しくも感じられる。

それでもセオドアにとっては、どこよりもくつろげる安息の地だったのだろうか。

おれはうろおぼえの『イン・メモリアム』をくちずさむ。

「友よ、そばにいてくれないか、わたしが死んで消え去るそのときは――。そんな気持ちでここですごしていたのかもな」

おそらくセオドアは、あちらがわのものを視る者ではない。

それでも人ならぬものに壁を築かず、そうと意識せずに交感する力は持ちあわせていたのではないか。

セオドアが腰かけていた樹は、枝ぶりがはっきりうかがえないにもかかわらず、不思議とその存在感できわだっていた。木々の群れの主のようなものなのだろうか。

ランプを掲げてみれば、たしかに枝先には艶々した林檎が生っている。

「この林檎が、本当にそんな力を秘めているのか？」

「アナの死期を考えてみるといい。去年のワセリングから半月あまりで訃報が届いたそうだけれど、今年はじきにひと月になる」

本来なら、セオドアはすでに命の期限を迎えているということか。

「だけどふたりとも、一体全体どうしてそんなことに？　ワセリングの儀式のせいなのか？」

「毒の水のせいさ。なにもかもの始まりはね」

毒と水。毒の水。

それこそおれたちが降霊会でつかんだ核心だ。

近づいてきた真相に息をひそめつつ、おれは続きを待つ。

「ローズ嬢によれば、一昨年の収穫は芳しくなかったという。それはこの林檎園が、すでに毒の水に侵されていたからだよ」

パトリックがつと視線を奥に向ける。おぼろに浮かぶのはあの古井戸の影だ。

「近年ここニューカッスルの近郊では鉱山の開発が盛んで、石炭の採掘は年々規模を拡大しているというね」

炭鉱と井戸と毒の水。

おれはやや遅れて声をあげた。

「……鉱毒か！」

「そう。この古い井戸から汲《く》みあげている地下水が、おそらくは炭鉱の排水で汚染されているんだ。いますぐに立ち枯れるほどではないけれど、確実に林檎の木々を蝕んで、すでに収穫にも影響を及ぼしている」

「じゃあ、きみがここで感じた気の弱さみたいなものは」

「現実に木々が病みかけているせいなんだと思う」

しかしおれは矛盾に気がつく。

「だけどその次の、セオドア氏がワセリングを取りしきった去年は、たしか豊作だったんだよな？」

「心から林檎園を愛する者が、真摯な祈りを捧げたことが功を奏したんだろう」

おれは不穏な予感をおぼえながら、パトリックに向きなおった。

「彼が呼びだした善き隣人が、願いを叶えたのか」

「対価を支払うことを条件にね」

「……それが自分の命？」

おれはかすれる声を絞りだした。

「その条件を、みずから呑んだっていうのか？」

「そうと明確に意識してのことではなかったんじゃないかな。誰しも追いつめられたときは、深く考えずに祈るものだろう。どんなことでもするから助けてください——」

「この命に代えても？」

「それだけ必死の祈りだったのさ」

「だとしたって」

「あちらがわのものとの契約に、常識は通用しないよ。それに五十本の木々に一年の加護を与える代償として、一人の人間の一生分――残り五十年の命を要求するのは、そこまで理不尽なことかな」

「それは……」

　果樹の命と人の命。その価値を天秤《てんびん》にかけ、迷いなく判断をくだすことが、もはやおれにはできなくなっていた。

　息苦しい沈黙に耐えていると、

「やはりそういうことだったんだね」

　草を踏みしめる音とともに、静かな声が投げかけられた。

　ふりむけば、ヴィンセントの肩を借りたセオドアがたたずんでいる。意外に早くやってきたのは、次兄がここまで背負ってきたためらしい。白い息を弾ませたローズも、不安げに寄り添っていた。

「なんとなくそんな気はしていたんだ。一年まえのワセリングで、祈りが聞き届けられたような、不思議な手ごたえを感じたから」

「そんなこと、兄さまはひとことも……」

「打ち明けたら信じたかい？　生来の夢見がちを、ますますこじらせたと笑っただろう。

ぼくですらそう思わずにいられなかったのに」

　セオドアはほのかに笑み、パトリックに伝えた。

「たしかにぼくは、命を捧げる覚悟で毎年の儀式に臨んでいたわけではない。けれどいまの結果を後悔してはいないよ。実際に加護は与えられ、たとえ一年かぎりでもこの林檎園の命をつなぐことができたのだからね」

　しかしパトリックはゆっくりと首を横にふった。

「あいにくですが、昨年の加護はあなたの犠牲によるものではありません」

「しかしきみはいま……」

　当惑するセオドアのかたわらで、ローズがにわかに蒼ざめる。

「まさかアナなの？」

「状況から推察するに」

　パトリックは痛ましげにセオドアをみつめる。

「去年のワセリングに参加したアナもまた、あなたと同じだけの切実さでもって祈ったのでしょう。あなたの願いが叶って林檎の木々が息を吹きかえし、なによりあなたの心痛が拭い去られることを。そして……結果的にあなたの身代わりとして、みずからの命を捧げることになった。概してあちらがわのものは、生贄が何者であろうとさしてこだわらないものですから」

林檎の異変にセオドアがひどく心を痛めているのを、おそらくアナは察していた。彼女が望んだのは、そんな彼に幸福をもたらすことだ。自分の恋は、決して成就しないことを知っていたから。

「なぜ彼女がそこまで」

セオドアが呆然とつぶやく。

ローズはもはや耐えきれないように、

「わからない？　あの子は兄さまを慕っていたのよ」

そう言い放つと、嗚咽をこらえるように口許を押さえた。

「あのワセリングの晩に、わたしはそのことに気づいたの。わたしがアナを殺したようなものだわ」

ヴィンセントは眉をひそめ、信じがたいようにローズをうかがった。

「それはいったいどういう理屈だい？」

「わたし……踊りの輪をながめているアナに声をかけたの。兄さまに恋をしても結ばれることはないから、夢はみないほうが身のためだって。貴族の結婚はそういうものではないからって」

ローズはたまらないように目許をゆがめた。

「あのときのわたしは、アーロンとの婚約が決まったばかりでひどい気分だったの。なのに無邪気に恋に酔っているようなあの子が、無性に腹だたしくなって……だから嫌がらせをしたのよ。わざわざあんなふうに傷つけることなかったのに」

「それで希望のない恋に打ちのめされた彼女が、自暴自棄になって命を投げだしたというのかい？」

「自覚はなくとも、そうした心の綻びは災いを呼びこむものでしょう？」

「それは見当違いですよ、ローズ嬢」

きっぱりと否定したのはパトリックだった。

「そんな捨て鉢な気持ちが、兄君の真摯な祈りに勝るはずはありませんから。それに相手は邪悪な策略で、こちらを罠に嵌《は》めようとしたわけでもないようです。より意思の疎通ができていれば、異なる解決の方法はあった──実際のところ、地下水脈が汚染されているという知恵を授けてもらうだけなら、対価として命までをもさしだす必要はなかったのではないかと」

セオドアがはたと顔をあげる。

「ではあの井戸水さえ使わなければ、草木に悪影響が及ぶこともないのかい？」

「そのはずです。土壌の回復までには、数年を要するかもしれませんが」

「そうか……それはよかった」

セオドアは安堵の声を、悲痛に沈ませる。

「これもアナが林檎の命をつないでくれたおかげなんだな」

「ええ。そして彼女も林檎の木々も、もはや代償にする意味のない命をあなたがみすみす手放すことを、望んではいないはずです」

たしかに一昨年の状態から、ひたすら林檎が鉱毒にさらされ続けていたら、再生がかなわないほどの打撃を負っていたかもしれない。

その瀬戸際を乗りきり、真の解決策もつかむことができたいま、セオドアの命を対価とした二年めの契約は、もはや必要ないはずだ。

おれは急いて身を乗りだした。

「パトリック。すでに成立した契約を、反故《ほご》にすることはできるのか？」

「それは相手が応じるかどうかにかかっているだろうね」

つまりなんらかの再交渉が必要ということか。

「ならこちらから呼びだすのか？」

「もうそこまで来ているよ」

「え」

おれがおもわず身を退いたそのときである。古井戸からひゅるると黒い矢が天に射かけられたかと思うと、それはほのかに発光する軌跡を宙に残しながら旋回し、パトリックの肩に舞い降りた。

「ロビン！」

ようやく頼もしい掩護《えんご》のおでましだ。

「兄さんが連れてきてくれたのさ。この林檎園に縁のあるあちらがわのものをね」

「いまこの古井戸の底にいるってことか？」

ほっとしたのもつかのま、おれはふたたびぎくりとする。

「まさか聖カスバート校の消える井戸に潜んでいたのと、同じ奴じゃないだろうな」

「そうではないことを祈ろう」

「おいおい……」

俄然不安がこみあげるも、パトリックはすでに腹を括った表情だ。

「まずはこちらに注意を向けさせないと」

「どうやって？」

パトリックは握りしめていた片手を開いてみせた。

「これでおびきだす。セオドア氏を含め、ぼくたち五人の念が巻きついているから、投げれば喰いついてくるはずだ」

「そんな犬と遊ぶみたいな手が通用するのか？」

「試してみるまでさ」

恐れ知らずのパトリックは、指輪を力任せに放り投げた。

きらりと夜空を裂いた指輪が、ほんのつかのま重力の軛《くびき》から解き放たれる。その一瞬を狙うように、渦を巻く水柱がどうと井戸から襲いかかった。

冷気の奔流と、砕ける水飛沫《みずしぶき》を浴びる予感に、おれたちはそろって身をかばうが、衝撃は異なるかたちでおとずれた。

荒ぶる水流の竜巻は、やがて古井戸を背にじわじわと凝集し、長い鎌首をもたげるようにこちらに対峙したのだ。

横に視線を走らせれば、感覚が鋭そうなキリングワース兄妹だけでなく、ヴィンセントまでもが呆然と凍りついている。

おれはほとんど息だけの声でたずねた。

「あなたにも視えているんですね？」

「……わたしは正気なのか」

「そのはずですよ」

いつもの余裕をなくしたヴィンセントは観賞のしがいがあるが、あいにくこちらもそれどころではない。

あれは白い……四肢のある竜だろうか。燃ゆる人魂の群れを結晶したような、炯々《けいけい》たる双眸から目が離せない。

しかしパトリックの見解は、意外なものだった。

「水棲馬の一種かもしれない。ケルピーとか」

「それってまずい奴なのか？」

「そこそこ凶暴ではあるね」

騎士《ナイト》の駒に似て隆としたたてがみは、雪原の朝霧のごとくたなびき、鼻嵐はめらめらと逆巻いている。

「……なんか怒ってないか？」

「寝起きなのかも」

「最悪だな」

パトリックは耳慣れない妖馬を見据えたまま、セオドアをうながした。

「あなたから事情を訴えてください。意識を集中させて、ワセリングの儀式のときのように、真摯に。妹君のためにも、心から生きたいという望みを伝えるんです」

「やってみよう」

セオドアはヴィンセントの支えを離れて進みでた。

「善き隣人よ。祝いのもてなしもなく、無礼にも呼びたてたことを許してほしい。あなたの神秘なる加護のおかげで、わたしの友は病に斃《たお》れることなく、新しい年を迎えることができた。しかし……」

鉱毒という根本的な原因にたどりつき、この世の理に従った対処ができるようになったうえで、あなたの力を借り続けるのはしのびない。よって今年のワセリングで結んだ契約を、撤回することはできないだろうか——。

そうした趣旨の語りかけを、おれたちは固唾を呑んで見守る。そこに息をひそめるような木々の意識が加わっているのを、おれはたしかに感じた。種を超えたものが寄り添いあう光景は、妖馬の瞳にどう映っているのだろう。

セオドアが伝えるべきことを伝えると、妖馬はおもむろに片前肢をふりあげ、地にふりおろした。たちまち左右に生じた渦が、こちらの足許にまでからみついてくる。

しかしセオドアはあとずさることなく、粛然と妖馬に向かいあう。

「……やはりいまになって取り消しは効かないか」

ひとりつぶやき、口を結んで目を伏せる。

おれはパトリックにささやいた。

「いったいどうなってるんだ？」

「おそらくいまの彼には、妖馬の望みがはっきり理解できるのだろう。すでになかば生命を握られているのだからね」

「それで奴はなんて？」

するとパトリックの肩先でロビンが羽ばたいた。

「我がものとした生命を手放すのは嫌だ——と撥ねつけているらしい」

パトリックが伝えるなり、ローズが絶望の悲鳴をあげる。

「そんな！」

そして妖馬をふりむき、果敢に訴えた。

「なにか埋めあわせをする方法はないの？　約束を反故にするための対価を、あらためて払うとしたら？　わたしがそれを払うわ」

「ローズ。滅多なことを口にしては……」

慌てたセオドアがたしなめるも、偽りのないローズの必死さが届いたのか、妖馬はなにかを要求するように、夜空に嘶きを轟《とどろ》かせた。

ロビンが身じろぎし、パトリックはまなざしを鋭くする。

「代わりをさしだせだって？」

「代わりってなんだよ？」

悪い予感をおぼえながらも、確かめずにはいられない。

「セオドア氏を解放する対価として、身代わりを寄越せというのさ。誰かひとりいらない者を選べばいいと」

「いらない者なんて」

選べるわけがない。しかしたとえ言葉をかわせなくとも、奴はこちらの心を読み、真の望みを察する力を持ちあわせているのではなかったか。

「違う対価ではだめなのか？」

おれは黙っていられずに口走る。

だが妖馬はとりあわずに前掻きを始めた。

いらだちもあらわに、早く早くと急かすように。

「わたし――」

「馬鹿なことを考えてはだめだ！」

いまにも我が身を投げだしそうなローズを、ヴィンセントがかきいだいている。

しかし底知れぬ妖馬のまなざしは、いつしかそんなふたりに定められていた。

そしておれは聴いたのだ。吹雪のかなたの地鳴りのような、その声を。


――みつけた。


次の刹那《せつな》――身をよじるように棹立《さおだ》ちになった妖馬は、地を蹴って夜空に駈けのぼり、まとう水流をうねらせながら反転すると、まっしぐらにこちらに駈けおりてきた。

頭からまるごと呑みこまんとするかの勢いに、とっさにうずくまって衝撃に備えることしかできない。

「――っ！」

肩に背に腰に、石礫《せきれき》のごとく水滴が降り注ぎ、滝のただなかに放りこまれたかのような轟音が、ひたすら耳を聾《ろう》した。

草に跳ねかえる冷たい雨が、やがてまばらになり、完全に途絶えてから、おれはおそるおそる顔をあげる。

パトリックとロビンは大事なさそうだ。さすがに度肝を抜かれて古井戸を注視しているところをみると、どうやら妖馬はふたたびそこに飛びこんでいったらしい。

呆然と膝を折ったままのセオドアも無事でいる。

しかし身を楯《たて》にしてローズをかばったヴィンセントは、髪から水を滴らせて倒れ伏したまま動かない。

「おい。大丈夫か？」

おれはたまらずその肩をつかみ、ゆさぶった。

「しっかりしろよ。ヴィンセント。ヴィンス。この馬鹿兄貴！」

声のかぎりに呼び捨ててやると、ふいに次兄はむくりと身をもたげた。

「……助かったのか？」

「……そうみたい」

ローズと鼻先がふれあうほどの距離でみつめあい、ほどなく我にかえってぎこちなく身を遠ざける。

おれは気がつかないふりをしてやりながら、あらためて一同をうかがった。

「誰もあいつの徴《しるし》みたいなものを感じてはいないんですね？」

それぞれがうなずき、セオドアだけがとまどいながら伝える。

「気のせいかもしれないが、ぼくは息をするのが楽になったようだ。身体に力が満ちてくる感覚があるというか」

いまだ半信半疑の兄に、ローズが涙ぐみながらだきついた。

「気のせいではないわ。わたしたちの願いが聞き届けられたのよ」

たしかにそう考えてもよさそうだ。だが寄越せと息巻いていたはずの、再交渉の対価はどうなったのだろう。

おれが動揺を拭いきれずにいるのを察したように、ロビンがぷるぷると両翼をふるわせた。水妖が撒《ま》き散らした冷気の粒が、無数に弾かれてこちらまで飛んでくる。

「兄さんが視るかぎり、すでに糸は切れているそうだよ。加護はなくしたけれど、もはや生命の灯心を握られてもいないって」

「あれとの縁は完全に絶たれたってことか」

「林檎の木々の取り成しがあったのか、とにかく上手くいったらしい」

「そうか。ならよかった」

おれはようやくほっとして息をつく。

パトリックはキリングワース兄妹に向きなおり、

「ただこの古井戸は、念のために封じたほうがいいでしょう。あれの痕跡をたどって、次なる異界のものが誘われてくるかもしれませんから」

「さっそくにも対処しよう」

首肯したセオドアの表情は、わずかながら生気を回復しているように感じられる。

あらためて成果を実感しつつ、一同は屋敷をめざして歩きだした。ずぶ濡れのままここに長居をしていたら、それこそ呪いのように高熱で寝ついてしまいそうだ。

おれは身震いしながらあとに続き、ふと寒気以外のなにかを感じて足をとめる。

無言でふりむくと、黒い木々の向こうにほのかな人影がよぎった気がした。

軽やかな足取りで、長い金の髪をたなびかせる、美しい娘。

あれは林檎の樹の精か、あるいはアナの亡霊だろうか。

追求しかけてすぐに、おれは頭をひとふりする。

それはたぶん、どちらでもいいことなのだ。

6

翌朝。

幸い体調を崩すこともなく、たっぷりの朝食を堪能したおれとパトリックは、応接間の暖炉にあたってくつろいでいた。学校には午後の汽車で戻るつもりなので、まだまだのんびりできそうだ。

「昨日のあれは、結局どういうものだったんだ？」

気になっていたことをたずねると、パトリックはすらすらと説明した。

「主に馬の姿であらわれる水魔——水棲馬の一種だろうね。似た水妖の伝承は各地にあるよ。ケルピー。エッヘ・ウーシュカ。ノッケンなどなど。なかでもケルピーは、スコットランドの川辺によく出没するらしい。ここは国境に近いから、地下水脈でつながっているのかもしれないね」

「そこそこ凶暴だっていうのは？」

「目をつけた人間を水底にひきずりこんで溺れ死にさせたり、人間の男に擬態して女性を攫《さら》ったりする」

「それってつまり」

「むさぼり喰うためらしいね。でも内臓はあまり好まないから、失踪した人間の内臓だけが、じきにぷかぷかと浮いてくるそうだ」

「う……」

「ただ特別な馬勒《ばろく》をつけると、農作業などに使役できて、まさに百人力の働きだともいうよ。解放したとたんに呪われるそうだから、おすすめはしないけれど」

「聞けば聞くだに危ない奴だな」

「ぼくとお似あいかい？」

おれは笑った。

「きみとお似あいなのはロビンだよ。今回だって大活躍だったじゃないか」

「まあね」

手放しで褒めたたえるかと思いきや、パトリックの反応はぎこちない。

「あんな心強い兄さんがいるなんて、おれは正直うらやましいよ」

「兄君ならきみにもいるだろう」

「ヴィンセントか？」

「毛嫌いしていたわりに、相性も悪くなさそうじゃないか」

「そんなこと」

憮然とはぐらかしたおれは、昨日からひっかかっていたパトリックのいささか棘《とげ》のあるくちぶりの意味を、ようやく悟った。

おれがパトリックとロビンの絆を特別視すれば、それだけ兄弟のつながりがかけがえのないものであると主張していることにもなる。

おれがいまの境遇から抜けだすために、ヴィンセントと向きあうよう勧めたパトリックにしてみれば、いささか複雑な心境になっても当然だ。

しかもおれはたしかに心のどこかで、パトリックにはロビンがついているからひとりになっても大丈夫なはずだと、勝手に信頼していたところがある。そんな内心を、我知らず垂れ流していたようなものだ。

「あのな」

おれはなかばやけくそになって、椅子から身を乗りだした。

「おれとヴィンセントがうまくやっていけるんだとしたら、それはあいつときみが似てるからだからな」

「似ているってどこが？」

パトリックは心外そうに目を丸くする。

「人をおちょくって楽しむところだとか、倫理観に乏しいところだとか、おもわせぶりに気を惹くところだとか、かっこつけて甘ったれなところだとか」

「そ、そんなの、どこもかしこもろくでもない奴じゃないか！」

「なんだよ。自覚なかったのか？」

「きみって辛辣《しんらつ》……」

「これがおれの本性だよ。嫌なら親友やめるか？」

「え……親友？」

「違うのか？」

すかさず問いかえしてやると、パトリックは絶句した。

しかし気恥ずかしいだとか、代わりがいるならだとか、おたがいに留保をつけてあえて言葉にしないでいることに、もはや意味があるだろうか。

やがておれの剣幕に気圧されたように、

「……違わないかな」

パトリックが小声で同意する。

おれはここぞとばかりに言い放った。

「ならたとえ離れていても、この世を去っていても、いつもそばにいるように感じることができる。二十年かかってその境地にまでたどりついたのが、あの『イン・メモリアム』の神髄だろ？　読みかえしてこいよ」

パトリックはしばしぽかんとしていたが、やがて静かに目を伏せ、降参したように苦笑した。

「ぼくもきみが死んだら、詩の一篇でも捧げてみようかな」

「なんでおれが先に死ぬのが前提なんだよ。不吉だな」

「ははは」

パトリックがいとも楽しげな笑い声をあげたとき、肩越しに声をかけられた。

「わたしもぜひオーランドに哀悼の詩を詠んでもらいたいものだな」

ふりむけば、次兄がこちらに歩いてくるところだった。

「お断りですよ。おれに詩心はありませんから」

「ふふ。つれないね」

常のごとくふざけた口調だが、今朝はいささか顔色が優れないようだ。

「風邪でもひきましたか？」

「きみの気遣いには感激だが、幸いそうではない。じつは……さきほど配達された電報について、きみたちにも知らせておかなければと」

「ひょっとして学校から？」

「いや。アーロンの実家からだ」

「アーロン？　ローズ嬢の婚約者の？」

「ああ。昨晩亡くなったそうだ」

おれは目をみはったまま凍りついた。

パトリックが鋭いまなざしで問う。

「死因についてはなんと？」

「突然の心臓麻痺《まひ》とだけ」

「……そうですか」

パトリックは宙を睨み、かみしめるようにつぶやいた。

「では選ばれたのは彼だったんですね」

「選ばれたとは、やはり昨晩の？」

ヴィンセントがぎこちなくたずねる。

「再契約の対価ですよ。セオドア氏の代わりとして、いらない者をさしだせと要求されたでしょう？　林檎の樹がなにか取り成しをしてくれたのかと期待しましたが、やはりあれで終わりではなかったんです」

おれは喘ぐように打ち明けた。

「おれ……じつはあのとき妖馬の声らしきものを聴いたんだ。みつけた、みつけたって」

「ぼくも似たような念を感じたよ。おそらく妖馬はぼくらの心を浚《さら》い、秘めた望みを捉えたんだ」

「それってまさかおれたちの……」

嫌な予感がこみあげ、おれは声を途絶えさせる。

しかしパトリックは無情にもうなずきかえした。

「そう。いらない者を選ぶよう迫られたあのとき、誰もが心のどこかでローズ嬢の婚約者を選んでいたんだよ。ぼくときみも含めてね」

一人の男に対し、濃淡はあれど五人それぞれが感じていたであろう疎ましさ。殺意の芽とすら呼べないかもしれない、淡い念の集積が、彼の運命を決めることになった。自分でも気がつかないような心の暗がりを容赦《ようしゃ》なく暴かれ、取りかえしのつかない結果を招いたのだ。

「これがこの世ならぬものと不用意にかかわることの怖さなんだ」

凪《な》いだささやきに、いまさらながら戦慄をおぼえていると、パトリックがおもむろに腰をあげた。

「この席をどうぞ。ぼくは念のために林檎園の様子を確かめてきます」

立ちつくしたままのヴィンセントをうながし、ひらりと踵をかえす。どうやらおれたち兄弟に気を利かせたらしい。

「おれもすぐに追いかけるから」

とっさに声を投げると、パトリックはこちらに背を向けたまま片手をあげた。

椅子に腰かけた次兄は、天井に向かってぼやく。

「まったくなんということだ……」

この世ならぬものとのつきあいには慣れてきたおれとしても、この展開には苦い動揺をおぼえずにいられないのだ。ヴィンセントにしてみれば、もはやお手あげという心境だろう。水妖との交渉などまやかしにすぎないと否定したところで、アーロンの不自然な死は動かしがたい。それに再交渉の代償としてアーロンが選ばれた必然にも、おそらくは逃れられない実感があるはずだ。

おれはあえて気楽な口調でたずねる。

「信じる気になりました？　昨夜のあれは演出でも幻覚でもないって」

「そうだな。いましばらく熟考をかさねたいところではあるが」

どうやらそれが精一杯の譲歩であるらしい。

「しかしきみはいままでこんな日常を送ってきたのか？」

「とんでもない。パトリックに会ってからですよ」

「ほう。では同じ色の羽が生えたのかな」

「かもしれません」

おれは片頬で笑った。だとしたらそれはきっと、藍鉄の産毛《うぶげ》がふわふわした仔鴉のような羽なのだろう。

暖炉の焔をながめながら、おれはきりだした。

「あなたのほうはどうなんです？　世界が一変したにもかかわらず、これからも賢《さか》しらにローズ嬢の騎士を気取り続けるつもりですか？」

とたんにヴィンセントは咳きこんだ。

「……言うね」

「邪魔者は消えたんですから、あとはあなた次第じゃないですか」

「わたしがその邪魔者を殺したようなものだとしてもか？」

次兄がふいに声を翳らせる。

おれは口を結んだままそちらに視線をめぐらせた。

「卑怯者のあなたなら、ちゃちな罪悪感を手なずけるのも楽勝では？」

「それは励まされるね。……脈はあるかな？」

「知りませんよ！」

気の毒がるのも馬鹿らしくなり、おれは両足を投げだす。

次兄はひとしきり笑うと、おもむろに約束の書簡をさしだした。

「ともかくも今度のことでは、きみに大いなる借りができたな。もしも本気で兄上のやりかたに抵抗するつもりなら、そのときはわたしが力を貸すと誓おう」

ようやく手にした書簡を、おれはしばしみつめる。

そして席を離れながら、ひとことだけ告げた。

「考えておきます」

それはチェロの師匠からの便りだった。

林檎園に向かいながら、懐かしい筆跡に我慢しきれず封を切る。

いきなり消息を絶ったおれが、辛い境遇にあるのではないか。後見人の意向で、楽器をやめてしまったのではないか。パリで音楽の勉強を続けたいのなら、あらゆる支援の手は惜しまない。

そこにはかつてのおれが欲していた言葉が、なにもかも綴られていた。もちろんいまでも胸が熱くなるほどに嬉しく、ありがたい気遣いの数々だ。

しかし後先考えずにその厚意にすがれば、きっと迷惑をかけることになる。次兄の力を借りるにしろ、自力でいまの状況を打開できるならそれに越したことはない。

ごく自然にその選択肢を択ぼうとしている自分に、我ながら驚かされる。

ふつふつと全身の血液が弾けるような衝動は、湧きあがる闘志だろうか。

いや——きっとそうではない。

おれの右の腕が、左の指が、半身を欲して疼《うず》いているのだ。

いまなら弾ける。そんな確信がこみあげて、胸がふるえる。

「あれだけ食べた林檎のおかげか……なんてな」

たわいない連想にくすりと笑う。

朝を迎えた林檎園は、生まれ変わったように静謐な光に満ちていた。

晴れ晴れした気分で奥に向かうと、古井戸のそばにパトリックがたたずんでいる。

「パトリック！」

すかさず声をかけるが、こちらに背を向けたままなぜか反応がない。

小走りでかけつけても、深い井戸の底をひたすらのぞきこんでいる。

「どうした？　なにかあったのか？」

「兄さんが」

「え？」

「いくら呼びかけても兄さんが戻ってこない」

パトリックは呆然とつぶやいた。

「兄さんが消えてしまった」

参考文献

『生命保険犯罪　歴史・事件・対策』月足一清著　東洋経済新報社
『ドールハウス　ヨーロッパの小さな建築とインテリアの歴史』ハリーナ・パシエルプスカ著　安原実津訳　パイインターナショナル
『ドールズハウス　ミニチュア世界の扉を開く』新美康明著　新樹社
『キャロラインさんのドールズハウス』キャロライン・ハミルトン著　礒貝吉紀・工藤和代訳　エヌ・ヴイ企画
『別冊太陽　アンティーク・ドール　永遠のビスク・ドール』平凡社
『図説　イングランドのお屋敷　カントリー・ハウス』トレヴァー・ヨーク著　村上リコ訳　マール社
『イギリスの城郭・宮殿・邸宅　歴史図鑑』チャールズ・フィリップス著　大橋竜太日本語版監修　井上廣美訳　原書房
『ブレイク詩集』ウィリアム・ブレイク著　寿岳文章訳　岩波文庫
『対訳　ブレイク詩集　イギリス詩人選（4）』ウィリアム・ブレイク著　松島正一編　岩波文庫
『中野京子の西洋奇譚』中野京子著　中央公論新社
『妖精事典』キャサリン・ブリッグズ編著　平野敬一他共訳　冨山房
『妖精学大全』井村君江著　東京書籍
『スケッチ・ブック（上）（下）』ワシントン・アーヴィング著　齊藤昇訳　岩波文庫
『龍のファンタジー』カール・シューカー著　別宮貞徳監訳　東洋書林
『世界民間文芸叢書別巻　世界の龍の話』竹原威滋・丸山顯德編著　三弥井書店

『イン・メモリアム』アルフレッド・テニスン著　入江直祐訳　岩波文庫
『対訳　テニスン詩集　イギリス詩人選（5）』アルフレッド・テニスン著　西前美巳訳　岩波文庫
『D・G・ロセッティ作品集』ダンテ・ゲイブリエル・ロセッティ著　南條竹則・松村伸一編訳　岩波文庫
『ゴブリン・マーケット　GOBLIN MARKET』クリスティナ・ロセッティ著　井村君江監修　濱田さち訳　レベル

本書は文庫書き下ろしです。

|著者| 久賀理世　東京都出身。東京音楽大学器楽科ピアノ演奏家コース卒業。『始まりの日は空へ落ちる』で集英社ノベル大賞受賞。本書は大英帝国を舞台に若き日の小泉八雲の活躍を描いたホラーミステリー『奇譚蒐集家 小泉八雲　白衣の女』（講談社文庫）の続編にあたる。他の著作に、本シリーズの前日譚「ふりむけばそこにいる」シリーズ（講談社タイガ)、「王女の遺言」「倫敦千夜一夜物語」シリーズ（ともに集英社オレンジ文庫)、「英国マザーグース物語」シリーズ（集英社コバルト文庫）などがある。

奇《き》譚《たん》蒐《しゅう》集《しゅう》家《か》　小《こ》泉《いずみ》八《や》雲《くも》　終《お》わりなき夜《よる》に

久《く》賀《が》理《り》世《せ》

講談社文庫

定価はカバーに表示してあります

2022年12月15日第1刷発行

発行者——鈴木章一
発行所——株式会社　講談社
東京都文京区音羽2-12-21　〒112-8001
電話　出版（03）5395-3510
　　　販売（03）5395-5817
　　　業務（03）5395-3615

Printed in Japan

KODANSHA

デザイン—菊地信義
本文データ制作—講談社デジタル製作
印刷———株式会社KPSプロダクツ
製本———株式会社国宝社

ISBN978-4-06-529960-9

講談社文庫刊行の辞

二十一世紀の到来を目睫に望みながら、われわれはいま、人類史上かつて例を見ない巨大な転換期をむかえようとしている。

世界も、日本も、激動の予兆に対する期待とおののきを内に蔵して、未知の時代に歩み入ろうとしている。このときにあたり、創業の人野間清治の「ナショナル・エデュケイター」への志を現代に甦らせようと意図して、われわれはここに古今の文芸作品はいうまでもなく、ひろく人文・社会・自然の諸科学から東西の名著を網羅する、新しい綜合文庫の発刊を決意した。

激動の転換期はまた断絶の時代である。われわれは戦後二十五年間の出版文化のありかたへの深い反省をこめて、この断絶の時代にあえて人間的な持続を求めようとする。いたずらに浮薄な商業主義のあだ花を追い求めることなく、長期にわたって良書に生命をあたえようとつとめるところにしか、今後の出版文化の真の繁栄はあり得ないと信じるからである。

同時にわれわれはこの綜合文庫の刊行を通じて、人文・社会・自然の諸科学が、結局人間の学にほかならないことを立証しようと願っている。かつて知識とは、「汝自身を知る」ことにつきていた。現代社会の瑣末な情報の氾濫のなかから、力強い知識の源泉を掘り起し、技術文明のただなかに、生きた人間の姿を復活させること。それこそわれわれの切なる希求である。

われわれは権威に盲従せず、俗流に媚びることなく、渾然一体となって日本の「草の根」をかたちづくる若く新しい世代の人々に、心をこめてこの新しい綜合文庫をおくり届けたい。それは知識の泉であるとともに感受性のふるさとであり、もっとも有機的に組織され、社会に開かれた万人のための大学をめざしている。大方の支援と協力を衷心より切望してやまない。

一九七一年七月

野間省一

講談社文芸文庫

菊地信義　水戸部　功　編

装幀百花　菊地信義のデザイン

解説・年譜＝水戸部　功

きＬ１

装幀デザインの革新者・菊地信義がライフワークとして手がけた三十五年間の講談社文芸文庫より百二十一点を精選。文字デザインの豊饒な可能性を解きあかす決定版作品集。

978-4-06-530022-0

小島信夫

各務原・名古屋・国立

解説＝高橋源一郎　年譜＝柿谷浩一

こＡ11

978-4-06-530041-1

妻が患う認知症が老作家にもたらす困惑と生活の困難。生涯追い求めた文学表現探求の試みに妻との混乱した対話が重ね合わされ、より複雑な様相を呈する——。

斎藤千輪 神楽坂つきみ茶屋4〈頂上決戦の七夕料理〉
蔡志忠 作画／和田武司 訳／野末陳平 監修 マンガ 孔子の思想
蔡志忠 作画／和田武司 訳／野末陳平 監修 マンガ 老荘の思想
蔡志忠 作画／和田武司 訳／野末陳平 監修 マンガ 孫子・韓非子の思想
佐野広実 わたしが消える
司馬遼太郎 新装版 播磨灘物語 全四冊
司馬遼太郎 新装版 箱根の坂 (上)(中)(下)
司馬遼太郎 新装版 アームストロング砲
司馬遼太郎 新装版 歳 月 (上)(下)
司馬遼太郎 新装版 おれは権現
司馬遼太郎 新装版 大 坂 侍
司馬遼太郎 新装版 北斗の人 (上)(下)
司馬遼太郎 新装版 軍 師 二 人
司馬遼太郎 新装版 真説宮本武蔵
司馬遼太郎 新装版 最後の伊賀者
司馬遼太郎 新装版 俄 (上)(下)
司馬遼太郎 新装版 尻啖え孫市 (上)(下)
司馬遼太郎 新装版 王城の護衛者
司馬遼太郎 新装版 妖 怪 (上)(下)

司馬遼太郎 新装版 風の武士 (上)(下)
司馬遼太郎 戦 雲 の 夢〈レジェンド歴史時代小説〉
司馬遼太郎／海音寺潮五郎 新装版 日本歴史を点検する
司馬遼太郎／井上ひさし 新装版 国家・宗教・日本人
司馬遼太郎／陳舜臣／金達寿 新装版 歴史の交差路にて〈日本・中国・朝鮮〉
柴田錬三郎 お江戸日本橋 (上)(下)
柴田錬三郎 貧乏同心御用帳
柴田錬三郎 新装版 岡っ引どぶ〈柴錬捕物帖〉
柴田錬三郎 新装版 顔十郎罷り通る (上)(下)
島田荘司 御手洗潔の挨拶
島田荘司 御手洗潔のダンス
島田荘司 水晶のピラミッド
島田荘司 眩（めまい）暈
島田荘司 ア ト ポ ス
島田荘司 異 邦 の 騎 士〈改訂完全版〉
島田荘司 御手洗潔のメロディ
島田荘司 P の 密 室
島田荘司 ネジ式ザゼツキー
島田荘司 都市のトパーズ2007

島田荘司 21世紀本格宣言
島田荘司 帝都衛星軌道
島田荘司 UFO大通り
島田荘司 リベルタスの寓話
島田荘司 透明人間の納屋
島田荘司 占星術殺人事件〈改訂完全版〉
島田荘司 斜め屋敷の犯罪〈改訂完全版〉
島田荘司 星《せい》籠《ろ》の海 (上)(下)
島田荘司 屋 上
島田荘司 名探偵傑作短篇集 御手洗潔篇
島田荘司 火 刑 都 市〈改訂完全版〉
島田荘司 暗闇坂の人喰いの木〈改訂完全版〉
清水義範 蕎麦《そば》ときしめん
清水義範 国語入試問題必勝法〈新装版〉
椎名 誠 にっぽん・海風魚旅〈怪し火さすらい編〉
椎名 誠 大漁旗ぶるぶる乱風編〈にっぽん・海風魚旅4〉
椎名 誠 南シナ海ドラゴン編〈にっぽん・海風魚旅5〉
椎名 誠 風のまつり
椎名 誠 ナ マ コ

椎名　誠　埠頭三角暗闇市場
真保裕一　取　引
真保裕一　震　源
真保裕一　盗　聴
真保裕一　朽ちた樹々の枝の下で
真保裕一　奪　取　(上)(下)
真保裕一　防　壁
真保裕一　密　告
真保裕一　黄金の島　(上)(下)
真保裕一　発　火　点
真保裕一　夢　の　工　房
真保裕一　灰色の北壁
真保裕一　覇王の番人　(上)(下)
真保裕一　デパートへ行こう！
真保裕一　アマルフィ〈外交官シリーズ〉
真保裕一　天使の報酬〈外交官シリーズ〉
真保裕一　アンダルシア〈外交官シリーズ〉
真保裕一　ダイスをころがせ！　(上)(下)
真保裕一　天魔ゆく空　(上)(下)

真保裕一　ローカル線で行こう！
真保裕一　遊園地に行こう！
真保裕一　オリンピックへ行こう！
真保裕一　連　鎖〈新装版〉
真保裕一　暗闇のアリア
篠田節子　弥　勒
篠田節子　転　生
篠田節子　竜　と　流　木
重松　清　定年ゴジラ
重松　清　半パン・デイズ
重松　清　流星ワゴン
重松　清　ニッポンの単身赴任
重松　清　愛　妻　日　記
重松　清　青春夜明け前
重松　清　カシオペアの丘で　(上)(下)
重松　清　永遠《と》《わ》を旅する者〈ロストオデッセイ　千年の夢〉
重松　清　か　あ　ち　ゃ　ん
重松　清　十　字　架
重松　清　峠うどん物語　(上)(下)

重松　清　希望ヶ丘の人びと　(上)(下)
重松　清　赤ヘル１９７５
重松　清　なぎさの媚薬　(上)(下)
重松　清　さすらい猫ノアの伝説
重松　清　ル　ビ　ィ
重松　清　ど　ん　ま　い
重松　清　旧　友　再　会
新野剛志　美　し　い　家
新野剛志　明　日　の　色
殊能将之　ハ　サ　ミ　男
殊能将之　鏡の中は日曜日
殊能将之　殊能将之　未発表短篇集
首藤瓜於　事故係生稲昇太の多感
首藤瓜於　脳　男　新装版
島本理生　シルエット
島本理生　リトル・バイ・リトル
島本理生　生まれる森
島本理生　七緒のために
島本理生　夜はおしまい

菅野雪虫 天山の巫女《みこ》ソニン(4) 夢の白鷺
菅野雪虫 天山の巫女《みこ》ソニン(5) 大地の翼
鈴木みき 日帰り登山のススメ〈あした、山へ行こう!〉
砂原浩太朗 いのちがけ〈加賀百万石の礎〉
スナサリ・デヴィ・スカルノ 選ばれる女におなりなさい〈デヴィ夫人の婚活論〉
瀬戸内寂聴 新寂庵説法 愛なくば
瀬戸内寂聴 人が好き「私の履歴書」
瀬戸内寂聴 白 道
瀬戸内寂聴 寂聴相談室人生道しるべ
瀬戸内寂聴 瀬戸内寂聴の源氏物語
瀬戸内寂聴 愛する能力
瀬戸内寂聴 藤 壺
瀬戸内寂聴 生きることは愛すること
瀬戸内寂聴 寂聴と読む源氏物語
瀬戸内寂聴 月の輪草子
瀬戸内寂聴 新装版 寂庵説法
瀬戸内寂聴 死に支度
瀬戸内寂聴 新装版 蜜と毒
瀬戸内寂聴 新装版 花《か》怨《えん》

瀬戸内寂聴 新装版 祇《ぎ》園女御《おんにょうご》(上)(下)
瀬戸内寂聴 新装版 かの子撩乱
瀬戸内寂聴 新装版 京まんだら(上)(下)
瀬戸内寂聴 いのち
瀬戸内寂聴 花のいのち
瀬戸内寂聴 ブルーダイヤモンド〈新装版〉
瀬戸内寂聴 97歳の悩み相談
瀬戸内寂聴・訳 源氏物語 巻《まき》一《いち》
瀬戸内寂聴・訳 源氏物語 巻《まき》二《に》
瀬戸内寂聴・訳 源氏物語 巻《まき》三《さん》
瀬戸内寂聴・訳 源氏物語 巻《まき》四《し》
瀬戸内寂聴・訳 源氏物語 巻《まき》五《ご》
瀬戸内寂聴・訳 源氏物語 巻《まき》六《ろく》
瀬戸内寂聴・訳 源氏物語 巻《まき》七《しち》
瀬戸内寂聴・訳 源氏物語 巻《まき》八《はち》
瀬戸内寂聴・訳 源氏物語 巻《まき》九《く》
瀬戸内寂聴・訳 源氏物語 巻《まき》十《じゅう》
先崎 学 先崎 学の実況! 盤外戦
妹尾河童 少年H (上)(下)

瀬尾まいこ 幸福な食卓
関原健夫 がん六回 人生全快
瀬川晶司 泣き虫しょったんの奇跡 完全版〈サラリーマンから将棋のプロへ〉
仙川 環《たまき》 幸福の劇薬〈医者探偵・宇賀神晃〉
仙川 環 偽装診療〈医者探偵・宇賀神晃〉
瀬木比呂志 黒い巨塔〈最高裁判所〉
瀬那和章 今日も君は、約束の旅に出る
蘇部健一 六枚のとんかつ
蘇部健一 六とん2
蘇部健一 届かぬ想い
曽根圭介 沈底魚
曽根圭介 藁《わら》にもすがる獣たち
田辺聖子 ひねくれ一茶
田辺聖子 愛の幻滅(上)(下)
田辺聖子 うたかた
田辺聖子 春情蛸の足
田辺聖子 蝶花嬉遊図
田辺聖子 言い寄る
田辺聖子 私的生活

講談社文庫　目録

高橋克彦　風の陣　二　大望篇
高橋克彦　風の陣　三　天命篇
高橋克彦　風の陣　四　風雲篇
高橋克彦　風の陣　五　裂心篇
高樹のぶ子　オライオン飛行
田中芳樹　創竜伝1〈超能力四兄弟《ドラゴン》〉
田中芳樹　創竜伝2〈摩天楼の四兄弟《ドラゴン》〉
田中芳樹　創竜伝3〈逆襲の四兄弟《ドラゴン》〉
田中芳樹　創竜伝4〈四兄弟《ドラゴン》脱出行〉
田中芳樹　創竜伝5〈蜃気楼都市《ミラージュ・シティ》〉
田中芳樹　創竜伝6〈染血の夢《ブラッディ・ドリーム》〉
田中芳樹　創竜伝7〈黄土のドラゴン〉
田中芳樹　創竜伝8〈仙境のドラゴン〉
田中芳樹　創竜伝9〈妖世紀のドラゴン〉
田中芳樹　創竜伝10〈大英帝国最後の日〉
田中芳樹　創竜伝11〈銀月王伝奇〉
田中芳樹　創竜伝12〈竜王風雲録〉
田中芳樹　創竜伝13〈噴火列島〉
田中芳樹　魔　天　楼〈薬師寺涼子の怪奇事件簿〉

田中芳樹　東京ナイトメア〈薬師寺涼子の怪奇事件簿〉
田中芳樹　巴里《パリ》・妖都変〈薬師寺涼子の怪奇事件簿〉
田中芳樹　クレオパトラの葬送〈薬師寺涼子の怪奇事件簿〉
田中芳樹　黒蜘蛛島《ブラックスパイダー・アイランド》〈薬師寺涼子の怪奇事件簿〉
田中芳樹　夜　光　曲〈薬師寺涼子の怪奇事件簿〉
田中芳樹　魔境の女王陛下〈薬師寺涼子の怪奇事件簿〉
田中芳樹　海から何かがやってくる〈薬師寺涼子の怪奇事件簿〉
田中芳樹　白魔《びゃくま》のクリスマス〈薬師寺涼子の怪奇事件簿〉
田中芳樹　タイタニア1〈疾風篇〉
田中芳樹　タイタニア2〈暴風篇〉
田中芳樹　タイタニア3〈旋風篇〉
田中芳樹　タイタニア4〈烈風篇〉
田中芳樹　タイタニア5〈凄風篇〉
田中芳樹　ラインの虜囚
田中芳樹　新・水滸後伝(上)(下)
田中芳樹　幸田露伴　原作　運　命〈二人の皇帝〉
田中芳樹　土屋守　「イギリス病」のすすめ
田中芳樹ほか文　皇名月　画・文　中国帝王図
田中芳樹　赤城毅　中欧怪奇紀行

田中芳樹編訳　岳　飛　伝(一)〈青雲篇〉
田中芳樹編訳　岳　飛　伝(二)〈烽火篇〉
田中芳樹編訳　岳　飛　伝(三)〈風塵篇〉
田中芳樹編訳　岳　飛　伝(四)〈悲曲篇〉
田中芳樹編訳　岳　飛　伝(五)〈凱歌篇〉
高田文夫　TOKYO芸能帖〈1981年のビートたけし〉
高村　薫　李　歐《りおう》
高村　薫　マークスの山(上)(下)
高村　薫　照　柿(上)(下)
多和田葉子　犬　婿　入　り
多和田葉子　尼僧とキューピッドの弓
多和田葉子　献　灯　使
多和田葉子　地球にちりばめられて
高田崇史　Q　E　D〈百人一首の呪《しゅ》〉
高田崇史　Q　E　D〈六歌仙の暗号〉
高田崇史　Q　E　D〈ベイカー街の問題〉
高田崇史　Q　E　D〈東照宮の怨〉
高田崇史　Q　E　D〈式の密室〉
高田崇史　Q　E　D〈竹取伝説〉

講談社文庫　目録

高野秀行　西南シルクロードは密林に消える
高野秀行　アジア未知動物紀行 ベトナム・奄美・アフガニスタン
高野秀行　イスラム飲酒紀行
高野秀行　移民の宴〈日本に移り住んだ外国人の不思議な食生活〉
高野秀行／角幡唯介　地図のない場所で眠りたい
田牧大和　花合せ〈濱次お役者双六〉
田牧大和　質草破り〈濱次お役者双六 二ます目〉
田牧大和　翔ぶ梅〈濱次お役者双六 三ます目〉
田牧大和　半可心中〈濱次お役者双六〉
田牧大和　長屋狂言〈濱次お役者双六〉
田牧大和　錠前破り、銀太
田牧大和　錠前破り、銀太　紅蜆《べにしじみ》
田牧大和　錠前破り、銀太　首魁《しゅかい》
田牧大和　大福三つ巴〈宝来堂うまいもん番付〉
高野史緒　カラマーゾフの妹
高野史緒　翼竜館の宝石商人
高野史緒　大天使はミモザの香り
瀧本哲史　僕は君たちに武器を配りたい〈エッセンシャル版〉
竹吉優輔　襲名犯

高田大介　図書館の魔女 第一巻 第二巻
高田大介　図書館の魔女 第三巻 第四巻
高田大介　図書館の魔女 烏《からす》の伝言《つてこと》(上)(下)
大門剛明　完全無罪
大門剛明　死刑評決〈「完全無罪」シリーズ〉
橘もも 著／沖田×華 原作／安達奈緒子 脚本　小説 透明なゆりかご(上)(下)
橘もも 著／ヤマシタトモコ 原作／相沢友子 脚本　さんかく窓の外側は夜〈映画版ノベライズ〉
橘もも／脚本 三木聡　大怪獣のあとしまつ〈映画ノベライズ〉
滝口悠生　高架線
髙山文彦　ふたり〈皇后美智子と石牟礼道子〉
高橋弘希　日曜日の人々《サンデー・ピープル》
武田綾乃　青い春を数えて
谷口雅美　殿、恐れながらブラックでござる
谷口雅美　殿、恐れながらリモートでござる
武川佑　虎の牙
武内涼　謀聖 尼子経久伝〈青雲の章〉
武内涼　謀聖 尼子経久伝〈風雲の章〉
武内涼　謀聖 尼子経久伝〈瑞雲の章〉
陳舜臣　中国五千年(上)(下)

陳舜臣　中国の歴史 全七冊
陳舜臣　小説十八史略 全六冊
千早茜　森の家
千野隆司　大店の暖簾《のれん》〈下り酒一番〉
千野隆司　分家の始末〈下り酒一番(二)〉
千野隆司　献上の祝酒〈下り酒一番(三)〉
千野隆司　大酒《おおざけ》の合戦〈下り酒一番(四)〉
千野隆司　銘酒の真贋〈下り酒一番(五)〉
千野隆司　追跡
知野《ちの》みさき　江戸は浅草
知野みさき　江戸は浅草2〈盗人探し〉
知野みさき　江戸は浅草3〈桃と桜〉
知野みさき　江戸は浅草4〈冬青《そよご》灯籠《どうろう》〉
崔《チェ》実《シル》　ジニのパズル
崔実　pray《プレイ》 human《ヒューマン》
筒井康隆　創作の極意と掟
筒井康隆　読書の極意と掟
筒井康隆 ほか12名　名探偵登場！
都筑道夫　なめくじに聞いてみろ〈新装版〉

講談社文庫　目録

2022年9月15日現在